EU VIVI POR UM SONHO

Maria Rosa
Cutrufelli

EU VIVI POR UM SONHO

Tradução de
MAURÍCIO SANTANA DIAS

EDITORA RECORD
RIO DE JANEIRO • SÃO PAULO
2009

CIP-Brasil. Catalogação-na-fonte
Sindicato Nacional dos Editores de Livros, RJ.

Cutrufelli, Maria Rosa, 1941-
C993e Eu vivi por um sonho / Maria Rosa Cutrufelli; tradução de Maurício Santana Dias. – Rio de Janeiro: Record, 2009.

Tradução de: La donna che visse per un sogno
ISBN 978-85-01-07882-7

1. Romance italiano. I. Dias, Maurício Santana, 1968-. II. Título.

08-5112 CDD – 853
CDU – 821.131.3-3

Título original italiano:
LA DONNA CHE VISSE PER UN SOGNO

Editoração eletrônica: *ô de casa*

Capa: Diana Cordeiro
Imagem de capa © Corbis/Latinstok

Impresso no Brasil

ISBN 978-85-01-07882-7

PEDIDOS PELO REEMBOLSO POSTAL
Caixa Postal 23.052
Rio de Janeiro, RJ – 20922-970

Para Bianca Pomeranzi, companheira de muitas aventuras

“A mulher tem o direito de subir ao cadafalso; deve ter igualmente o direito de subir à tribuna.”

Olympe de Gouges
“Declaração dos direitos da mulher e da cidadã”,
artigo 10, Paris, 14 de setembro de 1791

“Olympe subiu ao patíbulo, mas nenhum outro direito foi obtido pelas mulheres durante a Revolução.”

Alisa Del Re, janeiro de 1989

Julho de 1793

Hyacinthe

...e assim me tornei uma coruja. Eu, Marie Anne Hyacinthe Mabille, nascida em Paris, paraíso das mulheres, purgatório dos homens e inferno dos cavalos, como se dizia antes da Revolução.

Nasci em Paris e aqui cresci, em meio aos gritos dos ambulantes e das rodas das carroças e veículos de todo tipo, cabriolés, *wisky*, diligências, carriolas, liteiras, berlindas, *berlingot*, charretes, furgões, *vis-à-vis*, coches e fiacres que abarrotam as ruas a qualquer hora do dia e da noite. O lugar mais barulhento de todo o universo. Mas depois a profissão de Pierre, que é um profissional da guerra, levou-me às orlas do Loire, a respirar o cheiro noturno de olvido que se esconde nas pedras de cada cidade de rio, exceto Paris.

Tours.

É aqui que vivo há mais de um ano.

Uma cidade que oferece águas invasivas, embarcadouros carcomidos sob cheias que apodrecem, balsas abandonadas nas margens barrentas e especialmente silêncios que se prolongam até fazer-me confundir o amanhecer com o ocaso.

E eis-me transformada numa coruja insone, de olhos grandes e tufos despenteados sobre a testa.

É o meu segredo, e eu o escondo com todo o cuidado. Pomadas brancas para apagar o cansaço do encarnado, águas tonificantes para os olhos, bálsamos milagrosos capazes de enganar qualquer um. Até Pierre, que bem raramente, uma noite a cada 15 ou 20, talvez, consegue dormir em nosso leito de cortinas franjadas, confortável e duplamente inútil.

Para que serve, digo, este leito suntuoso, o único luxo de nossa vida em comum, se toda noite, assim que diminuo a lâmpada sobre a penteadeira, em minha cabeça se acende a ponta de outra chama? Um fragmento de luz a cada noite mais amarelo e obstinado, que nem mesmo uma gota de ópio hoje e duas amanhã vão conseguir apagar.

E para que servem estas cortinas de damasco e de seda que descem pelos quatro lados para tornar mais doce a intimidade, se na maior parte do tempo Pierre só dispõe de um catre provisório em algum acampamento militar, lá em La Rochelle, nas costas de um mar que dizem muito verde e muito frio?

Nunca vi o mar. Tenho 19 anos e dois filhos, mas até um ano atrás, pouco mais, só conhecia Paris e realmente não pensava em conhecer outros lugares. De resto, sabe-se que quem nasce em Paris é francês duas vezes... Mas eu gostaria de ver o mar.

Meu pai prometera que me levaria ao mar, mas os dias vão passando e... São os negócios dele que o mantêm parado, pregado nas paredes que ele ergue do nada e que transforma em casas onde se hospedam estudantes e oficiais. Ele é quem constrói o mundo, o consolida, o organiza. Não precisa mover-se para descobri-lo.

Foi nas cozinhas e nas escadas dessas casas que também aprendi a distinguir as entonações de Auvergne e da Sabóia ou a imitar a cadência de Toulon. Tenho um bom ouvido, tanto para línguas quanto para música.

Especialmente para música. Antes da Revolução, quando ainda era possível ouvir nas igrejas alguma peça bem executada, pegava minha mãe pelo braço e ia. E, se sonhava em viajar, era só para ter a ocasião de apreciar as óperas dos compositores vienenses ou dos mestres prussianos. Mas passaportes, bagagens, diligências e horários eram, no fim das contas, esforços inúteis para mim, que tinha o mundo inteiro nas mãos. Todo o mundo estava ali, subindo e descendo as escadas das casas de meu pai, de modo que eu não sentia a necessidade de ir procurá-lo em outras partes.

Conheci Pierre nessas idas e vindas, no dia em que a Assembléia Nacional decidiu substituir a bandeira branca lirial pela tricolor.

Ele alugava um cômodo no segundo andar, aquele com tapete azul. Ao me deixar passar na escada, a manga de sua camisa roçou a minha. O uniforme de graduado, companhia da seção de Luxemburgo, envolvia-lhe maravilhosamente as panturrilhas, e, naquele instante, não pensei que a farda de soldado é, no fundo, como a touca da criada que cobre um destino de obediências estritas.

Graduado, subtenente, lugar-tenente de infantaria, capitão, chefe de batalhão... E, de repente, general de segunda patente da armada costeira.

Sua carreira foi rápida, um crescendo que nos lançou com a velocidade de um raio bem no meio de uma vida nova. De graduado de poucos recursos e responsabilidades escassas a general de segunda patente: um milagre. Mas o milagre ocorreu graças à mãe dele, e Pierre devia lembrar-se disso em cada circunstância, mesmo agora que tudo se complicara e que os méritos de um tempo ainda recente perigam tornar-se arriscados deméritos, quando os antigos ministros de guerra, amigos e admiradores de Olympe, a mãe amada por muitos e odiada pela maioria, estão presos ou expatriados na Inglaterra.

No que me diz respeito, a princípio eu estava obviamente orgulhosa de seu sucesso, mas também assustada por algo que talvez se originasse da rapidez daquela mudança ou talvez de um mal-estar mais amplo. Porque, na mesma velocidade com que Pierre subia de grau, Paris também se transformava e se transformavam a França, a Revolução e a guerra que, antes remota, se tornava cada vez mais próxima, envolvendo-nos a todos.

Pierre Aubry, general de segunda patente da armada costeira. Fui eu que chorei e implorei para que me levasse com ele. Deixá-lo seria um sofrimento muito grande, eu adoeceria de tanta dor. Por outro lado, ele também morreria de tristeza sem sua Hyacinthe.

Jean-Hélie tinha apenas 4 meses, e, durante todo o trajeto entre Paris e Tours, Pierre cantou-lhe árias italianas para distraí-lo e me alegrar, tomando-o nos braços quando as rodas afundavam nos valos e voltavam a subir cuspindo pedras, e a carroça tremia em todos os eixos.

O menino tentava esconder-se, enfiando o nariz contra o pano do uniforme. Eu o observava, depois desviava o olhar para meu jovem general, com seu ar ainda incerto de pai, e não sabia se me regozijava ou se dava vazão a uma inquietude que me fazia mexer as mãos continuamente, tentando ajeitar uma dobra do vestido.

Foi durante aquela primeira viagem que perdi a capacidade de abandonar-me ao sono e nunca mais a tive de volta.

E como poderia...

Todo um inverno sozinha, esperando o retorno de Pierre dos campos de batalha, e a criança pequena e o outro que crescia dentro de mim, e não havia minha mãe nem ninguém que pudesse socorrer-me em mil coisas, porque dar à luz numa cidade que não se conhece é bem difícil, e até a umidade que transpira dos muros tem um gosto de lágrimas.

Agora não choro mais. Mas toda noite, quando me sento a espiar da janela o escuro que avança ao longo do rio, penso com surpresa em como era fácil viver na casa de meu pai, em meu quarto com a tapeçaria de forro azul e a pequena escrivaninha talhada em abeto. Um ângulo inteiro do aposento era ocupado pelo cravo, onde eu ensaiava, escondida, trechos que me faziam baixar as pálpebras e arder as orelhas. Penso, sim, penso no sol de Paris que se punha entre os palácios ao fundo da rua, enquanto eu dedilhava de leve as teclas, cantando em voz baixa: *No, no, il dio che fa amare...*

A mulher do capitão de Guillebon tem duas bochechas oliváceas sobre as quais espalma um ruge mais aceso, aposto, do que aquele que antes usavam as damas da corte.

Apesar das notícias que nos chegam dos confins da França e daquelas, bem mais inquietantes para nós, que vêm dos campos próximos ou até das ruas da cidade, os dias em Tours podem ser horrivelmente longos e tediosos, assim como as visitas, uma vez que a companhia só é boa se for escolhida, e eu certamente nunca teria escolhido a senhora de Guillebon. Dias muito solitários e ao mesmo tempo densos demais de conversas inúteis. Porque entre gente bem nascida, como se sabe, manter-se calado é intolerável.

— Que sorte, minha querida. Uma carinha deliciosa, realmente agradável, eu mesmo gostaria de tê-la em casa — e ela dá gritinhos, a senhora Guillebon, esquadrinhando minha preciosíssima criadinha através do monóculo encastoado no leque. — Que sorte — repete, interrompendo o exame e abanando-se com o pulso preguiçoso.

Não discuto, concordo. Minha grande sorte se chama Pauline, jovem de têmporas delicadas sob os recamos engomados da touca, mas de braços robustos, que sabem fazer uma cama, e não tive que penar muito para ensinar-lhe boas maneiras. Minha preciosa Pauline aprendeu depressa como fazer o serviço de uma casa e agora se move como se já tivesse uma longa experiência, uma experiência de anos. Ninguém diria que até poucos meses atrás, antes que todas as casas e manufaturas de seda fossem fechadas, ela também torcesse seda numa fábrica, para os lados do mercado. Hoje não se encontra uma aberta num raio de muitas léguas, e a situação se torna mais grave a cada dia que passa, porque as casas de seda estão fechadas, mas um pão custava até quatro moedas na cidade, antes que obrigassem os padeiros a vendê-lo pela metade do preço.

Torcia seda. E no entanto é diferente das mulheres que vêm bater na porta pedindo trabalho, com o pescoço amarelo e a cara estúpida de galinha doente. Pauline tem uma graça espontânea que, ao que parece, as senhoras muito apreciam.

Especialmente a mulher do capitão, que veio de Santo Domingo e tem uma pequena serva negra que ela mesma batizou já faz muitos anos com o nome de Félicité.

Nas ilhas, diz ela, sorvendo em goles gulosos o chocolate que toda manhã lhe ofereço para agradecer sua visita, porque ainda é preciso agradecer, lá se leva uma vida muito cansativa. Vigiar os escravos. Mandar nos escravos. Negros. Seres naturais, para quem a existência se reduz a instinto e dissipação.

— Você nem pode imaginar, minha querida, os problemas, as responsabilidades...

É difícil dar ordens a homens e mulheres, sobretudo a mulheres, incapazes de qualquer princípio moral.

— É um fardo que a civilização nos impõe, minha amiga. Devemos cuidar de suas almas e de sua educação. A pátria os confiou a nós.

Embora justamente na pátria mãe a responsabilidade redobre, e com ela o cansaço, a senhora se lamenta, sobretudo numa cidade como Tours, onde a negra Félicité não ousa sair sozinha, nem mesmo para comprar um maço de salsas no mercado. Basta que ponha o nariz para fora da porta e logo é acompanhada por um grupo de moleques que a observam de olhos tortos e boca aberta, e até aí não há nenhum mal. Por estas bandas não se vê gente da raça dela, não é como em Paris, onde reina a moda dos criados negros desde os tempos de Jean Amilcar, o pequeno senegalês presenteado à rainha por um viajante estrangeiro. Enfim, podem olhar, porque olhar não faz mal. Mas há quem não se contente e atire pedras.

— ... e, então, adeus minha macaquinha — brinca a senhora de Guillebon, esfregando com o leque o braço nu da serva Félicité, de pé atrás de sua poltrona. Ela se esquiva agitando as mãos, a pele negra se encrespa de arrepios enquanto, da garganta, lhe saem soluços em cascata e risinhos guturais de pássaro.

Não, não é uma macaca. Se tanto, um papagaiozinho alegre. Esta é a criadinha negra Félicité, com seu turbante vermelho e dourado, o lenço do pescoço das mesmas cores e o imenso avental branco.

Já eu, ai de mim, não passo de uma coruja.

Quando a noite desce, gostaria pelo menos de abrir as asas e batê-las e voar de rua em rua como a Coruja de Paris, o filósofo selvagem, o escritor louco que todas as noites inscreve o calendário de sua vida nos arcos das pontes.

Pierre o conhece. Encontrou-o pela primeira vez na loja da viúva Duchesne, na rue Saint-Jacques, escondido sob um grande manto sujo a meio joelho.

Rétif, chama-se Rétif de La Bretonne. Para ele, para a grande Coruja solitária, o dia é turvo e a noite, transparente.

Para mim, no entanto, pequena coruja doméstica, a noite é uma pedra com as bordas lascadas por minhas unhas. Eu a perscruto da minha cama vazia ou da varandinha ao fundo do corredor. E permanece opaca.

Olympe

Chegamos. O estribo é abaixado. Um fio de brisa entra e revolve o calor abafado da carroça, parada na estação de repouso.

Justine, que sofre com a viagem, desce antes de todos, mexendo nas dobras da saia fora de moda, cortada em um tafetá mais rígido que seus joelhos. Depois dela, avançando uma bengala com o castão de madeira crua, apeia o velho que subira no meio da estrada. Em nenhum momento ele girou os olhos em nossa direção. Permaneceu todo o tempo em seu canto, agarrado à bengala com ambas as mãos, ruminando saliva ao ritmo das rodas. É o único passageiro além de nós. Não são tempos bons para viajar. Raras as diligências, raros os viandantes.

Mas cheguei. No entanto o suspiro que me enche o peito é mais de lamento que de satisfação. Sem ter realmente a intenção, com parcimônia, arrisco alguns movimentos que me dêem a consciência da chegada, aprumo a coluna, ergo um cacho de cabelo sobre a têmpora, afasto o veludo marrom da cortininha que me impede a visão.

E o vilarejo aparece, com seu castelo no alto e, embaixo, uma coluna romana. Um vilarejo como tantos, que se estende sobre a orla direita do Loire. Intacto. Não vejo portas desconjuntadas nem telhados queimados. A fumaça que sobe entre as casas é branca — da boa cor esmerilhada que sai das lareiras domésticas.

A guerra está no outro lado do Loire, na margem esquerda. Lá onde a fumaça marca o horizonte com o traço negro de um carvão.

Guerra? É assim que a chamam. Porém os inimigos não envergam o chapéu alto dos prussianos nem o manto da marinha inglesa. Aqui o inimigo se ergue do campo que está cultivando, solo francês, e assalta com espetos e enxadas os soldados que vêm de Paris, aliás, os "culotes azuis" — termo usado para eles, segundo me dizem. Depois retornam ao campo, camponês atrás de camponês. Mas os generais a chamam de guerra, e até meu filho é um general e a chama assim também.

Ao lado da estação, a tabuleta de uma locanda promete sidra na pressão. Baldes batendo no chão. Botas pesadas que se aproximam, se afastam, tornam a se aproximar. Arreios gastos, rédeas frouxas. Sopros de cavalos. Relinchos. Barulhos de fim de viagem.

Diante da portinhola escancarada da carroça, o postilhão macérrimo, escuro, de grandes bigodes, espera que eu me decida a descer.

Que espere. Tem um ar tão paciente que dá vontade de se aproveitar dele. Se fosse parisiense... sabe-se como são os cocheiros de Paris, briguentos, irritados, trapaceiros, levei mais de um perante o juiz de paz... um cocheiro parisiense já me haveria expulsado dali sem cerimônias. Já este homem de bigodes empoeirados, que fedem como o rabo de seus cavalos, sabe esperar. Lança olhares oblíquos de amor ao copo de sidra desenhado na tabuleta da locanda, mas se cala. Que espere, então.

Estou cansada. Não pela viagem. Cinco léguas de Tours, mais ou menos, não são grande coisa, apesar do fundo pedregoso da estrada e das muitas horas que restam sacolejando num banco tosco, revestido de um pano sem acolchoado. Mas não é o cansaço físico que me oprime, essa dor que não é dor e que desce da nuca aos rins, aos músculos das coxas, que se acumula nos tendões, queima a planta dos pés e me faz sentir viva, dolorida mas viva em cada parte do corpo.

O cansaço que sinto agora é de outra natureza. Mais que cansaço, é um incômodo. Um desconforto que não nasce do corpo, mas da mente ou talvez de uma dúvida do coração.

Uma mosca passeia sobre a manga do meu vestido, outra zumbe baixinho dentro das dobras do toldo. O suspiro preso no peito sai finalmente, enquanto abro o medalhão que trago nas rendas da cintura junto com o relógio, um gesto involuntário, que faço várias vezes ao dia.

O retrato é parecido. Fronte de pensador, nariz aquilino, boca sedutora. Pierre, meu filho. Olhos cinzentos como os de minha mãe, cabelos escuros como os meus. E uma fala vibrante.

Semelhante à minha, apenas um pouco mais peremptória.

* * *

— Tente se conter — esta foi sua acolhida quando nos reencontramos em Tours.

Não o via fazia mais de um ano, desde a época de sua transferência, e havia meses não recebia cartas de seu próprio punho... Depois vim a saber que ele foi ferido. É grave, resgataram-no sob as patas de seu cavalo, vivo por milagre, como me diz um amigo do Ministério da Guerra, e eu brigo e imploro para obter um salvo-conduto, sair de Paris, ir vê-lo com meus olhos, tocá-lo com minhas mãos.

À minha chegada, encontro apenas Hyacinthe e os meninos. Ele não está. Eu o espero. E quando finalmente chega:

— Tente se conter...

Eu deveria me conter, segundo meu filho. Conter-se. Que palavra judiciosa, que expressão prudente. Absolutamente inadequada à minha vida, isto é certo. E também, temo, às extravagâncias de uma Revolução nascida para abater os tiranos e que, agora, volta a fabricá-los por si.

Não é assim, meu filho — gostaria de dizer-lhe —, não é ignorando até o respeito que me é devido que você vai converter-me à prudência. Eu queria apertar seus ombros, alisar com os dedos aquela cicatriz acima da sobrancelha esquerda, que antes não existia. Em vez disso, me enrijeço e uma raiva amarga me sai do peito e da boca:

— Conter-me... o que isso significa?

— Significa que você deve parar.

— Parar o quê?

— De chamá-lo como você o chama.

É triste que ele não tenha a força, não digo nem a coragem, de pronunciar aquele nome.

— E como o chamo?

— Do modo que você sabe.

— Pernilongo ambicioso? — rebato com um riso áspero, que gruda em meu palato. — E demagogo. Não se esqueça, Pierre: demagogo. Que outro apelido merece um Robespierre? Um homem que busca o favor do povo para tornar-se dono da França? Talvez apóstolo da anarquia e dos massacres, sim, este é o epíteto que mais convém a ele.

Meu filho ficou pálido. Recuou num impulso, como se quisesse evitar o próprio som de minhas palavras, e saiu imediatamente da sala. Mas antes percebi com nitidez seus lábios mudos se movendo e articulando duas sílabas:

— Louca...

Ao empalidecer, os leves sinais da varíola se acentuaram em suas faces, e num abismo de terror sou puxada para trás no tempo, até seu leito de criança enferma, os olhos arregalados num rosto disforme, inchado, cobertos de manchas escuras, olhos que de repente me fixam. Prometo qualquer coisa quando estou dentro desse abismo. E também desta vez prometi: tudo bem, vou me conter. Um sacrifício que é feito de tantos e repetidos sacrifícios: ir embora de Paris, retirar-se no campo, comprar uma casa...

Estou aqui para isso. Em um vilarejo que a guerra ainda não alcançou, na margem direita deste Loire, sob um sol embaçado de tanto calor. Vim cumprir minha promessa. Adquirir a casa do terreno Figuier com seus quatro hectares de bosque, os campos de trigo, os vinhedos, a prensa, os barris para o vinho novo, as vacas, o touro, o terraço voltado para o rio e o jardim e as figueiras e aquela pequena pérgula recoberta de lúpulo, com folhas em forma de coração para a hora do café ou do chocolate. O lugar ideal para minha gata e meus cães. Um retiro perfeito, que sem dúvida o grande pai Rousseau teria invejado: casa cômoda, campos cultivados.

Qualidades que custam caro, precisamente 10.500 francos, quase tudo o que possuo. Um investimento... Mas por que eu deveria investir meus recursos numa casa de campo que o cidadão Louis-François Blanchet, padeiro, conquistou traficando papéis* e agora quer revender em moeda sonante?

Porque não tenho alternativas: a resposta é simples, e Pierre errou, não sou tão louca a ponto de não buscar um refúgio que me proteja da violência que invadiu até o salão sagrado da Convenção, ocupando as tribunas do público e as cátedras dos legisladores. Uma violência homicida, que destruirá — é fácil prever — tudo o que resta do espírito de 89.

* Cédulas cujo valor era garantido pelos bens confiscados durante a Revolução. *(N. do T.)*

— Cidadã — interpela-me finalmente a voz do cocheiro.

...e agora preciso descer da carroça, entrar na cidade, perguntar pela loja de Louis-François Blanchet, negociar o preço do terreno...

Não, ainda não. Não vou descer. Que espere.

O homem se vira para a locanda, depois para mim, em seguida de novo para a locanda, cofia os bigodes, murmura palavras indistintas. Por fim dá de ombros e encaminha-se em longos passos para seu copo de sidra, fazendo estalar no vazio a ponta do chicote.

Na carroça o calor voltou a dominar, o ar está parado, e eu o faço circular com um pequeno leque de penas preso à roupa de viagem. Ergo mais uma vez uma ponta da cortina e sigo com os olhos a fumaça negra que se alarga da margem esquerda do Loire, enche o céu e, num instante, corre e se mistura à fumaça branca da margem direita.

A guerra voa.

Por que eu estaria mais segura neste campo, que não conheço e onde não sou conhecida, do que em Paris?

— O que você tem? Está tudo certo? — é Justine, inclinada na porta da carroça. — O que você tem? Babichette...

Seu áspero cheiro familiar abre caminho entre as emanações de canil da viatura, palha mofada, urina seca...

Babichette, um apelido carinhoso que só permito a ela, que só ela usa desde que éramos pequenas e eu brincava no pátio da rue Fraiche, em Montauban, o mesmo pátio onde os homens de minha família, gerações de açougueiros, uma vez por semana degolavam as reses. Eu brincava e ela vigiava minhas brincadeiras. Eu com 2 anos, ela, com 8. Eu, menina. Ela, já serva, filha de servos.

Seus olhos me procuram na penumbra, me perscrutam. Sorrio-lhe e aquiesço, estou pronta, só mais um momento.

Mais tranqüila, ela se empertiga e recompõe. De memória, com rápidos toques sem delicadeza, ajusta a touca na nuca e sobre a testa dividida por uma severa ruga vertical.

Ah, Justine! Desconhece a arte de agradar, minha velha Justine. Não sabe sorrir nem chorar. Uma criatura intangível. Mas é essa intangibilidade que desencoraja os credores. Hoje mais numerosos, no vestíbulo de nossa casa parisiense, do que os cavalheiros que antigamente esperavam que eu acordasse para me ler uma poesia ou comentar o último espetáculo da Comédie Française. Basta que ela se apresente com sua ruga vertical, prolongada no talhe rígido das vestes, e o vestíbulo se esvazia — bendita Justine! Mas mais tarde, às vezes enquanto me ajuda a amarrar o espartilho e as botas para que eu vá correndo ouvir o discurso do meu compatriota Vergniaud ou Sébastien e eu tenho medo de nem achar um lugar nas tribunas reservadas aos amigos dos deputados, "belo proveito", eu a ouço resmungar:

— O que nós ganhamos com esta Revolução?

Justine, que mais do que eu se acomodou aos costumes parisienses, não aprecia mudanças. Suscitam-lhe indiferença, em todos os aspectos da vida. Sejam vestidos ou governos, ela não vê nenhuma vantagem em trocá-los.

Percebo de novo seu cheiro que se aproxima, o farfalhar das saias.

— E então?

Em seus olhos miúdos como amoras secas, desponta uma ternura preocupada:

— É preciso, você sabe. Continuar em Paris seria um suicídio.

— Eu sei, eu sei...

Sei bem. Sempre paguei um preço muito alto para poder dizer as palavras que devem ser ditas. Tanto no antigo regime quanto no novo. Fui escarnecida, temida, hostilizada. Cartas anônimas, insultos no fundo da casa, incursões punitivas, nada disso é novidade. Mas a Revolução produziu suas próprias loucuras, inteiramente originais, e hoje até a advertência de um amigo assusta mais que o cassetete de um perseguidor. Sobretudo se o amigo se chama Sébastien Mercier, deputado da Seine-et-Oise, Sébastien que me pede:

— Não faça isso. Se você os defender, acusará a si mesma. — Mas meu querido, caríssimo amigo, justamente por isso eu posso me calar?

Aconteceu em junho, quando a Convenção votou pelo encarceramento de Vergniaud, Brissot e dos outros deputados da Gironda.

A lembrança me enche a cabeça de instantâneos mínimos e dolorosos.

Os homens que por anos denunciaram o rei e invocaram a república são presos por acusações ridículas, capciosas, e todos os dão por condenados, já mortos e acabados. A queda deles é a ruína da legalidade. O partido do sangue venceu. Posso me calar?

Escrevo uma apelação e em 9 de junho, uma semana depois da medida aprovada em assembléia, apresento-me à Convenção com meu texto. O presidente concede a permissão. Um oficial toma o documento e começa a ler, os olhos grudados nas linhas, a coluna curva como se nos ossos lhe pesasse o hábito da subserviência. E que voz! Plana, sem alma. Fico impaciente. Meu texto não merece essa voz. Se eu pudesse lê-lo! Fui eu que o escrevi. Conheço o tom justo, sei como as palavras devem sair do corpo e transformar-se em sentimento, sei como podem comover e fazer pensar. Eu o leria de cabeça erguida, detendo-me nos pontos em que é preciso deter-se, firme diante dos homens da Montanha. Ah, sim, eu os olharia bem fundo, um a um. Se pudesse! Mas sou uma mulher e não posso.

O oficial lê: *eu, que preparei a Revolução com meus escritos...* A Assembléia se cala, alguém folheia papéis apoiados nos joelhos, um outro se distrai observando a sala e sorrindo para o vazio... eu lhes digo: *os senhores necessitam de vítimas? Aqui estou, ofereço-me primeiro.* Um deputado levanta a cabeça, na tribuna às minhas costas começa o burburinho. *Mas se a Assembléia dos representantes for ainda pura...* E a tempestade se desencadeia. — Basta! É um ultraje. Voltemos à ordem do dia! — trovejam os homens da Assembléia, pondo-se de pé. — À ordem do dia! — respondem gritando os homens da tribuna.

Sébastien deixou que eu fosse embora, que eu saísse da sala da Convenção acompanhada apenas por gritos e insultos e me alcançou quando eu já estava longe, a caminho de casa, onde ninguém nos podia ver. Um sulco lívido escavava-lhe o rosto entre as faces e o nariz. Colocou uma mão em meu braço. Cuidado, minha amiga. Não se trata mais de expressar uma opinião, agora se trata de vida ou morte.

Entramos. Tudo está escuro na loja de Louis-François Blanchet. Um vão sem janelas, teto alto, traves de madeira que parecem sustentar o peso de uma abóbada noturna. Descemos três degraus seguindo o marulho cada vez mais intenso de uma água que ferve numa caldeira de cobre. Um bafejo de calor nos envolve e enche de suor. No fundo, bem no fundo, o revérbero do forno e as costas nuas de um rapaz que o fogo mancha de um vermelho brutal.

As mesmas manchas ardem nas bochechas do cidadão Louis-François Blanchet, lenço no pescoço, queixo duplo, dupla barriga. Coxas imensas que se esfregam uma contra a outra. Vem ao meu encontro com passinhos cansados e, a cada passo, inspira o ar e o expele com um ronco por entre os lábios semi-abertos. A dificuldade de sua respiração me contagia. Minha garganta se aperta, engulo em seco. No entanto há algo de prepotente em seu modo de chupar o ar, de enxugar o suor com um velho lenço; adivinho uma espécie de gula no gesto involuntário da mão que desce acariciando e sustentando a dupla pança. Acho que compreendo. Não conseguirei nada do cidadão Blanchet, não vou poder negociar com ele, ninguém nunca deve ter conseguido isso.

Justine ergue o queixo e me faz um gesto de entendimento. Seu grande nariz palpita. Agora eu sinto também. Não é o cheiro a que todos, ricos e pobres, nos habituamos, aquele cheiro que teimamos em chamar de pão, e pão não é, mas uma pasta feita de sêmola, farinha de cevada, de batata, de fava ou sabe-se lá o quê. Não, do forno de Louis-François Blanchet hoje não sai o sopro áspero do pão da Revolução, mas um odor esquecido. De pão feito com farinha de trigo, a crosta dourada que estala entre os dentes. Pão verdadeiro, em todo caso. Pão em forma de torta, pão redondo, pão longo, pão amanteigado, pão abiscoitado, pão para o café, pão de fatiar... Ou talvez seja, sim, o aroma do pão macio de Paris, a melhor farinha misturada a fermento de cerveja. Pálido, delicado como um senhor em meio aos matutos, Sébastien diz que entende disso depois de ter estado exilado na Suíça, depois de ter sofrido na Sabóia e no Palatinato. O pão feito por servos é detestável; o pão bom, na opinião do meu amigo, come-se apenas nas padarias de Paris. Ou melhor, se comia. Porque, bom ou ruim, meu caro cidadão Blanchet, digo avançando com decisão e me sentindo de repente alegre, leve e faminta, muito faminta, o pão em Paris já não se come mais.

Hyacinthe

...no início, apenas no início. De resto, é natural que no início estivesse um pouco embaraçada. Por vários motivos. Entretanto não sabia como dirigir-me a ela, com que nome ou tratamento, porque, em rigor, não é nem mesmo minha sogra. Estamos todos habituados à precisão das genealogias, à classificação das descendências e das ramificações, à sistematização minuciosa de cada novo relacionamento dentro do grande laço de família, um costume de séculos. É lógico que sentisse algum embaraço, por assim dizer, terminológico.

No fim das contas, quem é ela para mim?

Se Pierre não é meu marido, mas meu companheiro — meu esposo diante do amor, porque o amor é o único vínculo que reconhecemos, o amor, e não o casamento, que corrompe os sentimentos e aniquila qualquer intimidade —, então, se Pierre não é meu marido, ele é o quê?

Também sentia um constrangimento de outra espécie, e este, para ser sincera, ainda não superei: um desânimo, quase um temor por sabê-la tão famosa, com todas as coisas que fez na vida, bem mais do que as tantas que as mulheres normalmente fazem, ou seja, os dramas e romances que escreveu, as apelações, os manifestos, as obras filosóficas e projetos patrióticos, seu modo de falar em público... É mais eloqüente do que um deputado da Convenção, embora sua voz mantenha esse curioso sotaque sulista, um pouco arrastado, quase exausto, se comparado à pronúncia rápida de nós, parisienses. E, além disso, a coragem. Uma coragem física, que a faz enfrentar os homens sem medo.

Contam-se várias histórias a seu respeito!

Um ano atrás, por exemplo, quatro malfeitores a esperaram fora de casa. Homens de Felipe d'Orléans. Ela o acusara de traição, e ele queria dar-lhe um corretivo. Os infames a agarraram pelos cabelos e a insultaram, gritando aos passantes: 24 moedas... por 24 moedas a cabeça da De Gouges, quem vai querer? E ela: meus amigos, ofereço trinta e peço a preferência.

Concluindo, há muitas coisas para que eu me sinta pequenininha diante desta mulher. E não só em sentido figurado. Olympe é tão alta! Como se não bastasse, tem um jeito de alçar o pescoço como se estivesse insatisfeita por não poder olhar o mundo de um ponto ainda mais alto. Mas agora, que a conheço de perto, sei distinguir suas impaciências de seus medos, porque ela também, sim, também Olympe às vezes tem medo, como já notei, e isso muda tudo. O meu sentimento. Meu modo de ouvi-la. O significado, no fim das contas, de nossas distâncias.

Chegou a Tours no silêncio de uma tarde extenuante, cheia de sol e de mosquitinhos incômodos. O verão deste ano está quentíssimo, e até as noites da cidade construída em meio à água dos rios, que apesar da estiagem continuam a convergir, divergir e misturar-se com os lentos remansos de lama, até as noites são terrivelmente abafadas e me fazem sofrer. Sua chegada foi um sopro de vento, trouxe-me alívio.

Aí está ela, pois, de surpresa, com seu pequeno chapéu azul coberto de pó e os olhos avermelhados pelos três dias de viagem. Oh, mas não foi cansativo, protesta sorrindo, de pé no vestíbulo, e Justine, atrás dela, concorda sem convicção. Ao contrário, diz, viajar é fácil no verão tórrido, porque as estradas estão secas e as rodas da carroça correm por elas suavemente, tanto que nem é preciso agarrar-se às alças de couro. Estradas enxutas, mas vazias: em três dias de viagem, vira apenas alguns veículos militares, encarregados de levar e trazer os oficiais de Paris.

Por um instante imaginei que ela já tivesse recebido minha carta e fiquei maravilhada. Faz meses que o serviço postal praticamente não funciona e, quando funciona, é lentíssimo, mesmo quando os poucos postilhões que ainda não mudaram de emprego vão depressa, forçados a dobrar as corridas e os serviços. Mas nos departamentos as notícias chegam a intervalos tão longos que é um verdadeiro suplício.

Naturalmente não, ela não havia recebido a carta, mas sabia que Pierre tinha sido ferido. Às vezes tenho a impressão de que é mais bem informada do que o próprio ministro da Guerra. Fora avisada por um amigo que acabara de retornar de uma missão na costa. Dissera-lhe que Pierre caiu após um golpe de baioneta e que ficou, durante um dia e uma noite inteira, debaixo da carcaça de seu cavalo. — Agora está no hospital — e ela não pensou duas vezes: tomou a primeira diligência que partia e veio vê-lo.

— Ele está bem — tranqüilizo-a imediatamente, tomando suas mãos nas minhas. E acrescento que há tempos teve alta do hospital e, aliás, já estava em viagem, justamente rumo a Paris, com certeza numa daquelas viaturas militares que ela cruzara na estrada.

Vai tentar sua grande oportunidade, lhe explico, nossa oportunidade, se é que Tallien — foi ele quem o convocou — apoiará sua nomeação para general de brigada.

Em vez da grata surpresa que eu esperava causar, ao nome de Tallien seu sorriso murchou. Sinto seu pulso enrijecer e os dedos me apertando com uma força inusitada.

Nesse meio tempo, Justine desapareceu com as bagagens atrás de Pauline. Estamos eu e ela, sozinhas pela primeira vez desde que nos conhecemos.

Deve ser pelo transtorno de sua presença, deve ser por isso que sou tomada de uma ânsia e timidez que, ao invés de me calarem, me forçam a falar, a enfiar palavras uma atrás da outra, em cascata. Falo, falo e continuo falando, digo que a situação é delicada, que o ministro da Guerra infiltrou seus comissários jacobinos em toda parte, que os generais estão condenados a viver e a combater em meio a agentes do governo que não se contentam em espionar, mas pretendem um comando que não lhes cabe, e os oficiais devem mover-se com muita cautela entre essas intrigas, mais perigosas que uma emboscada nos pântanos do Marais ou do Poitou. Mas talvez não seja mal que haja alguém vigiando e escolhendo os homens certos. Certos para a Revolução. Pierre diz que não há necessidade de generais experimentados, basta que sejam leais republicanos. Por isso lhe prometeram a patente que seu gênio militar merece, patente que poderia ter sido negada por conta de sua juventude. Na Convenção há homens que sabem reconhecer a lealdade.

— Que homens?

— Os homens da Montanha.

Com aquele impulso que conheço bem, porque Pierre o herdou tal e qual, ela retira a mão das minhas com tanto ímpeto que me arranha a palma com as unhas.

— Impossível. A Montanha ofereceu uma promoção ao filho de uma moderada, de uma amiga da Gironda? — Seus olhos me repelem como se tivesse dito algo inconveniente; depois se tornam absortos, apagam-me da vista perseguindo um pensamento:

— Se fizeram isso, qual é o objetivo? O que eles querem?

Oh, mas eu não sei. Permaneço ali, confusa, diante dela, já sem palavras, na tarde densa de mosquitinhos nascidos das ondas de calor. Não sei. E me sinto idiota e culpada por toda a inexperiência que me faz o mundo escapar dos dedos, tornando-se distante e abstrato. De que adianta discutir e ler romances e livros de filosofia? Entendi que, se me falta experiência, sempre farei o papel de tola. E à minha mente retorna aquela primeira viagem no coração do inverno, quando, ao observar os campos desfolhados, eu, que nunca havia saído da cidade e não sabia de colheitas nem de estações, exclamei: meu deus, que desgraça, não haverá trigo este ano.

E agora ela me pergunta o que querem os homens da Montanha. O que querem? Realmente não sei. E noto um nó na garganta e me envergonho pela enorme vontade de chorar, como uma menina.

Mas ela percebe e imediatamente se torna mais suave, muda de tom.

— Vamos. — A mão espalmada para o alto, num gesto desarmado. — Estou morrendo de vontade de ver o pequerrucho.

No quarto das crianças há um cheiro de leite e sabão. Jean-Hélie ri feliz e se ergue bamboleando as perninhas, correndo para as nossas saias. Está virando um homenzinho robusto desde que lhe tirei o andador. Quero que meu filho caminhe livre! Olympe o carrega e, na ponta dos pés, com ele nos braços, se aproxima do berço. O pequeno dorme de punhos cerrados. Nasceu em Tours, e ninguém o conhece ainda, nem mesmo minha mãe. Olympe se inclina e o malandrinho abre os punhos, abaixa as mãozinhas e a observa. Olhos cinzentos — ela sussurra satisfeita. Os dela são castanhos, de um belo castanho dourado.

Assim começaram nossos dias juntas. Meus dias e os de Olympe.

— Você está muito fraca, precisa caminhar — decidiu ela, depois de passar-me em revista com um trejeito crítico. Não haviam passado nem duas horas desde sua chegada. — Caminhar faz bem ao corpo e ao espírito, dissipa todos aqueles vapores antipáticos das mulheres. E acrescentou com um belo sorriso:

— A cabeça não amadurece na sombra.

Num piscar de olhos, sua proposta se tornou um hábito.

Todas as manhãs, antes que o sol nos tire todo o fôlego, lá estamos nós, passeando sob as copas das tílias plantadas no século passado, na alameda que atravessa a parte mais bela da França, mais bela ainda — segundo as pessoas do lugar — que os bulevares parisienses. A senhora de Guillebon gostaria de nos acompanhar algumas vezes, mas por sorte ela logo se cansa e desiste na terceira venda de bebidas frescas, à beira do largo rio.

A princípio eu também me cansava naquelas longas caminhadas; Olympe, não: está habituada. Aliás, quando morava em Auteuil, costumava ir a pé a Paris, até a barreira da alfândega. Ali se sentava nos degraus para repousar, trocava as botas por um par de sapatinhos baixos e pegava depressa um carro de praça, que a conduzia rapidamente ao seu velho impressor, Couret, um homem mal-agradecido, que primeiro enriqueceu à sua custa e agora se tornara o mais feroz dos credores.

O fato é que adotamos o costume de passear. E, caminhando lado a lado, ela me falava de Robespierre, de seu aspecto de cão bastardo, sempre com pó-de-arroz no rosto, sempre bem escovado em sua roupa verde e triste, me falava de seu rosto pálido que comove as mulheres, do talento de sedução sobre as almas femininas, de como, com os jacobinos ou na Assembléia, ele se serve de dois pares de óculos, um para ler e outro para fixar as tribunas lotadas de mulheres, e elas enrubescem pensando "está olhando para mim".

Ao voltar de nossa caminhada matinal, entre o cansaço e o calor que emanava da rua, eu entrava numa espécie de sonolência enevoada. Ah, sim — pensava —, finalmente! Se eu pudesse deitar na cama agora, imediatamente, conseguiria dormir um pouco. Mas é hora de amamentar, e o sono já foi embora. Além disso, há os caprichos de Jean-Hélie e Pauline que pergunta se já pode servir o almoço e Justine que entra com a água para o escalda-pés de Olympe. Pousa no chão a bacia de prata e resmunga com reprovação: sua água. Não pode ser tão saudável — diz ela — essa lavação toda; a água, como se sabe, dilui a força do sangue e deixa a pele frágil. Mas Olympe tem a pele macia e o corpo esbelto, ao passo que Justine é seca que nem um jansenista na Páscoa.

Pierre passa a mão irritada entre os cabelos que um coiffeur de Paris cortou bem curto — a meu ver, curto demais. Ele também sofre com o calor. Dentro do leve sulco a meia-lua das narinas e mais abaixo, ao longo da curva dos lábios, escorre-lhe um fio de suor.

— Não se atormente — digo, tentando impor à voz uma suavidade que o acalme.

Voltou furioso e sem a nomeação. Preocupado por ele, por nós, pela situação de sua mãe. Em nossa cama, com as cortinas amarradas no alto para deixar passar qualquer sopro de vento, Pierre se desespera todas as noites.

Olympe está combatendo uma batalha suicida. Seus apelos circulam por Paris. *A tirania avança a passos de gigante...* E a assinatura dela sob esta frase. Ou ao pé da carta que ela enviou diretamente à casa dos jacobinos da Comuna e da Convenção, e que não é uma carta, mas um testamento. Seu testamento político.

Deixo minha honestidade aos homens, que dela necessitam, minha alma às mulheres e meu gênio criador aos autores dramáticos, a quem certamente será útil, recita Pierre em tom forçado.

Não posso evitar o riso. Como não reconhecer nestas palavras toda a teatralidade meridional de sua mãe? E Pierre, depois de um instante de incerteza, também ri e me pega nos braços.

— É maluca — sussurra em meu ouvido, empurrando a touca para trás e procurando meus cabelos.

Sob a camisa aberta, seu peito é quente e o coração palpita à flor da pele.

— Não, não tenha medo. Estivemos no tabelião.

Há incredulidade no movimento rápido do queixo que se afasta do refúgio de meus cabelos.

Mas não estou inventando uma história para tranqüilizá-lo. É verdade, Olympe quis que eu a acompanhasse ao tabelião antes de retomar a viagem. Esperamos não sei quanto tempo num escritório sujo, sentadas em desconfortáveis poltronas de bambu, com um cartaz amarelado anunciando uma desapropriação que pendia sobre nossos barretes de veludo, enquanto dois copistas continuavam arranhando folhas e folhas de papel timbrado. Foi naquela altura que, notando seus dedos inquietos girando a corrente do relógio, percebi a ponta do medo. Era medo de decidir-se? Ou um medo que vinha mais de longe e a atacava à traição?

O que quer que fosse, minha presença não era de nenhuma ajuda. Eu o percebia, e isso me desgostava. Por sorte o irmão do notário também estava ali, um padre, mas bom republicano, um daqueles que prestara juramento à Constituição na primeira hora. É ele quem vai ajudá-la com os lavradores. Começaram a falar das derrotas no oeste, do último número do *Moniteur*, que chegara por um correio especial... Em suma, no fim das contas tudo correu bem e o acordo foi fechado. A casa do terreno Figuier é dela.

— Ela prometeu que se retiraria no campo — insisto. — É preciso acreditar nela.

Pierre se cala. Mas seu corpo contraído pouco a pouco se distende, e seu abraço se abranda.

— Então por que voltou a Paris? — murmura logo em seguida, já perdido no sono.

Dorme. Uma respiração calma. Retiro lentamente minhas pernas das suas e recupero minha parte da cama.

Com os pés, busco uma ponta de lençol ainda fresca.

A noite vai ser longa.

Apoiada num cotovelo, o espio na luz baixa da vela noturna. De vez em quando ele mexe a mão que repousa no travesseiro e suspira, um leve suspiro de sofrimento que lhe treme os cílios, como se de repente, sob as pálpebras, uma imagem o invadisse à força, algo que o irrita mesmo no sono. Prendo a respiração e, com a ponta do indicador, toco-lhe o canto dos lábios, a cicatriz que corta seu supercílio. Ele protesta com um grunhido e continua a dormir. Sorrio, embora me sinta triste.

E ele dorme. E eu o observo. Já não sei se estou suando pelo calor da noite de verão ou pela costumeira chama que se acendeu, pontualmente, e agora queima em minha cabeça.

Levanto-me. De pés descalços, percorro todo o corredor. Paro diante do quarto das crianças para escutar.

Uma paz que me enche de ternura.

Abro de leve a porta. A respiração regular de Pauline e o rumor apenas perceptível de Jean-Hélie, os barulhinhos de Anacharsis, meu pequeno Anacharsis, em suspiros de satisfação e de leite materno...

Uma criaturinha pacífica.

Pierre está muito orgulhoso por ele e por meu seio finalmente inchado de leite. Assim é que deve ser, diz ele. O que há de mais belo do que uma mãe que pela segunda vez une os filhos às entranhas, que os alimenta com o próprio corpo e com o próprio espírito? Lembro nosso primeiro encontro, nos jardins das Tulherias. Lembro como, já naquela ocasião, ele me perguntou se eu era uma daquelas mulheres que se recusam a amamentar os filhos. Mulheres egoístas, disse, que consideram sua tarefa natural pouco menos que uma escravidão. Eu na verdade nunca tinha pensado nisso. — Vou fazer o mesmo que minha mãe fez. — Naquele momento, não me ocorreu nenhuma outra resposta.

Depois Jean-Hélie nasceu, e meu leite se mostrou escasso, insuficiente para fazer um bebê crescer. Como eu chorei! Estava apavorada com a idéia de que Pierre reprovasse a avareza do meu peito. Ele entenderia que não era egoísmo de minha parte? Que eu não podia fazer nada se meu corpo era surdo? Ah, meu corpo obtuso, tolo, imaturo, que se recusava a escutar os preceitos da nova filosofia e não se deixava convencer de que a Revolução deveria começar justo dali, do bico do meu peito.

Enquanto isso Jean-Hélie continuava pele e osso, comprido e peludo. Chorava dia e noite e me acordava... porque na época eu dormia, sim, dormia.

Abro a janela que dá para o balcão, ao fundo do corredor. Tiro a touca e balanço os cabelos. No ar, um cheiro de mofo. Até minhas mãos e as pontas do cabelo cheiram a mofo. Vapores sobem das águas enquanto estou aqui, na balaustrada, farejando as pontas de meu cabelo e escutando o correr do rio. Abaixo de mim, o desenho das pontes tem a fragilidade das coisas provisórias, os muros da cidade parecem represas e as represas estão distantes, castelos cerrados de onde extravasa o lamento das ondas.

Em minhas noites sem sono descobri que cada rio, como qualquer homem, tem a sua voz.

A do Loire é melancólica. A do Sena, ao contrário, é sempre atarefada, o rio tem uma voz alta, cheia de discussões e rumores discordantes.

A voz do Tarn, por sua vez, nem sei imaginá-la.

Você se lembra? Perguntei uma vez a Pierre. A voz do rio que matou seu pai... Mas ele era um bebê com menos de 3 meses, não pode se lembrar da voz que tinha o rio naquele dia.

A inundação espalhou-se até o coração de Montauban, destruindo centenas de casas e de homens.

Pierre não se lembra, é claro, mas às vezes sonha. Estradas enfumaçadas, incêndios nas praças e um horrível cheiro de enxofre.

Este sonho é tudo o que lhe resta de seu pai, porque no ano seguinte Olympe deixou o Tarn pelo Sena, cortando as próprias raízes da lembrança.

Tinha 19 anos. Exatamente a idade que tenho agora.

Françoise-Modeste

O funeral foi belíssimo, uma verdadeira festa, toda a Paris se comoveu; até minha irmã Suzanne, que normalmente só se comove com o resultado de seu penteado, até ela chorou, e eu mais que ninguém.

A cerimônia estava prevista para as 6h, e não fiz outra coisa senão contar as horas e os minutos, de tanta agitação não comi nada durante o dia, mas por outro lado bebi não sei quantos copos de água misturada com um pouco de xarope, porque a ansiedade me secava a garganta, e usei toda minha reserva de astúcias na tentativa de evitar meu pai. Temia que ele mudasse de idéia e nos proibisse de participar da festa. Não teria sido justo. Quem o ajudou a colar os cartazes com o anúncio das homenagens fúnebres, quem estendeu a brocha para ele, quem lhe disse "mais à direita, não, mais uma polegada à esquerda" enquanto estava em cima da escada? Eu, eu e ninguém mais.

Meu pai tem um cargo importante, um cargo oficial de colador de cartazes da cidade. Isso significa que hoje ele tem uma enorme missão: vigiar para que a Revolução não seja emporcalhada nos muros de Paris. Ele é uma sentinela da pátria, é isso que meu pai é.

Para dizer a verdade, ele sempre foi muito escrupuloso em seu ofício. Mesmo antes da Revolução, quando colar cartazes não era uma tarefa civil de tanta relevância.

Conheço bem seu modo de trabalhar. Agora acontece raramente, mas, quando eu era menor, acompanhava-o todos os dias ou quase: era sua ajudante. Ele carregava a escada e a brocha no ombro, e eu levava o avental e a lata de goma a tiracolo. Com o nariz para o alto, ficava olhando enquanto ele subia agarrando-se com ambas as mãos, por causa do joelho esquerdo que, com o passar dos anos, se entrevou. Colava, voltava para baixo e dava alguns passos para trás, a fim de visualizar o cartaz. — Como ficou? Torto ou direito?

Na época ele não se importava com o que estava escrito no papel nem com o que os parisienses iam ler — aliás, ele mesmo lê mal e enxerga ainda pior. Preocupava-se com a simetria, a precisão. Quanto ao resto, quer se tratasse de uma nova comédia florida com os nomes dos atores, como se costuma fazer há algum tempo, de um cachorro perdido ou de um casamento, meu pai era o emblema da indiferença. Mas a qualidade da goma e dos pincéis, isto sim lhe interessava, assim como a minúcia dos cálculos necessários para não errar as medidas. E ai se houvesse algum erro! Quando isso acontecia, ele se punha diante do pobre cartaz que pendia desarmônico sobre a cabeça dos passantes, como se estivesse diante de um inimigo em carne e osso, e o desafiava, assoviando com os lábios apertados. Um assovio concentrado, doloroso.

Meu pai gosta de seu trabalho, esta é a questão. E acredito que eu também goste pelos mesmos motivos. Nesta cidade, que é a maior do mundo, neste espaço imenso onde tudo e todos perigam se perder, o trabalho de meu pai é a cola que une, que liga o grande ao pequeno, que dá um lugar e um tempo a cada coisa. Também à aventura. Se não fosse ele, quem saberia em que dia e hora os navios de passageiros zarpam para as Índias?

Há os jornais, é verdade. Mas é preciso comprá-los. Já os cartazes são para todos, tanto para o *ci-devant* que continua se sentindo um aristocrata quanto para a carvoeira do bairro Saint-Antoine.

Por isso meu pai não parou de sair com a escada e o avental nem mesmo quando o mal nos ossos o dobrava em dois e ele teria podido ficar de braços cruzados olhando a janela, por que seu irmão Gustave, que tinha um barco e fazia certos transportes com os ingleses antes que se tornassem nossos inimigos, bem, tio Gustave morreu e se descobriu que seus negócios haviam rendido uma boa quantia e então agora meu pai também poderia usufruir disso. Mas ele disse: a Revolução precisa de coladores... sem contar que com duas filhas mulheres o dinheiro nunca é demais, deveria bancar o senhor justo agora que ganho bem?, o trabalho dobrou com os boletins da Convenção e os pronunciamentos dos deputados. E assim ele manca e sobe, sobe e manca, sem parar nunca. Quanto à indiferença, já não pode permitir-se. A responsabilidade é grande.

Mas eu também tenho minhas responsabilidades. Por isso me preocupava com o funeral. É um dever de todos, de *todos* — certo? —, prestar homenagem aos heróis da República, embora meu pai diga que Robespierre alertou os jacobinos contra as pompas fúnebres que, excitando a soberba, desperdiçam as energias do povo e que seria melhor comprometer-se de modo mais útil com a pátria.

A advertência é sábia, digna de um autêntico republicano como Robespierre, mas por acaso se pode faltar aos funerais de Marat?

Para abreviar, ouço bater as 6h e nós ainda estamos em casa. Não agüento mais de tanta impaciência, da janela entra um rumor surdo, contínuo, é a multidão que vai se juntando e se demorarmos mais um pouco tenho medo de não ver nada. Isso já me aconteceu na Igreja dos Franciscanos, onde o corpo estava exposto. A multidão se aglomerara a tal ponto que não consegui achar espaço. De longe, de muito longe entrevi jovenzinhas que lançavam flores sobre o leito fúnebre, todas vestidas de branco — como queria ser uma delas! —, enquanto o presidente de uma seção pronunciava um discurso.

...cidadãs, espalhem flores sobre o corpo pálido de Marat! Marat foi nosso amigo, foi amigo do povo, viveu para o povo, pelo povo morreu. Cidadãs, espalhem flores sobre o corpo pálido do amigo do povo...

Não o vi nos franciscanos, mas pelo menos hoje gostaria de poder vê-lo, esse homem misterioso que, pelo que diz meu pai, viveu escondido nos subterrâneos de um convento e saiu dali como um ser criado pelas próprias necessidades da Revolução.

— Mas o que você quer ver? — resmunga Suzanne. Ela não se interessa pelos cortejos cívicos. Fica todo santo dia em casa lidando com espinafres e cebolinhas que viram sopas e quiches depois, revendidas pelas ambulantes de Halles, ou então colada na cadeira a remendar rendas para a costureira que mora no andar de cima, e isso lhe basta.

— Eu não sou como você — protesto. — Sou uma patriota, sou mesmo, e quero ver o Amigo do povo antes de ser enterrado. Ah, sim — continuo, inspirada –, quero vê-lo e tocar o lençol que o envolve e o peito nu com a ferida que sangra...

— Mas que sangue, se ele já morreu há quatro dias... — ousa rir minha querida irmã mais velha.

— *Quase* quatro — especifico.

— E mesmo quando estava vivo, com aquela pele de peixe podre...

Isso não me impressiona, sou uma verdadeira "romana". Por acaso Clelia, Porcia e Lucrezia se impressionariam? Ah, que grandes histórias aprendi nos sete meses que estive na escola da cidadã Fournier! Depois de ter lido os feitos das heroínas antigas, não posso me assustar com o sangue de um mártir.

No fim das contas, nem desta vez consegui vê-lo. A procissão já ia bem adiantada quando saímos de casa. Mas mesmo assim foi magnífico.

Tudo era grandioso e patriótico. O povo desfilava reunido sob as bandeiras das diversas seções, desfilavam os membros da Convenção, da Comuna e da Administração departamental, desfilavam os eleitores e as associações populares. Até a desordem tinha um quê de imponente. Homens e mulheres saíam do escuro das ruas, passavam para dentro de um clarão de tochas, tornavam a ser engolidos pela sombra para ressurgirem de novo num lampejo de chama. Acima de todos, no céu negro, pendiam os contornos das casas.

O relógio da cidade soa a meia-noite quando finalmente chegamos ao jardim dos Franciscanos. Os tambores ruflam e o cadáver de Marat é colocado sob os salgueiros. Um vento suave agita as folhas que refletem e multiplicam as luzes lacrimosas das lanternas. Faz-se silêncio. O silêncio impressionante das multidões. O presidente da Convenção ergue o braço. A liberdade não pode morrer, grita, e a morte de Marat deve servir para reforçá-la.

Ao meu redor todos choram. Talvez por causa do jejum, do calor, do incenso, do aperto ou pela emoção de me ver entre tantas pessoas famosas, à noite, os nossos guerreiros e o cortejo que não acaba nunca e os discursos também intermináveis, a certa altura sinto vapores subindo-me à cabeça e desmaio.

Acho que estou sonhando quando abro os olhos e o vejo. Precisamente ele, Nicolas Danzel, inspetor de polícia. Torno a fechar e a abrir os olhos, e ele está sempre ali. Cidadã, me chama com uma voz que é pura aguardente destilada gota a gota sobre um torrão de açúcar. Cidadã, insiste, os olhos escuros fixados em minha têmpora, onde o cocar tricolor recolhe as fitas que prendem meus cabelos. E eu fecho a mão no peito para acalmar o coração que pulsa e quer saltar sob o impulso de um grande amor à pátria.

O fato é que eu nunca, jamais teria imaginado ser chamada de cidadã pela voz de Nicolas Danzel.

Quando o espiava enquanto ele passava debaixo de nossas janelas, com o andar elegante nos sapatos de fivelas prateadas, não ousava nem sequer imaginar que um dia me dirigisse a palavra. Mas naquela época eu era pequena. Depois cresci e ele mudou de casa e se tornou um herói. Faz parte do Comitê Central Revolucionário e foi ele quem libertou Marino, outro grande herói, que teve a coragem de denunciar à Comuna o complô de Vergniaud, Brissot, Pétion e outros girondinos, todos traidores, como sabemos, todos agentes da Inglaterra e da Prússia.

Meu pai tem muito respeito por esse Marino, ia sempre ouvi-lo quando ele fazia um discurso na seção. Imaginem como ficou quando o prenderam por ordem da Convenção, acusado de tramas secretas contra aqueles mesmos girondinos que ele denunciou como traidores. E depois prenderam Dobsen, que é juiz do Tribunal Revolucionário. E também Hébert, em nome da liberdade de imprensa. No dia seguinte ouviram-se os gritos do *Père Duchesne*. Nas seções há o maior pandemônio, Montanha e a Gironda se digladiam, meu pai, apesar da perna, corre de uma seção a outra para decidir o resultado da luta, nem que seja a golpes de cadeira.

E Nicolas Danzel à frente de todos. Na primeira fila. Presente onde quer que seja solicitado.

Por fim, o decreto sobre a liberdade dos detidos é posto em votação na Convenção. Meu pai está muito agitado, não se conforma, o temor é grande. Mas o decreto passa, tarde da noite, mas passa, e a vitória é nossa: Paris venceu! A Comuna ordena que toda a cidade se ilumine e organiza uma passeata cívica. Minha mãe naquela altura já está cansada, graças aos céus não que ir, e meu pai tem de se contentar comigo, que logo me apresento. E assim também participo do triunfo de Hébert, Marino e Nicolas.

Queria dizer-lhe isso agora, enquanto ele se inclina para ver se não me machuquei, mas sua respiração faz cócegas em minhas bochechas e eu perco a voz, por mais que me esforce não consigo dizer nem uma palavra. Apenas o observo bem de perto e balbucio. Nicolas Danzel. O libertador.

Nicolas em pessoa esperou que eu me recuperasse inteiramente, comprou numa barraquinha iluminada de velas uma limonada para mim e outra para Suzanne e nos acompanhou até em casa.

Todos os que voltavam do funeral o reconheciam e nos cumprimentavam com o obséquio devido às pessoas de destaque. Ele por sua vez os saudava e voltava a falar com minha irmã, perguntava-lhe se estivera na Igreja dos Franciscanos e queria saber que discurso lhe agradara mais. E a hipócrita respondia. Uma conversa absurda. Gostaria de interrompê-la para explicar ao desavisado Nicolas como eram exatamente as coisas, que Suzanne não se interessa nem sabe nada sobre esses assuntos. Eu é que sou a patriota, a "romana" da família. Mas assim que abria a boca ela me calava:

— Vamos, não se canse. — De fato ainda me sentia fraca, e a presença de Nicolas me abatia ainda mais. Era tão gentil! E Suzanne aproveitava para se fazer de graciosa. Ela, que aliás já tem 24 anos. Mas é verdade que seu penteado *battant-l'oeil*, todo entrelaçado, lhe cai muito bem e quase não se nota a idade.

Já estávamos na porta de casa. Minha irmã continuava concordando a cada palavra de Nicolas, e eu não sabia o que inventar para atrair de novo sua atenção.

Por sorte me dei conta de que tinham roubado meu lenço mais bonito, aquele azul com pequenas listras vermelhas marcado com as letras FM em branco, e ele lamentou muito e me prometeu que se informará, porque durante esses grandes cortejos muitos ladrões são detidos com o produto de seus furtos, e por isso ele me pediu que eu o descrevesse detalhadamente, de modo que, caso o encontre, possa restituí-lo a mim. Eu conto com isso.

Justine

— Mas como aconteceu? — indagou Renée, que, sendo ruiva, é mais curiosa que uma raposa, enquanto eu abro sobre a mesa da cozinha a trouxa de roupa lavada e passada que ela acaba de me entregar, conferindo e contando peça por peça: tantas camisas de pano da Índia, tantos pares de lençol, tantos forros, tantos fichus.

— Como aconteceu... — Dou de ombros: uma queda, nada mais que uma queda banal, e minha pobre Babichette quebrou um joelho. Culpa desse tempo maluco que está fazendo em Paris. Primeiro um céu limpo, sem uma nuvem, depois trovões por toda parte e uma chuvarada daquelas, e de novo o céu transparente e brilhante e mais uma vez vento e temporais um atrás do outro. Mais que temporais: furacões! Um fim de mundo que sacudiu estradas, pedras, lama, fossas negras que cospem suas porcarias, os canais de esgoto que transbordam... nada mais fácil que escorregar.

— Estava a pé? — espanta-se Renée.

Lá vem ela se metendo também. O porteiro, o rapaz do cabeleireiro, todos me perguntando: mas então estava a pé? Ergo o peitilho bordado contra a luz: a mancha de vinho tinto desapareceu sem deixar nenhuma marca. Renée trabalha bem, pena que seja uma jacobina raivosa, uma fanática que deu o nome de "Montanha" a seu último filho, um nome que seria capaz de esmagar um adulto, imaginem um bebê de poucos meses.

— Estava a pé — confirmo, pousando o peitilho.

Grande novidade, penso. Ela está sempre a pé. No caso específico, ia cumprimentar a irmã Jeanne, que está de mudança para o campo. Lógico, quem pode vai embora de Paris. Nós, ao contrário... Nós compramos uma bela casa em meio aos vinhedos, grande, bem mobiliada, agradável, desembolsamos sem pestanejar o valor que o padeiro usurário nos pediu, fizemos um belo negócio... para quê? Para voltar à cidade e morrer de calor, de medo e de dívidas. Enquanto isso a senhora Jeanne, mais sábia do que nós, fecha a casa e vai embora se esquecendo de credores e devedores. Porque ela também não brinca com essas coisas... Um vício de família. Perfumista, modista, herborista — certa vez até interditaram o apartamento dela.

Mas há muitos meios de endividar-se.

Ah, se eu pudesse falar. Mas não são coisas que se digam, muito menos a alguém como Renée, essa jacobina raivosa! Porque eu conheço muitos espertos que enriqueceram com a Revolução! A começar pelos lojistas que escondem carne e farinha para revendê-las, por baixo do pano, a preços exorbitantes. E enquanto esses bravos patriotas matam os franceses de fome, minha Babichette se reduz à miséria pela causa popular. Sei fazer contas melhor do que ela. Em cinco anos, deve ter gasto 40 mil francos entre impostos, contribuições para a guerra e festas cívicas. Muito mais que perfumes e chapéus! Um patrimônio jogado fora em nome da Revolução. E agora temos de comprar fiado até a ração dos canarinhos, enquanto a senhora Jeanne parte para o campo e dá adeus a todos, até à irmã.

Não que a senhora Jeanne seja má. À primeira vista, chorou e se desesperou quando ela lhe apareceu naquelas condições. Ainda mais porque estava assim por sua causa, porque ela saíra para vê-la, para abraçá-la antes que partisse. Com grande pressa chamou o marido que logo veio em socorro, limpou a ferida, desinfetou-a e enfaixou-lhe a perna. Um médico escrupuloso, de toque gentil, que quase não se sente. Certa vez também cuidou de mim...

No entanto, terminados os curativos, ela enxugou as lágrimas, ele desceu para buscar uma carroça, ajudou a cunhada a subir no coche e se despediram — desde ali, ninguém mais os viu.

— Então estava a pé... — insiste Renée, esfregando as mãos no avental, os olhos ávidos, prontos a sorver toda a história, do início ao fim.

Mas por acaso eu deveria explicar a você, uma lavadeira, por que minha Babichette prefere caminhar mesmo sendo uma senhora?

— Quando chove — encerro a conversa –, é difícil encontrar carroças.

Aliás, resmungo, desde que começaram a requisitar os cavalos, não se encontram mais carroças. Não importa o horário e o tempo.

— Nossos soldados precisam dos bons cavalos. Para ir ao teatro, até um pangaré é suficiente — responde Renée, irritada.

Não gosto do seu tom, que se torna repentinamente agudo, como se estivesse numa praça de mercado. Mas é seu modo de agir, não é o caso de me aborrecer. Na seção lhe ensinaram a erguer a voz mesmo quando não deveria... Uma fanática.

Mas trabalhadora.

Sempre azafamada, irrequieta, o avental mais longo que a saia pelo menos três dedos, invariavelmente torto pela correria. Ganha por dia e por isso precisa galopar! Não há manhã que não a veja com a touca revirada pelo vento, ao longo do Sena, enquanto, a serviço da cidadã Charton, sua patroa, transporta ferros e braseiros até o batel-lavanderia ancorado nas vizinhanças da seção dos Invalides. No entanto, apesar do tempo e do cansaço necessários para ganhar uma ninharia, ela foi a primeira a exibir o cocar tricolor no peito.

Da pilha de panos limpos que aguarda sobre a mesa emana o mesmo cheiro sutil de seus braços: sabão e cinzas.

— Quanto é — lhe pergunto.

E Renée começa o ritual de sempre. Nunca diz: tanto por isso, tanto por aquilo e tanto para mim. Em vez disso, começa a lamentar-se dizendo que o sabão sumiu da praça e, quando se encontra, não custa menos de 40 soldos a libra.

Mas desta vez ela não está sendo sincera. Acha que eu não sei do grande acontecimento da quarta passada? Os batéis de sabão estavam chegando à cidade pelo Sena quando as lavadeiras foram ao ataque e meteram a mão nele.

Por fim, deixo escapar:

— Mas vocês não se abasteceram na quarta?

E Renée, muito seca:

— Eu não roubo o sabão do povo.

Mas a cidadã Charton estava lá. E as outras também, e o prefeito foi obrigado a intervir. Ele disse: Se os cidadãos parisienses começarem a saquear as mercadorias e remessas que chegam, ninguém mais as fornecerá para nós. Paris não terá nada para comer, vestir e manter seus 700 mil habitantes. E o que essas 700 mil pessoas vão fazer sem nada? Certamente se devorarão entre si. É isso o que queremos?

Noto com satisfação o brilho de terror que atravessa o olhar de Renée. Ela percebe e abaixa as pálpebras, enquanto amarra as pontas da trouxa que envolve a roupa suja. Quando gira o pulso, vejo no lado interno, onde a pele clara de ruiva é quase transparente, uma queimadura orlada de pequenas gotas de sangue vivo.

— Ah, é verdade — repito –, vamos nos devorar uns aos outros.

Ela aperta em silêncio o último nó. E eu fico ali, calada, observando aquela mancha vermelha sobre sua pele fina.

Renée foi embora com a trouxa, e eu me apresso em preparar a ração dos cachorros.

O general Alexandre me empurra com golpes firmes do focinho contra a saia, como se dissesse vamos, vamos. Pobre general, não podia ter um nome mais inadequado. É um cão contemplativo. Lento, com o corpanzil que desponta diante da janela. Com as patas dianteiras na sacada e as traseiras afundadas nas dobras do traseiro, não se move durante horas. O contrário de Montesquieu, que sempre treme de excitação, nunca está parado, gira ao redor da mesa, duas voltas, três voltas, e suas orelhas tremem, essas orelhas pendentes de spaniel, e o rabo se agita com as orelhas, a língua tremula, um espetáculo espantoso. Segundo Olympe, dentro de suas cabeçorras há uma alma à espera de poder voltar a encarnar em um corpo humano, por isso é preciso respeitar os animais e tratá-los com muito cuidado.

De onde lhe vêm essas idéias, não sei.

Quando estávamos em Montauban, se bem me lembro, os animais que víamos com mais freqüência eram os quartos de bois ou carneiros esfolados, presos em ganchos e expostos em nossa rua, que era a dos açougueiros.

Esfolados e pendurados, meu caro general. Mas não se assuste, eram apenas carneiros e bois.

Para ser franca, eu ficava um pouco assustada com aquelas carcaças em fila. E Olympe também... que na época não se chamava Olympe, não, absolutamente.

Esta é uma longa história, meu bichão lindo, grande, pesado e faminto. Uma história longa e antiga — não sei se pode lhe interessar. Mas nossa patroa gosta quando falo à alma escondida atrás desse focinho de alão, por isso me escute.

Marie Gouze é o nome verdadeiro dela, de batismo. E fez bem em mudar: sabe quantas Marie há em Paris? Já Olympe... além disso, era o segundo nome da mãe, sem dúvida o tomaria para si.

Mas na época, em Montauban, se chamava Marie e tinha apenas 2 anos quando Pierre Gouze morreu no meio daquela rua que toda sexta-feira fervilhava de sangue dos animais.

Morreu seco, coitado. De tristeza, murmuravam as velhas, por ter sabido quem era o amante da mulher e o verdadeiro pai, o pai natural de minha Babichette. Porque Pierre Gouze era um excelente açougueiro, mas ela, ah, é filha de um grande senhor! Jean-Jacques Le Franc de Pompignan. Marquês. *Ci-devant* marquês, como se diz agora. Em todo caso, um grande senhor e grande literato. E ele levava minha Babichette a cavalo pelas margens do rio Tarn, na primavera, quando floresciam o tomilho e o timo. Quem imaginaria que tudo terminasse daquele jeito, o grande senhor de um lado, a mãe e a filha de outro, sem nenhuma palavra ou gesto. E por que, então, não se sabe. A família dele, o orgulho dela... Enquanto o pobre Pierre Gouze...

Ah, é verdade! São histórias velhas. Quem hoje se interessa pelo pobre Pierre Gouze? Até eu mal me lembro dele, estava sempre fora, circulando pelas feiras do Limousin ou do Berry em busca de gado de corte. As más línguas dizem que ele estava em acordo com o senhor marquês e que se ausentava de propósito, cada vez mais longe, para deixar-lhe a mulher livre. Mas isso é uma calúnia. Caso contrário, ele teria morrido do coração?

A verdade é que, embora fosse um açougueiro, tinha uma alma caridosa. Ele deu o nome à minha Babichette... e era claro que não podia ser dele. Porque depois de um ano de ausência... Ah, sim, um ano. Doze meses, meu caro general. Esteve fora todo esse tempo e, quando volta, eis que encontra uma filha recém-nascida. A bela Anne-Olympe se arriscava a ter o destino das adúlteras, afogadas na gaiola que é baixada da Ponte Velha até as águas do Tarn. A gaiola desce bem devagar, pára, torna a descer com a desgraçada lá dentro, agarrada às barras...

O que você quer? Esses são os costumes dos homens, general. Fique calmo, sua ração já está quase pronta. Sei que não vai dar nem meia tigela e que você vai devorar tudo com duas linguadas. Mas os açougues estão vazios, ponha isso na cabeça, não estamos mais nos tempos de Pierre Gouze...

E voltando ao pobre coitado e à sua alma caridosa, é preciso também dizer que a família de Anne-Olympe gozava de certo prestígio na cidade e com certeza não ficaria muito contente de ver uma Mouisset se afogar dentro da infame gaiola. Sabe-se como eram as coisas naquele tempo e como continuam mesmo agora, nas barbas dos jacobinos. O povo corta a cabeça do rei? Continua sendo sempre povo, com a sopa rala que lhe ronca na barriga.

Mas na casa dos Mouisset se comia bem e se trabalhava com prazer. Era uma família que sabia como tratar os servos. Enfim, eram ricos. Naquela época, possuíam uma fábrica de tecidos finos. O pai de Anne-Olympe era advogado na Bolsa da cidade, muito devotado aos Pompignan, e a própria Anne-Olympe era irmã de leite do irmão do senhor marquês, um arcebispo, um homem de grande cabeça. Não por acaso, em 89 foi eleito deputado e até ministro. Um digno tio para minha Babichette; bastava ter aceitado reconhecê-la.

Mas nenhum dos Pompignan, a começar pelo senhor marquês, nunca quis reconhecê-la, e isso não nos agrada. Uma história antiga... mas nunca gostamos dela e continuamos não gostando, não é, general?

Olympe

É por causa da perna. Com a perna precisando de cuidados e o joelho que ainda não recuperou o movimento, é impossível sair de Paris. Partir ou ficar não depende de mim, e isto é um alívio. Não necessito escolher, não há pressa, sou obrigada a esperar.

Enquanto isso, almoço com Sébastien, vou aos banhos em frente ao Pont Royal, apoiando-me num bastão com ponta de aço e, à noite, ao teatro. As coisas de sempre, aquelas que têm o poder de domesticar o tempo. Hábitos. Mas que já não são os mesmos se o teatro aonde vou esta noite amanhã poderia estar fechado, se o jornal que neste momento estou lendo amanhã poderia ser censurado e banido, se o gabinete literário de minha amiga Dupas daqui a alguns dias poderia ser destruído e incendiado. Os hábitos desapareceram, não existem mais pontos de apoio: vivo dias suspensos.

Como todos, aliás.

Nada pode nos restituir o senso de cotidianidade nesta Paris atingida no coração pelo punhal de uma mulher. A cabeça de Charlotte Corday caiu, mas a vingança não basta a uma cidade que recrudesceu e não sabe mais discernir entre amigos e inimigos, que se sente assediada por seus próprios habitantes. Não é nada estranho que num lugar como este os hábitos de uma vida inteira — da "minha" vida — corram o risco de tornar-se extravagâncias, nada mais que caprichos de uma mulher excêntrica e imprudente.

Até hoje quis bem à minha imprudência. Posso até dizer que a cultivei com paixão.

E meu joelho me confirma esse amor a cada momento.

O que eu fiz que já não tivesse feito mil vezes antes? Caminhava. Depressa, é verdade, porque minha irmã me esperava e porque não gosto de atravessar as Tulherias desde que se entrevêem os braços secos da guilhotina atrás das árvores.

Uma baforada de vento e de repente começa a chover. Olho ao redor. Não há carroças, nada, nem sequer um velho fiacre. A chuva se adensa, torna-se um temporal. Um trovão rasga o céu e, junto com o céu, algo de mim que se sustentava lá em cima, no alto: uma confiança, uma segurança que se despedaça sob o malho dos trovões, fragmenta-se e cai em gotas límpidas e afiladas que me furam os olhos. Rajadas de água me atordoam enquanto uma voz se insinua em minha cabeça e sussurra que mulheres decentes não circulam sozinhas, a pé, pelas ruas. No máximo, quando faz bom tempo, passeiam nos jardins que em Paris, como se sabe, existem para isto. E então eu, eu, que me vejo sob a chuva, sozinha como uma vendedora de Halles ou uma patinha do Palais Royal que ergue a saia sobre a batata da perna assim que pressente a sombra de um homem, eu me sinto errada. E frágil. Como se confirmasse este meu novo sentimento, uma carroça desponta de uma rua lateral: é a salvação, tento pará-la, mas o cocheiro, ao invés de desacelerar, rodopia o chicote que sibila e estala, o cavalo desvia de lado, o timão me roça e eu perco o equilíbrio.

E aqui estou, manca no corpo e na alma. Porém ainda tenho momentos de firmeza, em que a realidade recobra peso e retoma seu lugar. Os momentos da escrita.

De resto, foi por isso que voltei: para terminar *As três urnas*, imprimir o texto e afixá-lo no maior número de cópias possível. Depois disso não terei outras contribuições a oferecer à causa da paz. Poderei retirar-me no campo, como deseja meu filho. Quando tiver completado minha obra e a perna estiver curada, manterei minha promessa e irei para lá. Vou deixar meu estúdio no andar alto, arrancado com dificuldade à avareza e à desconfiança do proprietário da casa, a escrivaninha, o escrínio chinês comprado em um antiquário da rue Saint-Jacques e a poltrona de espaldar alto, confortável para ler. Prometi a ele. Abandonarei tudo, até esta janela que se abre sobre um distante labirinto de linhas escuras: os telhados de Paris.

— Escreva.

— *Ao Senhor Juge, notário de Tours: tomei a liberdade, Senhor, de enviar-lhe alguns baús com meus objetos pessoais. Estou certa de que fará a gentileza de guardá-los até a minha chegada, que é iminente...*

— O que houve, Claude? Por que parou? Já está cansado?

É lento, meu Deus, como é lento este rapaz! Fecho o leque e o reabro com dois golpes bruscos que fazem Madame de Sévigné, a gata enrodilhada na almofada de veludo verde e franjas de ouro, repuxar os olhos. A paciência é uma virtude inútil, que não aprecio e da qual sou bem pouco dotada, como até Claude já deveria saber.

De fato ele abaixa os ombros e, com uma expressão de súbito sofrimento, encolhe-se em seu redingote cor de barro. Veste-se de modo curioso, como se tivesse combinado roupas herdadas de pessoas diferentes, o paletó estreito, um colete com botões de aço, à inglesa, botinhas baixas. Mas é bonito. Com esses cabelos de corte arredondado e a franja curta, tem um ar de herói romano, como os jovens da antiguidade pintados por David. O lobo direito, furado por uma argola, se enrubesce com facilidade. Um belo rapaz de mãos lentas. Eu o contratei porque não tinha escolha. Todos os secretários com alguma experiência já estavam trabalhando para deputados e não aceitavam outros compromissos. Mas não me arrependo, no fundo não é uma má aquisição. Claude não é rápido, mas tem excelente caligrafia, muito regular, com as letras inclinadas na medida certa, e sabe cortar a pena com o gesto maravilhoso com que a aparam os escribas mais experientes, mestres na arte da escrita, não de escrever.

— Vai partir, senhora? — Seus olhos negros me fixam oblíquos, de cima a baixo, e eu entendo imediatamente. Então foi isso que atrasou sua mão e o fez furar a folha. Minha partida. Observo-o com mais atenção.

— Qual a sua idade, Claude?

Ergue a cabeça surpreso, mas feliz por meu interesse. Agora seu olhar é direto, afunda no meu. A inquietação deu lugar a uma comoção ingênua, que não se camufla.

— Vinte, senhora.

A idade de Hyacinthe, penso, ou pouco mais. A mesma idade e, nos olhos, a mesma ternura despreocupada. São estranhos esses jovens crescidos com a Revolução. Deveriam ser mais equilibrados do que nós. No entanto... Almas ternas que cultivam a comoção em vez do entusiasmo. Noto-o também pelos livros que lêem. Hyacinthe prefere chorar sobre a honestidade de uma jovem desventurada do que emocionar-se com os amores libertinos do cavalheiro de Faublas.

Suspiro. — Precisamos nos apressar, Claude. Terminar a carta e retomar *As três urnas*. Não é um romance o que estou escrevendo, os tempos são curtos.

Palavras suaves, ditas com voz igualmente suave. Mas evidentemente não é esta a resposta que ele esperava, porque a decepção o faz enrubescer. É vermelha a fronte sob a franja, vermelho o pescoço e o lobo da orelha, que ele toca e atormenta puxando o brinco com a ponta dos dedos... Os dedos, sim, são de fato perfeitos. Conservam-se pálidos, apenas mais corados no contorno das unhas. Às suas costas um vento quente move as cortinas, avança dentro do quarto, arranca das roupas dele um perfume antigo de tinta e, do escrínio chinês, o cheiro lenhoso do sândalo.

Algo no ar e no som de nossas vozes perturba Madame Sévigné, que se agita, arrepia o pêlo e movimenta as orelhas reclamando minha atenção. Muito bem, é verdade, estou sendo levada pela distração e isso não é bom. Estendo uma mão para tranqüilizá-la, mas o gesto me desequilibra e me dá uma fisgada na perna. Cerro os dentes com força para conter a dor.

— Sente-se mal, senhora?

Há algo a mais que um simples cuidado nesta voz, alguma coisa que desliza sobre mim e pára e explora. Ah, rapaz.

— A perna está dolorida?

Tento descontrair-me, a cabeça contra o espaldar, mãos no colo. Não, explico com a mesma gentileza com que me explicaria a Hyacinthe, não, não é a dor, o que me exaspera é ter de estar imóvel quando trabalho. Não estou habituada a tanta parcimônia de gestos. Gosto de ditar caminhando para lá e para cá, acompanhando o movimento dos pensamentos com o do corpo. E no entanto sou forçada a permanecer sentada, a perna em repouso sobre o apoio diante da poltrona, para não forçar demais o joelho.

— O doutor Reynard ainda está em Paris? Ele é o seu médico?

Desta vez sou eu que me surpreendo.

— Conhece meu cunhado?

— Sou aluno dele. — O rosto do rapaz é um triunfo de orgulho, cortado em seguida por um pensamento. — Ou melhor, fui — completa. — Até o ano passado. — Os ombros tornam a encolher dentro do paletó muito pesado, e a voz se faz mais fina. — Meu pai morreu sem aviso prévio, por assim dizer, e eu tive que interromper os estudos de medicina.

— Por que não me disse quando se apresentou a mim?

Sua discrição me espanta. Por que motivo omitiu uma referência que sem dúvida lhe seria vantajosa? Por vergonha? Por orgulho? Eu o observo. Tão jovem, tão inexperiente. Em seu pescoço ainda se desfaz o rubor de pouco antes.

— A senhora não me reconheceu.

É um grito de acusação, mais que um argumento. Mas por que eu deveria reconhecer um aluno de meu cunhado?

— Meu pai... não se lembra? Toda quinta-feira ia pontualmente aos encontros da rue Fossoyeurs, e eu o acompanhava. — De repente sorri:

— É verdade, eu não tinha mais que 8 anos.

Mas seus olhos me seguiam sem me deixar um segundo. Fiéis. Densos. Brilhantes. Até me embaraçavam. Sim, agora me lembro. Passou muito tempo, como eu podia reconhecer neste jovem homem aquele menino que vinha, pelas mãos do pai, à casa de meu cunhado?

Uma casa que me parecia a única digna deste nome em toda a cidade, a única que me oferecia abrigo quando ainda era estrangeira em Paris e não conhecia ninguém exceto Jacques, meu amado Jacques, o elegante parisiense que me convencera a deixar Montauban. Na época, a rue Fossoyeurs era isto para mim: um lugar intermédio, um pouco Montauban, um pouco Paris. O lugar onde eu podia encontrar médicos e filósofos, poetas e irmãos operários, mas também onde podia falar occitano, aliás, mais precisamente, o occitano que se fala no Quercy. E onde eu poderia continuar falando se Jeanne e seu marido não tivessem fugido para o campo. Paris os assusta mais do que a mim.

— Meu pai — Claude agora ri abertamente — toda vez se espantava: mas não o entedia?... Já eu me encantava com a sua voz. E sonhava — não ria, por favor —, sonhava em me tornar seu secretário.

Como secretário, para dizer a verdade, você não vale muito — deveria dizer-lhe. Sua pena perde a ponta com excessiva facilidade tentando acompanhar minhas palavras. Mas seus jovens pés, dentro das feias botas sem taco, se movem irrequietos sob a escrivaninha e me capturam em sua dança ansiosa. O menino se tornou homem, um homem que se mantém com o seu trabalho.

— Bem, Claude. Se este era seu sonho... — lhe digo com familiaridade, chamando-o pelo nome pela primeira vez, sem me dar conta, como se ainda estivéssemos na rue Fossoyeurs e ele permanecesse parado na idade do encantamento. — Está pronto? Escreva.

— *Espero, Senhor, que também me faça a gentileza de velar pelos meus pequenos ganhos com o meeiro, já que não sei se chegarei a Tours a tempo de acompanhar a colheita.*

Françoise-Modeste

Tinha parado de chover e o ar se tornara pesado, quase não descia pela garganta. Neste ano é como se tivéssemos dois verões, um dentro do outro. O seco iniciou muito antes do tempo e num piscar de olhos, de seu coração enxuto, despontou um outro todo feito de relâmpagos, trovões e dilúvios: o gêmeo dramático.

Até que parou de chover e eu esperava poder sair de casa. Mas mamãe me proibiu por causa do falso alarme dado ontem pelos sinos em bandos. E, para que eu não pensasse mais nisso, meteu-me na mão agulha, linha e uma toalha para bordar, pedindo que eu me comportasse de uma vez por todas, como todas as meninas de minha idade que não têm asas nos pés. Enquanto isso, olhava minhas pantufinhas novas, presente de Suzanne, com olhos de quem vê uma máquina voadora, um balãozinho que uma labareda de fogo pode erguer aos céus a qualquer momento — vimos um desses de verdade, poucos dias atrás, balançando sobre os telhados e desaparecendo bem devagar para lá do horizonte. Como invejei aquela leve liberdade!

Mas eu sei de que minha mãe tem medo.

Tem medo de que as asas que trago nos pés me levem a lugares aonde não é bom ir, onde um tiro de fuzil pode me acertar por acidente. Já aconteceu, e bem perto de nós, no fundo da rue Huchette, dobrando a esquina. Um disparo e uma mulher caída no chão, com uma barriga de muitos meses, uma desconhecida, ninguém sabe de onde veio, talvez de um bairro distante ou talvez tivesse acabado de chegar a Paris, é um mistério. Suzanne jura que era só uma mendiga, daquelas que dormem atrás das barcas. Mas eu senti uma grande pena. Morrer no meio da rua... e ninguém que se lembre de você, nem o homem que lhe encheu a barriga!

Então mamãe me proibiu de sair e eu tive de me contentar com o parapeito da janela. Com um olho acompanho o que se passa dentro de casa e, com o outro, a gente que caminha do lado de fora, cada qual por sua conta. As mulheres aparecem nas portas com a esperança de ver passar a insurreição, e os homens param e riem com elas, enquanto escuto e movimento sem vontade a agulha, não mais de um ponto por minuto.

Um ponto e uma olhada, uma olhada e um ponto...

Pouco depois de soar as 11, vejo chegar a pé, vinda dos lados da ponte Saint-Michel, uma senhora alta, altíssima, com uma cabeça cheia de cachos largos semicobertos por um chapeuzinho azul. Manca levemente com a perna esquerda, como meu pai. É conduzida pelo braço por um homem muito mais jovem que ela, igualmente alto, que caminha falando sem parar, como se quisesse convencê-la de alguma coisa. Com a mão livre carrega um pacote, que sem dúvida contém folhetos saídos de uma tipografia, reconheço-os só de ver.

Os dois param diante da nossa porta, batem, entram.

Meu pai se torna todo solícito, senhora daqui, senhor dali, a solicitude pegajosa de quando fareja um negócio. Oferece uma cadeira, pergunta se pode ser útil em algo. É a mulher quem lhe responde, com um sotaque marcado, calcando as consoantes como minha amiga Martine, que veio do sul. Fala movendo a cabeça e os ombros, inclinando o pescoço de lado, entrelaçando a fala com os dedos. Conheço essa vibração do corpo, a energia contida que empurra o pé além da orla da saia. Poderia jurar que no sangue dessa senhora de chapeuzinho azul e gestos agitados também corre uma torrente de vivacidade. Pena esse passo manco, mortificante, uma tortura para quem vive de impaciência. Inclino a fronte sobre o bordado, de tanto desgosto.

Trouxe-lhes aqui um cartaz, inicia a senhora indicando o pacote, é preciso pregar umas centenas de cópias. Quem o escreveu? Eu, assegura ela, desenvolta. Meu pai não diz nem sim nem não: como um bom e prudente patriota, antes de pronunciar-se lhe pede a gentileza de ler o texto. O jovem, que até agora não abriu a boca, se anima, extrai uma folha, limpa a voz e se prepara com naturalidade para a leitura. Mas rapidamente a senhora lhe tira a folha da mão, ou melhor, a arranca com um ar hostil de reprovação. Ele enrubesce e ela começa a ler.

Faz a leitura com sentimento e, à medida que avança, suas palavras se acendem de uma perigosa incandescência. Porque não se trata de um anúncio habitual, de um cachorro perdido, do aluguel de uma casa, dos benefícios de uma nova água balsâmica... Não, nenhuma dessas banalidades.

Em nome da pátria em perigo, lê a senhora, proponho que em cada departamento da França sejam postas, sobre a mesa do Presidente da Assembléia, três urnas. Na primeira estará escrito "Governo republicano", na segunda "Governo federal", na terceira, "Governo monárquico". Sempre em nome da pátria em perigo, o Presidente proclamará a escolha livre e individual de um desses três sistemas. Caberá aos franceses, senhores de suas próprias escolhas, pronunciar-se em escrutínio secreto sobre o tipo de governo que parecerá melhor a cada um e mais adequado aos costumes locais. A maioria vencerá.

— Cidadã — a interrompeu meu pai, arqueando as sobrancelhas –, então a senhora quer dizer que a pátria não deve ser una e indivisível?

— Digo que escolher a forma de governo por meio das urnas é melhor do que escolhê-la pelas armas.

Minha mãe, que normalmente não se intromete, mas desta vez seguiu a leitura com grandes acenos de aprovação, junta as mãos e exclama:

— Ah, senhora, como seria lindo! E que magnífica idéia! Se desse modo se pudesse acabar com a guerra... Que achado de gênio!

Meu pai não aprecia sua intervenção, aperta os lábios, balança a cabeça, brinca com ar de reprovação, mas ela não se dá conta e toda entusiasmada diz tudo bem, podem deixar o pacote.

Assim que os dois se retiram, é inevitável, meu pai ergue imediatamente o tom de voz e minha mãe lhe responde ainda mais alto. Passa um bom tempo antes que eles comecem a discutir como pessoas normais, trocando opiniões em vez de gritos inarticulados. Por fim:

— Françoise — me chamam –, venha aqui, leia esta folha, mas devagar, lentamente, para que se possa entender melhor.

E enquanto eu leio, ele faz que não, que nunca, nunca pregaria aquela coisa — coisa de anarquistas — nos muros da Cidade Santa. Amarra de novo o pacote com o barbante, coloca-o na pilha do canto onde põe os trabalhos que podem esperar, olha para fora e vê se está chovendo: é hora de ir à seção.

E agora vem a melhor parte do dia.

Eu tinha subido um instante ao andar de cima para ver minha amiga Martine e, quando desci, quem é que encontro empertigado no meio da sala, alisando a gola da jaqueta? Nicolas. Austero, maravilhoso em seu uniforme de inspetor de polícia. Nicolas, com uma lista de lenços encontrados com quatro ladrões detidos durante o enterro de Marat.

Com sua voz gentil e ao mesmo tempo firme, dirige-se a minha mãe e lhe pede permissão para me mostrar a lista.

Eu a folheio com a mão, que treme um pouco.

São 19 lenços: um branco com borda vermelha, um quadriculado, outro de algodão indiano e até um azul com pequenas listras vermelhas, que até poderia ser o meu se tivesse o monograma, mas não é. Nenhum deles pode ser o meu, a própria descrição que eu fizera excluía a hipótese; abro a boca para explicar e a fecho em seguida. A evidência se estampa em minha frente, luminosa: Nicolas sabe muito bem que meu lenço não está naquela lista. É tudo uma desculpa.

Mal penso nisto e sinto um grande calor, as maçãs do rosto me queimam e até a ponta do nariz. Então começo a recitar, seguindo com o dedo trêmulo linha por linha: não, este não, nem este outro, e prossigo lentamente, parando para conversar um pouco com ele.

É uma vergonha — diz Nicolas — que haja quem tenha a ousadia de roubar em tais circunstâncias, quando o povo todo deveria estar reunido por sentimentos patrióticos, sobretudo agora que a Revolução está em perigo e todos os homens devem combater para defendê-la.

Inclusive as mulheres, apresso-me a acrescentar.

Ele me sorri com terna satisfação.

— Com certeza, também as mulheres. Elas também devem combater, mas não com as armas.

Por que não? A mãe de minha amiga Martine, que é a costureira que dá trabalho a Suzanne, diz que nós também temos o direito de defender nossa vida e nossa liberdade, também temos sangue a ser derramado a serviço da pátria.

O sorriso de Nicolas se acentua.

— Vendedoras e lavadeiras... deixe que elas se misturem aos soldados. Mas sua tarefa é outra.

Qual, quero saber. Qual é a tarefa que nos cabe.

Suzanne trouxe para a mesa um bule de chocolate e agora o serve nas xícaras de porcelana para as grandes ocasiões, tiradas do aparador e espanadas a toda a pressa.

Os homens vigiam nas fronteiras, explica Nicolas, recebendo uma xícara das mãos de Suzanne, mas olhando para mim, já as mulheres devem vigiar em cada cidade, em cada rua, em cada casa, devem combater os contra-revolucionários e denunciá-los sem hesitação. Porque o silêncio, que é uma virtude sob a tirania, torna-se crime sob o império da liberdade.

Recordo-me da senhora das três urnas. Uma anarquista é uma contra-revolucionária? Sem dúvida. Meu pai entendeu ao primeiro olhar, só minha mãe se deixaria enganar por aquelas belas palavras!

Suzanne pôs mais chocolate dentro do bule. Ao inclinar-se, o laço de seu vestido toca a mão de Nicolas, como por acaso. Um escândalo. Por sorte ele parece não se importar. Hoje minha irmãzinha não está tão sedutora com esse vestido velho e o bolso do avental cheio de bilros.

Antes de se despedir, Nicolas pediu a minha mãe a permissão para voltar, no caso de encontrar alguma coisa. E ela lhe agradece e consente. Não é uma patriota entusiástica, isto não; mas, quando está de bom humor, sabe ser compreensiva.

Sem ele, a sala me parece muito vazia e muito cheia ao mesmo tempo. Cheia de uma ausência, por assim dizer. Repasso dentro de mim os seus gestos, suas palavras, a expressão, as mais leves modulações. Não consigo ficar parada, as coisas me escapam das mãos, retomo o bordado, mas embaraço as bobinas, quebro uma agulha, me firo e o sangue suja o fio. Até que mamãe, exasperada, me manda acompanhar papai na seção. Vou voando. Entro e assim que vejo o comissário sei imediatamente qual é a minha obrigação. Abro espaço, me aproximo:

— Cidadão comissário.

O silêncio é um crime.

Penso com orgulho no momento em que Nicolas saberá que eu também cumpri meu dever de sentinela da pátria.

Foi então que eu menti. Uma mentira pequena, mínima, mas irritante justamente por sua pequenez. Escapou de minha boca. Em suma, declarei ao comissário da seção que eu tinha 18 anos. Para dar mais força à minha denúncia. Se tivesse dito 14, ele teria prestado a mesma atenção? Ainda que, pensando bem, não haja uma grande diferença... Poderia perfeitamente ter 18 anos e de fato ele acreditou em mim, e meu pai, que estava presente, começou a rir e não me desmentiu.

Em casa, porém, mamãe se irritou terrivelmente. No entanto, depois de muita discussão, ela também concordou que talvez fosse justo que as coisas tenham se resolvido desse modo, e quando hoje de manhã a senhora se apresentou pela segunda vez, sua atitude tinha mudado e ela não a defendeu mais.

Mas uma mentira, ainda que dita para o bem, suja a boca de quem a pronuncia.

É talvez por isso que eu sinto um constrangimento irritante quando a vejo voltar, a senhora alta e impetuosa de palavra fácil e chapeuzinho azul. Desta vez está acompanhada de um velho, um tal Costard, ao que parece seu editor. Apresenta-se e quer saber por que não se vê nos muros nenhum dos seus cartazes. Meu pai não inventa histórias, pega o pacote e o sacode em sua frente: o tempo está ruim, e ele não pode arriscar-se a tomar chuva para colar os cartazes dela, de modo nenhum. A senhora se vira para minha mãe com um movimento interrogativo, de muda solicitação. Mas ela sustenta seu olhar com firmeza. Ontem, diz, o texto soava diferente de como soa hoje.

Nesse momento a senhora, que soube interpretar a indisposição de um e a reticência da outra, se inflama e defende seu manifesto... se pensasse que poderia prejudicar a ordem pública, faria um auto-de-fé... Não posso deixar de admirar sua verve, e isso me deixa ainda mais incomodada. E se eu estivesse errada? E se ela não fosse a anarquista que meu pai diz que é?

Por fim se conforma. De acordo, promete, levarei uma cópia ao Comitê de Saúde Pública e esperarei suas deliberações. Despede-se e desce para a rua. Num impulso, decido segui-la.

Não é difícil, ela caminha devagar, mancando mais do que da outra vez, e não a ajuda o apoio do velho, que é bem mais baixo que ela. Avançam dessa maneira — ela alta e vacilante, ele pequenino, empertigado, quase na ponta dos pés para lhe dar o braço —, percorrem toda a rue Huchette e, ao chegarem ao fundo, viram à direita em direção à ponte Saint-Michel.

Na entrada da ponte, os dois param e conversam com um pregoeiro, o velho lhe passa o pacote, ela lhe aponta a avenida, de ambos os lados do rio.

Um gesto que não deixa dúvidas.

Mentiu quando disse que esperaria a resolução do Comitê de Saúde Pública! Quer espalhar seu manifesto a todo custo. É uma mentirosa! Ela, sim, é que é uma mentirosa, muito pior que a minha mentirinha irrelevante, um nada em comparação à sua!

E eu que...

Dava até pena! Talvez eu a admirasse um pouco, não vou negar. Mas agora tenho provas, ela é uma anarquista. Fiz bem, sim, muito bem em denunciá-la.

O alívio faz com que eu me sinta leve, leve, enquanto corro ao comissário que está justamente atravessando a ponte em sentido contrário, junto com os guardas.

Olympe

Eu estava na altura do Palácio de Justiça, não muito longe de casa, quando a patrulha bloqueou meu caminho. Dois guardas pronunciaram meu nome, puseram as armas a tiracolo e cumpriram sua tarefa, comunicando-me o mandado de prisão.

Isso iria acontecer, mais cedo ou mais tarde. Mas mesmo assim tive a impressão de ser tomada de surpresa.

Chegou a hora, pensei, apertando o braço de Costard.

Horas atrás o vento havia mudado de direção, levando embora as nuvens e a chuva. O sol aparecera. Chegava a queimar no pico da manhã, e as pessoas caminhavam buscando a sombra e reduzindo o passo para não perder o espetáculo de uma senhora sendo detida na rua. Entre os chapéus escuros e os paletós dos passantes, num relâmpago, tive a sensação de entrever os cachinhos vermelhos de nossa lavadeira, soltos e despenteados por rajadas que de tanto em tanto erguiam os xales. Um moleque descalço surgiu correndo da viela que leva à beira do rio, inclinou-se para catar uma coisa oblonga e esbranquiçada do canal de escoamento e a lançou contra mim com uma raiva violenta e infantil típica dos pivetes de rua. A coisa roçou meu braço e caiu atrás de mim. Senti um calafrio na espinha. E o impulso de abrir a sombrinha, que até aquele momento eu usara para me apoiar, e esconder-me dentro dela. Não é preciso ser culpado para experimentar vergonha. Entretanto os espectadores se transformaram numa multidão que nos comprimia de todos os lados. O comandante da patrulha gritou que abrissem espaço e nos escoltou até a prefeitura.

É aqui que seremos interrogados.

Deverei responder a acusações que ainda desconheço, mas que bem posso imaginar, ao passo que Costard e o pregoeiro, que se chama Trottier, serão ouvidos na qualidade de testemunhas.

Mas, nos advertem, para o interrogatório devemos esperar Baudrais. A assinatura em meu mandado de prisão é dele. É ele quem decidirá se eu serei libertada ou encarcerada.

Esperamos.

A sala da prefeitura está cheia de homens e de mulheres que se acham nas minhas mesmas condições: detidos, mas sem um ato de acusação formal. Todos esperam, assim como eu, o interrogatório que os tornará livres ou que os conduzirá a outros interrogatórios, outros juízes, outros tribunais. Somos muitos. Cem, talvez duzentos. Um aglomerado compósito, senhores e senhoras de classe, gente do povo: é a justiça republicana, que não faz distinções. À minha direita, uma *ci-devant* de peruca aristocrática apóia as costas nuas na parede, exasperada com a espera. Alguns passos para lá, uma lourinha com o fichu remendado e meias de lã grossa dentro de tamancos. Pupilas imensas, escancaradas numa peculiar loucura. A loucura que certa vez eu vi numa mulher que acabara de sair do hospital da Salpêtrière.

A sala é estreita demais para todos os detidos. Fala-se em voz alta porque no burburinho as palavras se perdem. O rumor é forte, a confusão aumenta o desconforto. Falta ar. A senhora de peruca escorrega desmaiada, dissolvendo-se no perímetro da saia. Os guardas fumam na soleira, de costas para nós.

As horas passam e não há um banco, um lugar onde sentar. Costard se preocupa por mim, pede que me consigam uma cadeira ou pelo menos um banco, mas nada, eu também preciso esperar minha vez de pé, apesar de minha perna ter voltado a doer.

A dor. Sinto que ela se irradia do joelho à espinha dorsal, subindo até a nuca. Tento atenuá-la deslocando o peso do corpo para o lado direito. Mas a dor continua a subir. Busca uma passagem. O ponto de menor resistência. Quer apoderar-se de mim.

Por quanto tempo ainda vou conseguir mantê-la presa na mente?

* * *

Baudrais se apresenta por volta das 4h da tarde. Ao lado dele está Marino: o mártir que não foi, a vítima da Gironda.

Eu o examino com curiosidade. Deve ter uns 30 anos. Feições agradáveis, cabelos recolhidos num rabicho negro. Desde que foi preso na primavera e depois voltou à liberdade graças aos *sans-culottes* da Comuna, tornou-se um herói nacional. Uma personagem importante. Transbordante de ódio, ao que dizem, por qualquer um que não faça parte de sua facção.

O comissário Marino, que antigamente pintava porcelanas. Seus dedos deixaram de traçar desenhos delicados para firmar atos de acusação, listas de suspeitos, mandados de todo tipo e sentenças condenatórias.

O comissário Marino, que agora decidiu assistir ao meu interrogatório

— Com que direito? — cochicha Costard ao meu lado.

A primeira a ser interrogada é uma jovenzinha. Muito jovem. Um rosto gracioso, não propriamente bonito, como de uma *grisette* qualquer, mas animado por dois olhos vivos de inteligência.

Eu já a tinha notado na rua, uma figurinha com algo de familiar, que deslizava entre as lojas e as habitações da ponte Saint-Michel e desaparecia entre os guardas que vinham do lado oposto para bloquear minha passagem e me deter. Depois, com grande espontaneidade, dera um passo adiante, pousando em mim um olhar consciente e límpido. O que faz uma garota tão jovem em meio a uma patrulha de guardas nacionais? — me perguntei. Agora já sei. E a reconheço antes mesmo de ouvir seu nome.

Pensei que fosse seu pai que tivesse feito a denúncia, no entanto foi esta menininha de pele fresca como o maço de flores que trazia no peitilho. Por quê? O que pode saber de federalismo, Montanha, Gironda, guerra civil? Compreendo o ódio de Marino, mas o dela?

Nada é mais triste para mim do que a severidade dessa pequena mulher, quase uma menina, que aponta o dedo contra mim. Acusa-me de mentir, de querer subtrair à apreciação do Comitê de Saúde Pública os meus cartazes, os mesmos que seu pai recusou-se a pregar. Responde a Baudrais, mas seus olhos, a voz, todo seu corpo frágil se inclina para Marino, freme de admiração por ele. A franqueza de seu olhar me tira as forças e me tiraria até as palavras, se fosse minha vez de falar.

Mas depois dela é a vez do pregoeiro.

Trottier é um ambulante em eterna procura de trabalho, não sabe ler, não fez nada que possa incriminá-lo — além disso, nem teve tempo. E é liberado.

É a vez de Costard. Aproxima-se da mesa dos comissários a passos lentos. Seu rosto cinzento de cansaço me provoca pontadas de remorso. Sinto por ele. Lamento imensamente tê-lo envolvido nesta triste história. Já passou tantos apertos por causa de suas idéias! Forçado a emigrar para a Alemanha, a esconder-se por anos... Meu bom Costard, amigo do grande mestre, daquela alma solitária chamada Rousseau. Mas ele se defende bem: sua tarefa, explica com toda a calma, era muito limitada e consistia em levar o manifesto pessoalmente, em meu nome, ao presidente do Comitê de Saúde Pública e ao presidente da Convenção, a quem aliás o texto é dedicado. Baudrais objeta o fato de que não conste em nenhum lugar o nome do impressor, como manda a lei, mas não recrudesce e o deixa ir.

Agora é a minha vez.

Da perna a dor se ramificou para todo o corpo, não é mais dor, mas pura lucidez, plantada no cérebro com a aguda limpidez de um cristal.

O secretário transcreve meus dados. Baudrais me interrompe. Tom civilizado. Perguntas de praxe.

— Reconhece ser a autora das *Três urnas*?

Poderia negar, o texto não está assinado. Mas, se não o fiz, foi só por insistência de Claude, para aplacar os temores de meu jovem secretário, apenas por isso.

— Se está decidida a torná-lo público, pelo menos não o assine, por favor. — Aqueles olhos suplicantes... Cedi. Não assinei. Mas renegá-lo, porque agora é disso que se trata, é bem diferente. Por que razão deveria repudiar um escrito do qual me orgulho?

Sim, admito, sou a autora das *Três urnas*.

Baudrais continua com seu tom civilizado. Quer saber quem freqüento, quem são meus conhecidos, minhas relações, os amigos.

Meus amigos... Não são gente qualquer. Posso até me vangloriar deles. Que se chamem Mercier ou Cubières, que é secretário da Comuna, ou Thilly, que é juiz de paz de Pont-Neuf. Ou Vergniaud. Sim, Vergniaud, deputado da Gironda e compatriota, que deixou sua casa e sua cidade para servir à pátria. Somos amigos há 15 anos e não deixarei de considerá-lo amigo só porque um grupelho de facciosos conseguiu trancafiá-lo numa cadeia.

É neste ponto que Marino nos interrompe e grita:

— A senhora não ama os jacobinos e os jacobinos têm o direito de não amar a senhora.

— Senhor — replico –, eu amo os bons cidadãos, não os que fazem intrigas.

— Vou levá-la ao Tribunal Revolucionário.

— É lá que o espero.

E ele ordena:

— Ponha a senhora em isolamento e que ninguém possa falar com ela.

Dizem que a calma é o distintivo da inocência. Então minhas pernas que tremem de tanta vontade de caminhar são culpadas, e culpada é minha consciência que não aceita o vazio da segregação.

Seis pés de comprimento, quatro de largura. Esta é a medida da cela em que estou trancada há oito dias. Não sozinha. Nesta cela que comprime até a respiração, vivo com um gendarme que, por ordem do comissário Marino, não me deixa nunca, dia e noite. Uma indecência sem precedentes, uma humilhação a que ninguém jamais pensou em submeter uma mulher, nem sequer nas profundezas da Bastilha.

Oito dias.

Há oito dias sou a detenta da cela número dez, segundo andar do palácio municipal. Em oito dias Gautier, o diretor da prisão, permitiu-me escrever um único bilhete, que enderecei a Cubières com a esperança, até agora vã, de que pelo menos ele possa me ajudar. E isto é tudo.

Segregada. Mas com o bafo de um guarda sempre na nuca.

Para dizer a verdade, os gendarmes que trocaram de turno durante esta semana são honestos, respeitosos, não é deles que posso me queixar. Sentem-se tão incomodados quanto eu por nossa intimidade forçada. Eles também sofrem nesta cela onde o ar é um fogo. Mas seguem ordens precisas. Não devem dirigir-me a palavra. Nem sequer olhar-me nos olhos.

Nunca. Eu sou o inimigo e há uma Medusa que enrosca suas serpentes dentro do olhar de cada inimigo.

— O cidadão Gautier tem medo de quê? — indaguei finalmente ao guarda da manhã. — Que eu transforme vocês em estátuas de pedra? Poderia até ser vantajoso, com este calor.

Ele esboçou um sorriso, mas virou a cabeça para o outro lado. Porém, no dia seguinte, afrouxou o casaco do uniforme e, através dos bigodes ferrosos, deixou escapar num sopro rouco:

— O termômetro... — escarrou conscienciosamente –, ...o termômetro está marcando 37 graus. — E em seguida fechou a boca, talvez temendo um excesso de ousadia, mas desde então, de vez em quando, ele retoma uma espécie de vaga conversa.

— Desde 53 não fazia tanto calor em Paris, quarenta anos...

Busca intimidade, enquanto o suor lhe escorre dos cabelos e da ponta do nariz.

Não tive o mesmo sucesso com seus companheiros dos turnos sucessivos. Couraças duras. Impenetráveis. No entanto todos eles demonstram respeito e ficam de costas quando devem ficar, a fim de me conceder ao menos um pouco de discrição. Mas são homens. Fumam dez cigarros por hora, cospem nos cantos e à noite respiram pesado. Seus uniformes fedem e com certeza minha camisa também fede, a mesma que visto há oito dias. Infelizmente me prenderam na rua, e por isso não pude levar comigo nem um lenço ou um pente. E quando Justine se apresentou com as mudas de roupa, Gautier a mandou voltar.

Assim minhas roupas fedem e eu também cheiro mal, já que não posso me lavar. Gautier não permite.

E o calor aumenta. Vibra no abafado da cela como a corda de um violino mudo.

A dor também vibra e pulsa em minha perna, ali onde se formou um abscesso. Tenho medo de que a ferida infeccione. Mas não posso limpá-la nem trocar o curativo. Solicitei um médico, que me foi negado. Solicitei ao menos uma troca da roupa branca, que de novo me foi negada.

Desde anteontem tenho ataques de febre. Apesar do calor, tremo, suo, e vinte vezes a camisa impregnada de suor me enxuga o corpo. Mas não posso trocá-la.

Não tenho vestes limpas nem água para me lavar nem notícias de amigos: não tenho nada. Não estou habituada a este nada que imobiliza o corpo e, cancelando o movimento, cancela também o pensar. Não tenho pensamentos. Não tenho nada. Salvo a piedade dos guardas e a compaixão da cozinheira, que toda manhã e toda noite chega arrastando os chinelos para encher minha tigela. Uma mulherona de mãos pesadas e sempre erguidas, como se estivessem prontas para distribuir tabefes entre ajudantes de cozinha e mandriões, mas que hoje, junto com a sopa, me trouxe em grande segredo, desafiando a cólera do diretor, uma de suas camisas de pano cru.

— Não é muito elegante — se desculpou.

O tecido cheirava a limpo. Meu Deus, que perfume! De deixar tonta. Não ousava tocá-la. Quase fosse uma profanação.

A camisa ainda está ali, estendida sobre a cama. A cozinheira já saiu faz algum tempo, e eu nem mesmo lhe agradeci. É esta perfeição que me ofusca e me confunde.

Espero mais e mais, espero não sei quanto tempo antes de virar as costas para o guarda e despir-me, destacando peça a peça a roupa suja que se colava à pele. Arranco-a do peito, das costas e da alma. Sobram em minhas mãos longos farrapos, que eu enrolo apertado numa trouxa. Uma breve incerteza e, pronto, dentro de uma fenda. Empurro-a para baixo, bem no fundo da fenda do muro. É daí que a certa hora saem em grupo, para tomar ar, as baratas.

Marion

Nesta noite a água do Sena não me apetece nem um pouco, principalmente depois de um dia inteiro remexendo em panelas, minha querida Toinette. Pagam-me para isso, e não me lamento, mas depois de todo um dia com dor de cabeça para matar a fome de cinqüenta detentos com uma quantidade de comida que mal daria para vinte, tenho direito, acho, a um copo de vinho.

Péssimo dia, realmente péssimo.

O trabalho é o que é, nunca me pesou demais. Mas ser maltratada por um ato de caridade! E por quem, então! Por aquele diretor pilantra. Certo, é ele quem manda... o cidadão Gautier! E, já que comanda, me chama e diz:

— Cidadã, aqui não se tomam iniciativas pela própria cabeça. — Somente porque eu tinha dado uma camisa limpa — uma camisa minha, não da mulher dele — à detida da cela número dez. Que, além disso, nem me agradeceu. Mas tremia de febre, estava toda suada. Um patriota não pode permitir-se um gesto de piedade?

É uma mulher doente, respondi a Gautier. E ele: é uma dama papa-pensão.

Mas se ela se orgulha de ter recusado a pensão! Uma oferta de Maria Antonieta, ao que parece, quando ainda não era a viúva Capeto e esbanjava dinheiro e ostentação a seu bel-prazer.

E daí? — insiste Gautier. É uma dama!

Chamo-lhe a atenção de que é apenas a prisioneira da cela número dez. Quem se importa se ela se chama De Gouges? Seja lá o nome que tenha, é apenas a prisioneira da cela número dez. E ele: aqui não se tomam iniciativas...

Mordi a língua para não responder como devia. Só faltava perder o emprego, além da camisa. Praticamente nova. Mas dei-a de presente e não me arrependo. Aliás, bebo para comemorar. Põe mais, põe, Toinette. E, se não lhe incomoda, vou ficar aqui no banco com você, já que agora não há muitos clientes e seu filho pode muito bem servir quatro copos de *rogomme* àqueles jogadores de xadrez ali no canto.

O moleque cresceu, é capaz de que o pai, quando voltar, o encontre já homem feito, pronto também para se alistar! Que Deus os livre, tem razão, é triste demais ver o filho partir depois do marido. Quando Joseph foi para a guerra? No final de março? Um momento ruim, só chegavam notícias de derrotas e desastres... Mas seu Joseph ainda está vivo, que o céu o conserve e guarde. Já eu perdi meu Jean-Baptiste, tão querido; ah, é verdade, ele nunca se permitiu, não digo uma bofetada, mas nem sequer certas intenções, você me entende.

Eu o perdi numa manhã de quatro anos atrás.

— Vou sair — me anuncia.

E eu:

— Você mal voltou do trabalho, vai sair pra quê?

— Fumo para o cachimbo.

O que dizer? Só tinha esse vício, o pobre homem.

Era o 14 de julho de 89, lembra o 14 de julho? Lojas fechadas, ruas patrulhadas. Eu o vi encaminhar-se no sentido do bairro Saint-Antoine. Desde então, mais nada, sumiu, desapareceu.

E pensar que sempre me dizia: você vai ver, mulher, que estes meus pulmões mais cedo ou mais tarde me aprontam uma. Não deram tempo, seus tristes pulmões. Toda vez que voltava do trabalho tinha uma cara, uma cara... e escarrava sangue e arfava feito um cão. Mas sempre pontual, das dez da noite até o amanhecer, não perdia uma noite de trabalho. Labutou de noite a vida inteira. Isso não me desagradava, preferia tê-lo em casa de dia, ele roncava na cama enquanto eu cozinhava para o pensionista do térreo, me fazia companhia.

Não, Toinette, no fim das contas não estávamos mal.

De início, depois do nosso casamento, ele transportava as sobras dos tripeiros de seus açougues aos batéis que deixavam o rio por volta das 7 da manhã, para depositar a carga na ilha dos Cisnes. De vez em quando, após o descarregamento, ele descia a algum poço negro para raspar as paredes com espátula e pá.

— A limpeza é uma virtude — dizia. Era um filósofo, pobre Jean-Baptiste. — Lembre-se, mulher. A limpeza é a marca da ordem e da harmonia pública. — Depois começou a trabalhar para a Companhia de Esgotos, quando alargaram a fossa de Montfaucon. Um lugar para diabos e satanases. — Que cenas, minha mulher, que cenas... — Bacias imensas, escuras, borbulhantes: caldeirões infernais. E vapores e chamas que se erguiam arroxeados até não sei quantos pés de altura. Mas era daquelas bacias do inferno que saia o pó para fertilizar os campos. Eram necessários três anos de purificação, embora os lavradores — sabe, dizia Jean-Baptiste, os camponeses são cabeças-duras — fossem saqueá-la antes do tempo.

Foi então, com a fossa de Montfaucon, que começaram todos os problemas do meu pobre marido, os pulmões e as manchas que lhe apareciam nas mãos e nos braços e o atormentavam. Limpava a cidade e se emporcalhava todo. Por mais que eu lavasse muito bem a roupa, pode imaginar, ele insistia em tirar qualquer cheiro e se purgava até com água de citronela. Não há ordem sem limpeza, dizia. E acrescentava: tudo vai ficar melhor quando varrermos as imundícies do mundo... de qualquer modo, alguém tem de fazer isso.

Essa era a limpeza que agradava ao meu Jean-Baptiste.

Não, não é a mesma desses patriotas de botas lustrosas que vão proclamando: os sapos do Marais estão pondo a cabeça de fora? Melhor assim, vai ser mais fácil cortá-las. Ninguém nunca vai me convencer de que se trata da mesma limpeza.

Era o dia 14 de julho de 89, já lhe disse...

Como foi? O que aconteceu é que, no dia em que Jean-Baptiste sumiu, eu estava muito atarefada. Tinham encomendado uma dezena de frangos recheados. Mas chega a hora do almoço e me dou conta de que a cama ainda está vazia. Por quê? Me aproximei da janela. Vi que na rua desfilavam patrulhas burguesas e grupos de celerados em busca de armas, ouvi os sinos repicando sem parar... Minha cabeça explodia de preocupação. Não sabia onde procurá-lo. Comecei a perguntar a amigos e conhecidos que passavam pela janela. Um deles me disse que o vira entrar no pátio da Bastilha enquanto disparavam os primeiros tiros de canhão. Estão começando a limpar um pouco de porcaria, me disse. Paciência, Marion, você deve ter paciência. E tive paciência durante todo o dia, a noite toda e todo o dia seguinte. Por fim, fui à delegacia denunciar o desaparecimento.

Me sirva mais um copo, por favor.

Claro, Toinette. Nada de água do Sena esta noite. Não mata a sede nem leva embora as lembranças.

Em certas tavernas se serve um vinho áspero, que envenena as lembranças. Já o seu as dissolve com doçura. Gosto. É verdade, não tem a excelência dos vinhos que o cidadão Gautier costuma pagar, ele é o diretor da prisão municipal e só bebe Meursault e Chablis. Mas seu tinto desce suave, e eu o bebo com prazer. É honesto. E sua aguardente também é honesta. Envelhecida como tem de ser, em barris corretos, feitos com cortiça de carvalho, espessa, do Limousin. Uma boa aguardente.

Como aquela que engoli de um trago, para tomar coragem, no dia em que decidi denunciar o sumiço do pobre Jean-Baptiste.

Minha querida Toinette, naquela noite havia uma fila na delegacia. Gente fina, pelo menos na aparência. Um mercador de carroças, o proprietário de uma manufatura, o dono de uma alfaiataria e um tal Giquaire, diretor de uma fábrica de chocolates. Enquanto esperava minha vez, nos apresentamos um ao outro e o cidadão Giquaire, um belo homem elegante, com um chapéu de feltro preto, me explica que todos estão vindo da prisão da Force, onde estavam detidos por dívidas, e que no dia anterior um grupo de prisioneiros se amotinara, forçara as portas e os obrigara a sair também, sob ameaça de morte. Mas nem ele nem seus companheiros queriam aproveitar-se da Revolução, estavam ali para apresentar-se às forças da polícia e acatar as ordens. Enfim, não tinham fugido e não pretendiam ser tomados por foragidos. Eu não sabia se o cumprimentava por voltar à Force ou por gozar de sua liberdade forçada, mas nesse momento chegou minha vez e o funcionário que estava na porta me fez entrar. Expliquei ao delegado que o pobre Jean-Baptiste tinha desaparecido, firmei com a cruz minha declaração e voltei para casa.

Mas me diga: o que mais eu podia fazer? Mandei os meninos para a casa de mamãe, na Provence, e continuei as buscas. Não me conformei, sabe? Depois de oito meses, me avisaram que de todos os cadáveres levados à Basse-Geole em 14 de julho de 1789, só um não fora identificado. A descrição do corpo e das roupas era exata: eu tinha achado Jean-Baptiste.

O comissário, o mesmo jovem gentil a quem eu apresentara a denúncia, pediu-me que assinasse de novo uma folha com uma cruz. É tudo.

E eu me digo: no fim das contas, morreu como um herói, um vencedor da Bastilha, e isso me consola um pouco. Além disso, me asseguraram de que eu teria direito à pensão, apesar de até agora não ter recebido um centavo. Há uma comissão especial nomeada pela Assembléia que já emitiu mais de novecentos certificados premiando os vitoriosos da Bastilha. E suas viúvas têm direito à pensão. Eu também tenho direito. Sou viúva de um herói, minha querida Toinette.

Já você é mulher de um patriota, que o céu o conserve por muito tempo. Um verdadeiro patriota, que partiu voluntário para defender a França republicana, ao contrário de tantos cavalheiros meus conhecidos, que se casaram às pressas para escapar ao alistamento.

Veja Gautier, por exemplo, o cidadão Gautier que se casou com a empregada e agora dirige grandes negócios na prisão municipal. Não sou cega. Mesmo trabalhando na cozinha eu percebo. E esse homem teve a coragem de me chamar e me dizer na frente de todos, com aquela boca raivosa:

— Cidadã, aqui não se tomam iniciativas pela própria cabeça. — Muito bem! Ele, que arranjou uma mulher só para não ir ao front, ele ousa dizer isso a mim, viúva de um herói da Bastilha, a mim, que não recebo nem um centavo da Prefeitura, apesar de ter o direito.

Não, esta noite não quero saber da água do Sena. Nem quero subir ao último andar até meu quarto e me sentar ao lado da janela, como sempre faço, para remendar as meias aproveitando a luz do crepúsculo — porque as velas custam caro e, mesmo que se pague, é difícil encontrá-las.

Não me entenda mal, querida Toinette. O quarto é suficientemente confortável, e não digo isso porque você é a dona da casa. O fato é que, desde que mandei embora os meninos, me sinto sozinha lá em cima, remoendo o passado e o presente, a lembrança de meu Jean-Baptiste, Gautier e a prisioneira da cela número dez. Por isso prefiro ficar aqui esta noite, em meio à fumaça, às pessoas, ao cheiro de rum e anisete. Na companhia de seu vinho. Que é suave na boca e especialmente honesto no estômago.

O vinho grosseiro, pelo amor de Deus! Entendo um pouco disso, sou cozinheira e sei bem que morre mais gente de vinho ruim do que na guerra. Talvez fosse o caso de mudar de bebida, a cerveja é mais saudável, dizem. Mas não é para mim. A cerveja! A cerveja, minha cara, deixo-a de bom grado aos ingleses, que são inimigos tanto da Revolução quanto dos bons vinhos.

Justine

O que ele tem? Dormia tranqüilo até um momento e de repente abre os olhos remelentos, ergue alto a cabeçorra... Um ronco excitado lhe raspa a garganta.

O que há, general? Está na hora da sopa?

Sobre a lareira o relógio alarga inutilmente os ponteiros pregados como os braços de um morto na cruz, na mesma posição de ontem.

Não me lembrei de recarregar o pêndulo.

Freqüentemente me esqueço, desde que fiquei aqui, arrastando os chinelos pra cima e pra baixo nesta casa, sem minha Babichette. Desde que ela se foi, estamos todos estranhos. O general Alexandre passa as horas com o focinho contra a porta que dá para a escada, os músculos tesos, as patas frementes de indignação. O papagaio faz de conta que dorme escondendo o bico sob a asa, uma bola de plumas e desconforto. Até Rousseau e Ninon, os dois passarinhos cantantes que a própria Olympe adestrou com o órgão, não cantam mais e trocam confidências lamuriosas entre si. E eu, eu me esqueço de contar o tempo.

Então o que há, general?

Entretanto estourou uma agitação coletiva.

Uivos, latidos, assovios, alaridos e gritos. Montesquieu, com as orelhas trêmulas, corre ao redor da mesa, fora de si. No poleiro, o papagaio desenterrou o bico e está arrepiando as penas, enquanto Rousseau e Ninon interrompem suas confabulações e se agitam freneticamente na gaiola.

Soberba, majestática, solene entre tanta loucura, Madame de Sévigné desliza para a antecâmara num austero silêncio. E, seguindo seu lento desfile, por fim também ouço, ouço alguém que bate na porta.

Quietos, fiquem calmos, vou abrir a porta.

* * *

Cinco guardas, todos em torno dela, que os supera por mais de uma cabeça. Tão pálida, tão pálida... Uma palidez que se nota ainda mais por causa da altura.

— Está mais magra — murmuro, persignando-me depressa e às ocultas atrás da porta semi-aberta.

O vestido lhe cai como se não fosse seu, e a echarpe está manchada e amarfanhada, meu Deus... num estado horrível, como nunca se viu! Mas os cabelos estão em ordem e mantêm o encaracolado natural, esta vantagem ninguém lhe pode tirar.

Um dos homens me empurra de lado com uma brutalidade injustificada e escancara a porta. Eu o reconheço; mesmo envergando a divisa de subtenente da Guarda Nacional, continua sendo nosso chapeleiro. Mas não, ajeito a touca e me disponho a recebê-los com gentileza, não se pode receber ordens do próprio chapeleiro, como repete a cada ocasião a senhorita Candeille, que não se comportou bem com Olympe, aliás, comportou-se muito mal, malíssimo, arruinou-lhe a comédia com aquela recitação desinteressada, mas Julie Candeille é uma atriz e sabe conduzir os homens.

Também conheço esse outro, este que entra na frente. É o comissário da nossa seção, um velho de cabelos brancos que não tem vergonha de se mostrar enquanto passeia, com uma mão no peito e outra na cintura, diante das vendedoras de Halles, sopesando-as uma a uma com a avidez de um rapazote que nunca levantou uma saia. Vejam só que cavalheiros sob esses chapéus de galões dourados! Mas chega! Todos entraram e Olympe também se adianta, mancando, ah, o joelho! Corro em sua direção para apoiá-la, mas os guardas me rechaçam impedindo-me de tocá-la. Mal nos permitem conversar.

Eu suplico: não vêem que necessita dos meus cuidados? Depois suplico a ela também: a que ponto se reduziu! Preciso ir à prefeitura com você; por que não posso ficar em sua cela? Pedirei permissão... Não deixam entrar suas camareiras?

Minha Babichette sorri.

— E os cachorros? E o papagaio? E Madame de Sévigné? Você é mais útil aqui.

Uma pena, o sorriso dela.

Os guardas começaram a vasculhar tudo, e nós só podemos olhar enquanto eles reviram a casa de um quarto a outro. Gostaria de saber o que eles procuram, o que pensam que vão encontrar nesta casa, a casa de uma senhora. Só conseguirão sujar e bagunçar tudo, e eu vou precisar de um bom tempo para reencontrar as coisas e recolocá-las em seus lugares, onde devem ficar. Mas já entendi. Procuram papéis, livros. E os procuram aqui. Com certeza desconhecem o último andar: o escritório está salvo.

Em meio a toda esta confusão, pelo menos o general Alexandre está feliz. Sacode o rabo com entusiasmo e tenta escalar a saia de Olympe. General!, ela grita. E ele se encolhe, babando-lhe amorosamente os sapatinhos empoeirados. De seu imenso corpanzil sai o lamento patético de um filhote. Olympe se inclina e lhe acaricia a cabeça, um carinho distraído, enquanto o pensamento vai longe. Uma sensação de perigo me aperta o peito. Conheço essa belicosidade sombria em seus olhos. E de fato não me engano, porque ela se ergue de chofre em toda sua estatura e diz: inútil procurar os papéis na casa, eles estão no meu escritório, no último andar, vamos lá?

Ficamos todos estarrecidos, sobretudo eu e também o comissário, que pára de empurrar com a ponta da bota as roupas jogadas no chão pelos seus homens e se vira para observá-la.

— Vamos.

Em fila, um após outro sobem as escadas que se estreitam nos últimos degraus, e eu atrás.

Sofro quando as mãos deles começam a folhear ao acaso, a desencadernar os livros, e ela evidentemente sofre mais que eu. Uma contração de dor lhe retorce os lábios que estão mais pálidos que o rosto, meu Deus!

Os guardas jogam tudo para o alto e o comissário seleciona, separa algumas cartas, põe de lado alguns jornais, organiza os papéis escolhidos em duas pilhas diferentes, mete os óculos para repassar as obras recolhidas em volume. Agora está lendo as "notas patrióticas", reconheço por causa do frontispício com aquele desenho do senhor Desrais de que gosto tanto. Numa única folha consegue condensar cem figuras — damas, *sans-culottes*, crianças, guardas, animais — e com um traço fino e preciso: o fecho de um bracelete, o rabo empinado de um galo e o fogo de inumeráveis tochas, ao longe, quase um incêndio... O incêndio da Revolução, imagino. Porque as gravuras do senhor Desrais têm a leveza de uma fantasia.

Sim, sem dúvida são as "notas patrióticas". Será possível que esse homem, um comissário, as desconheça? E nem é preciso saber ler... Toda Paris falou das propostas de minha Babichette: as oficinas do estado para os desempregados, a divisão das terras incultas entre os camponeses, os hospitais a serem recuperados. Com que dinheiro? — lhe perguntavam. E ela: com o imposto sobre as riquezas, sobre cavalos e carruagens, sobre palácios e, por que não, sobre os chapéus e roupas das nobres. Estávamos em 88... ah, mais propostas que qualquer ministro.

Foi um escândalo. Uma senhora que se permitia dar sugestões... Será possível que o comissário não soubesse de nada?

Fechou o livro. Retirou os óculos e esfregou o nariz com uma expressão perplexa. Creio que não imaginasse tanto fervor patriótico. Mas isso não é nada. Deveria ouvi-la falar! Deveria ouvir seus discursos no café Procope ou no gabinete da senhora Dupas, diante daqueles grandes literatos, quando dizia: três governos em três anos e não chegaremos ao fim da legislatura!, o que a Europa pensará desta Revolução de que tanto nos orgulhamos? A Revolução. Minha Babichette não pensa em mais nada. Por que haveriam de acusá-la?

O comissário perdeu sua arrogância e também o passo arrogante com que se exibia em Halles. É somente um velho que arrastas os pés e se senta à escrivaninha para redigir atas. Olympe o fixa apoiada no escrínio chinês, ainda mais pálida que antes, se é que é possível.

— Não é preciso lacrar a casa. Os senhores já viram, está tudo aqui, no meu escritório.

Que seja abençoada. É por isso que os levou para aqui em cima, não tinha pensado nisso. Meu coração começa a bater feito louco. Se lacrarem a casa, isso significa que eu também tenho de ir embora? E para onde eu poderia ir, pobre criada sem patroa?

Erguendo levemente os olhos da ata, o comissário declara:

— Aqui não há nada que mereça ser lacrado.

Meu coração retoma as batidas normais. Ele deve gostar das saias das vendedoras de bacalhau, mas é um homem justo, é preciso reconhecer isso.

Lá fora a noite desceu. O comissário põe os óculos no bolso e convoca os guardas.

— Até logo — me sussurra Olympe. Por um segundo nos aproximamos, estamos muito próximas. Seu corpo emana um cheiro que não reconheço. Salgado. Mas no fundo dos olhos apagados de cansaço descubro um lampejo de alívio. Um respiro largo, cheio, sobe-me então do peito à cabeça. Se não encontraram nada, nem uma carta, nem sequer um livro que possa ser usado contra ela, penso que serão forçados a libertá-la.

O pequeno grupo se afasta a pé, no escuro. Um sopro de vento faz balançar as folhas das árvores, refresca a pele. Inclino-me da janela para acompanhar até onde posso minha Babichette. Tenho a impressão de que caminha mais decidida, com um passo mais solto. Mas agora, no escuro, só se distingue o brilho dos galões dourados sobre os capacetes dos guardas. Na rua não há viv'alma. Uma névoa fina retém as chamas dos lampiões, mas a lua amarela, redonda, despregou-se das nuvens e segue livre para o alto.

Até logo, sussurro também.

Agosto de 1793

Hyacinthe

... e finalmente a capturaram — o que mais se podia esperar?

A mãozinha úmida de Jean-Hélie procura a minha enquanto a carroça oscila sobre o cascalho da estrada e eu penso a cada giro de roda: Paris! Paris está se aproximando, e mal penso nisso já sinto na boca o amargo daquela pergunta inútil que bate e rebate com insistência obsessiva.

O que mais se podia esperar?

Ela foi presa e isolada numa cela da prefeitura durante mais de uma semana, antes de ser transferida para a Abbaye, um lugar odioso, talvez tanto quanto a Bastilha no tempo da monarquia. E logo depois da detenção, numa estranha coincidência, Pierre foi suspenso de suas funções; ou seja, não temos mais dinheiro nem casa, já que nosso alojamento é destinado aos militares da ativa. Portanto não tivemos escolha, fomos forçados a nos enfiar numa viatura do exército e refazer a estrada que leva a Paris.

Paris... Milhares de vezes preenchi o vazio de minhas noites com a festa do nosso retorno. Agora a festa ficou para trás, se perdeu naquele sopro de fuligem que, na alvorada, antes de nossa partida, vi flutuar sobre as águas de Tours.

Não, não há alegria nessa minha volta, apenas ansiedade e sofrimento. Tudo me humilha. A modéstia da bagagem, as botinhas incômodas que a cada hora aumentam a pressão ao redor do tornozelo, o cansaço de Jean-Hélie, o choro de Anacharsis e Pierre, especialmente Pierre, que tenta mostrar-se alegre diante dos oficiais que viajam com a gente. Dois oficiaizinhos de nada, em licença trimestral, que sabem de suas divergências com a administração das Indre-et-Loire, mas não mais que isso.

Esse foi, aliás, o motivo declarado para sua suspensão do cargo: divergências com a administração. Ou melhor, com o administrador em pessoa, porque Pierre tem o mesmo caráter impulsivo da mãe, não sabe se controlar diante de algo errado, suposto ou real, fica indignado e irritado mais do que as circunstâncias permitiriam.

A carroça parou para a troca de cavalos, e os oficiais espicham os pescoços suados em direção ao vento que entra e brinca com as franjas de suas ombreiras.

A parada é rápida. A viagem recomeça.

Jean-Hélie abandona a cabeça em meus joelhos.

Através da musselina me chega o calor de suas bochechas, e Pierre tira as luvas, umedece um lenço no cantil de couro e refresca as têmporas do filho com a cautela inepta dos homens que não estão habituados nem se habituarão nunca aos gestos cuidadosos. Algumas gotas d'água escorrem no meu colo e suas mãos rudes tentam afastá-las, demoram um instante em minha saia.

Com ele parti, com ele retorno. Mas numa situação, numa situação...

Há uma certa verdade nos motivos que o levaram à suspensão, isto não se pode negar: de fato, numa manhã qualquer, por uma razão qualquer, à qual nem ele nem eu atribuímos nenhuma importância a princípio, ele discutiu com o administrador.

Mas depois, a menos de dois dias de distância, apareceu uma denúncia anônima do *Echo de la liberté*:

— Temos em Tours como general o filho de Olympe de Gouges, antigo serviçal de Versalhes.

Isto é uma calúnia, não posso aceitá-la. Pierre nunca serviu em Versalhes. A menos que queiram acusá-lo de ter trabalhado muitos anos atrás na corporação de engenheiros de Philippe d'Orléans, antes mesmo de nos conhecermos. O emprego custou caro à sua mãe, uns 1.500 francos, embora na época ela fosse muito amiga do duque. Mas que mal há em um emprego obtido regularmente, que aliás Pierre não hesitou em abandonar para defender a França e a Revolução?

Enfim, primeiro o desentendimento, depois a denúncia anônima e finalmente a correio nos traz a carta de Olympe com a notícia de sua prisão, acompanhada de um envelope. Dentro dele, uma cópia das *Três urnas*.

Envio-lhe o texto só para tranqüilizá-lo, para que você compreenda a inconsistência daqueles que me acusam...

Mas bastava a carta para nos manter informados e explicitar o teor das imputações; por que também enviou *As três urnas*? Um gesto imprudente, que nos poderia comprometer e suscitar uma série infinita de suspeitas. E, de suspeita em suspeita, Pierre poderia até ser acusado de cumplicidade. Se até eu percebo isso, será que ela não perceberia?

Não paro de repetir a mim mesma: a intenção é boa... *envio-lhe o texto só para tranqüilizá-lo*... não se pode ler de outro modo, é o gesto espontâneo de uma mãe. Embora ela escreva algumas linhas abaixo, com sua caligrafia áspera, alongada, pontiaguda:

— ... *nada me fará trair minha consciência, nem mesmo o amor que sinto por você*...

Um ressentimento inesperado se alastra no fundo do meu estômago, queima com raiva e não quer ceder.

Que mulher é essa, pergunto-me, enquanto a carroça corre para Paris e Pierre brinca de novo com os dois oficiais e os meninos choram alternadamente, que mãe é essa que afirma não poder trair sua consciência nem sequer pelo amor de um filho?

Uma poeira seca entra por cima, por baixo, por cada fresta, como se o sol deste verão mais uma vez tórrido, depois dos grandes temporais de julho, tivesse reduzido a frangalhos todo o mundo lá fora.

Estamos em Paris?

Olho para todos os lados, mas vejo apenas o grande redemoinho de pó que entrou até o fundo de minha alma. Com dificuldade, ponho em foco as figuras que aos poucos retomam sua forma no pátio da estação dos correios: os carregadores que transportam as bagagens, uma senhora que desce da liteira e descobre o pé para subir na viatura que parte, um rapazinho que leva nos braços em arco uma gaiola protegida por um pano verde. Meço a sombra das casas e ainda não me convenço. É a minha cidade? Estou em Paris?

E aí estão eles, na minha frente. Minha mãe e meu pai.

Mamãe não consegue conter o choro assim que vê as crianças: Anacharsis, que ela não conhece, e Jean-Hélie, que já balbucia algumas palavras. Pelo modo fragoroso e expansivo de assoar o nariz num grande lenço, preso entre os nós inchados dos dedos, intuo que ela veio em paz: ao menos não haverá briga durante alguns dias. O pequeno a observa desconcertado, até que de repente se decide, bate o ar com os bracinhos festeiros e a acolhe, descobrindo as gengivas rosadas com seu sorriso mais cativante. Como se ele também soubesse quanto é difícil para minha mãe aceitar a idéia de que nunca terei um marido e nem mesmo o indispensável, segundo ela, para uma vida civilizada. Como se pode viver como pessoas civilizadas sem uma carruagem, um porteiro e um mordomo?

No abraço rígido de meu pai, ao contrário, sinto um lamento que não se deixa amansar, conquanto ele tenha renunciado a traduzir-se em palavras. Dois anos de distância... para depois me reencontrar com a mesma palpitação e a alma dividida diante de seu cenho.

No entanto meu pai nunca se opôs à nossa união. Não impôs condições quando decidi juntar-me a Pierre: seguíamos nossa inclinação, e isso bastava ao seu consenso. Papai é um homem que acredita na força do sentimento e nos direitos naturais do amor; contanto, é claro, que esses direitos sejam honrados pelo casamento.

O ponto da questão é sempre este: o casamento.

Lembro que, na ocasião, ele me chamou e fez um solene discurso.

Foi um longo sermão.

— O matrimônio é um débito para com a família e a sociedade. Cada um o contrai ao nascer, não se pode subtrair a ele.

Deixei que falasse. Depois: casamento é coisa do *ancien régime*, preconceito de outros tempos, meu pai. De olhos baixos. Com um tom respeitoso, mas firme. Se dermos lugar ao preconceito, meu pai, como a natureza poderá reaver todos os seus direitos? E ele, levantando a mão para intimar-me ao silêncio:

— Não queira que eu me arrependa de lhe ter ensinado a ler!

Poderia ter imposto a vontade dele. Mas, por fim, despediu-se de mim com um suspiro resignado. Mais tarde, repensando o episódio, a facilidade da conquista me pareceu mais uma punição que uma vitória.

E depois de quase dois anos de ausência retorno a Paris, desço da viatura e ali está meu pai, com a mesma peruca antiquada erguida em dois espessos rolos sobre as orelhas, já um pouco folgada, que lhe dá um ar de velho e me aperta o coração.

Minha mãe soluçando no lenço, meu pai com a peruca frouxa na cabeça, as bagagens, o cansaço, a falsa desenvoltura de Pierre, a lembrança de Olympe trancafiada na Abbaye...

Tenho uma sensação de mal-estar, como se em vez de chegar estivesse partindo.

Depois, para completar, a casa nova.

Você não pode retomar o fio da vida do ponto em que o deixou antes de partir, me digo seguindo os carregadores que, ao subirem, batem os baús contra as paredes da escada. O reboco se esfarela e eles sobem deixando para trás uma finíssima fila de poeira branca.

Mas reconheço bem este gosto de leite coalhado que me enche a boca, sei bem de que se trata. É o gosto da desilusão, e eu preciso engoli-lo antes de agradecer a meu pai com o entusiasmo devido, antes de concordar com ele e dizer que sim, foi uma sorte que um de seus inquilinos tenha ido embora e deixado vago, todo para nós, este apartamento às margens do Sena. Grande, mobiliado, num prédio de sóbria elegância: uma situação digna para Pierre, para as crianças e, naturalmente, também para mim.

Porém eu imaginara tudo diferente. Minna imaginação tomara uma estrada própria e, passo a passo, me reconduzira ao meu quarto de mocinha com tapeçaria azul e o cravo no canto. Uma fantasia de contornos vagos, uma espécie de cantilena consoladora e apaziguante que eu cantara em silêncio no caminho de volta.

Nem sequer me ocorrera a idéia de que, dali a pouco, eu precisaria calcular os passos no espaço desconhecido de uma casa nova.

Desta vez me habituarei depressa, penso, abrindo a porta e correndo para as janelas com o pequeno no colo, estou em Paris!

No entanto continuo a pensar: casa nova, cansaço novo.

— Gosta? — pergunta ansiosa minha mãe.

Poltronas imensas, pequenas lareiras em todos os cômodos.

Se pelo menos pudesse ter trazido Pauline! Meus ouvidos estavam habituados ao som dos seus tamancos passando ligeiros de um quarto a outro, que me recordavam minhas responsabilidades de mulher adulta. Sim, gostaria de tê-la conosco. E Pauline, oh, como ficaria contente de vir a Paris, Pauline! Guardava para essa ocasião uma touca especial, muito coquete, enfeitada com as fitas azuis que eu lhe dera de presente.

Mas Pierre mostrou-se irredutível.

— Querida, seja razoável.... — Tentava me convencer enquanto brincava com meus dedos, entrelaçava-os aos seus, acariciava-os um a um com persuasiva lentidão. — Sei que você se afeiçoou a ela e ela a você. E também gosto de ver como ela é obediente. Quieta. Tranqüila. Mas pense bem. É muito graciosa para vir a Paris, pense que sofrimento seria se ela... ingênua como é! Não, Paris é um perigo para mulheres jovens. Seria uma preocupação tanto para mim quanto para você. Só nos traria problemas. Você é muito sensata para não entender isso.

De fato, em matéria de preocupação já tínhamos e temos mais que o suficiente, não precisamos de outras.

Todas as manhãs, Justine me traz as últimas notícias.

Chega com um ar decidido, os cães na coleira e a testa dividida por aquele talho onde todas as suas emoções se aprofundam. Mas é o nariz que a trai. O grande nariz que treme, se avermelha ou empalidece.

Vem da Abbaye, onde confiou ao carcereiro a cestinha com o almoço de Olympe.

— Ah! Tomara que chegue até a barriga dela... que não se perca no caminho...

O Estado oferece aos detentos uma porção de feijão e uma libra e meia de pão por dia; quem quiser uma refeição mais farta e variada, deve pagar por fora, assim como a cama, as cadeiras e as velas, tudo, enfim.

— Exceto as paredes, que são gratuitas — resmunga Justine.

A sombra que se esconde atrás da ruga vincada na testa me inquieta.

Os cantos desta casa também são cheios de sombras. Tentei expulsá-las afastando os móveis e comprando uns badulaques de um comerciante, coisas baratas, porque o dinheiro está curto depois que Pierre perdeu o posto e agora corre o risco de ser exonerado, se não retomar o antigo cargo, e eu não quero pedir nada a minha mãe nem a meu pai, que já nos dão mais do que eu gostaria.

Mas mesmo assim eu estava contente enquanto vasculhava os brechós e escolhia algum vaso, um espelhinho, um candelabro. Pequenos objetos adoráveis, sem pretensão, achados por mim.

Parei com isso quando Justine me explicou que, quanto mais baratos, maior é a probabilidade de que sejam roubados das casas dos detidos.

A noite começa quando a vendedora de *rossoli* e aguardente acende seu lampião sob o teto do edifício em frente e se põe a cantar:

— Aguardente, aguardente a um soldo o copinho — e os *sans-culotte* que voltam das sessões se detêm para recuperar o fôlego e reforçar o ânimo com a água que queima ao descer pela garganta.

Depois não passa mais ninguém.

A dupla luz de uma carroça que se afasta, o clarão de uma fogueira às margens do Sena. Encontro sempre uma luz quando cedo à inquietude e ao desejo de levantar, mesmo depois de o relógio bater a meia-noite. É o momento do silêncio mais absoluto.

Mas Paris, assim como eu, tem um sono agitado.

O pêndulo acaba de bater a uma, em sincronia com o relógio da igreja, quando de repente o silêncio seguinte é perturbado por um rumor imenso e confuso, que se alastra de rua em rua: começaram as inspeções domiciliares.

Ontem à noite bateram em todas as portas da ruela ao lado. Uma patrulha de sessenta voluntários, todos com lanças e barretes vermelhos, entrava de um lado e saía de outro em busca de foragidos retornados clandestinamente. As lanças cintilavam rompendo a escuridão, e os homens se moviam rápidos entre as longas silhuetas das casas, como uma matilha de lobos despertados pela lua. Da janela aberta eu ouvia a voz do comissário nos interrogatórios, o choro de um menino, a risada de uma mulher, os gritos das sentinelas ordenando que as janelas fossem acesas.

Completamente vestido, Pierre dormia derreado numa poltrona, esperando a nossa vez. Mas a inspeção acabou antes de chegar à nossa porta.

O silêncio voltou.

Pierre suava e se agitava sem despertar. Eu olhava as janelas ainda iluminadas. Na rua escura e de novo calma, as casas tinham o aspecto de imensos cadafalsos pontilhados de mil tochas, e cada uma dessas tochas fazia vibrar a ponta da chama solitária que a noite acende em minha cabeça.

É Paris, é a minha cidade, continuava a repetir para mim. Mas esse pensamento tornava a solidão ainda mais definitiva. Então me aproximei de Pierre e tentei sacudi-lo. Ele saltou de pé.

— Já chegaram? — Esfregava os olhos como Jean-Hélie quando não quer que o sono o vença.

— Foram embora — respondi num murmúrio culpado. — Durma.

Ele voltou a cair na poltrona, o queixo contra o peito, a cabeça balançando como se estivesse solta. O óleo da lamparina estava quase no fim, a luz diminuía aos poucos e, quando se apagou de todo, fiquei velando sozinha.

Olympe

Estou pronta.

Trago ao redor do pescoço um fichu imaculado, recém-passado, e nos pés um par de meias novas; lavei-me na tina que todas as manhãs Louise, a mulher do carcereiro, enche de água limpa.

A cidadã Louise. Farta de seios e de cabelos claros.

Vem de uma região da baixa Bretanha e, apesar de viver há dez anos em Paris com um marido nascido no bairro de Saint-Marcel, fala francês pior que um hindu de Bengala. Mas acho que se trata de astúcia, ao menos em parte. Um pretexto. Excelente para interpretar a seu modo as ordens do comissário. Neste caso, agindo em meu favor. De resto, não existem ordens escritas em relação a mim: fui retirada da prefeitura e transferida para a Abbaye por uma simples questão administrativa. Não havendo ordens escritas, mas apenas instruções verbais, qualquer interpretação é válida: por isso Louise deixa de lado os escrúpulos e todas as manhãs vem despejar água limpa na minha tina.

Hoje ela entrou, me esquadrinhou da cabeça aos pés e, com um sinal de cumplicidade, tirou uma lasca de sabão das dobras do xale. Sem saber como recompensá-la, dei-lhe um potinho de doce, uma geléia amarela de laranja que Justine tinha colocado na habitual cesta do almoço.

E assim estou asseada, graças à cidadã Louise.

E pronta para o interrogatório. O primeiro perante o Tribunal Revolucionário.

* * *

Dia 6 de agosto, pleno verão, mas tenho as mãos frias.

O auditório também está frio.

O calor ficou do lado de fora deste salão imenso, revestido de mármores, habitado apenas pelos bustos de Brutus e de Marat. Eles serão o meu público. Olhos brancos dentro de órbitas de pedra. As tribunas estão vazias: a audiência será a portas fechadas.

Bom sinal? Mau sinal? Não sei avaliar.

O público quer espetáculo, me digo, apertando as mãos uma contra a outra a fim de aquecê-las e refrear um tremor interno. Mas o espetáculo restringe o espaço da justiça. Talvez este salão deserto seja um bom sinal: querem julgar-me sem a interferência de idéias preconcebidas. Se for assim, então... então o veredicto não está decidido. Ainda não foi escrito.

Mas o público se comove quando reconhece a inocência. Se a inocência é patente, o público reclama a imparcialidade do julgamento, e isso torna mais difícil um veredicto preestabelecido. Talvez a ausência de público seja um mau sinal.

Posto-me diante da cátedra do presidente. Ao caminhar, percebo que estou arrastando a perna esquerda. A dor no joelho voltou, mas eu não saberia dizer quando; antes não havia, agora existe.

Um corte de luz cai do alto e tremula no chapéu emplumado do juiz, reverbera na gravata branca que cintila nos trajes pretos e por um instante cancela suas feições, que ressurgem apagadas, traço a traço.

Finalmente o reconheço: é Ardouin. Um juiz moderado, se é que esta definição faz algum sentido para alguém que aceita este encargo no Tribunal Revolucionário.

Em todo caso, não é com ele que devo ombrear-me.

Fouquier-Tinville está ali, sentado à mesa da promotoria pública. Argo, como o chamava Sébastien, o amigo perdido. Por causa dos olhos saltados da testa, por essas orelhas móveis: a imagem acabada da inquisição policiesca. Um homem que vendeu o antigo cargo de promotor no tribunal de Châtelet para pagar dívidas e hoje descobre seu verdadeiro talento: o zelo frio e pedante do Grande Inquisidor. Mas se é verdade, como afirmam alguns, que cada traço da fisionomia revela um segredo da alma, esse aí deixa entrever segredos muito mesquinhos por trás da máscara: tavernas e, ao que dizem, vinho grosso ao fim de cada dia.

Ardouin pousa as mãos no tampo da mesa e alarga os dedos, como quem quer conquistar espaço. O interrogatório começa.

— A senhora é a autora do manifesto intitulado *As três urnas?*

— Sim, sou eu.

— Reconhece então que é a autora dele?

— Reconheço.

As mesmas perguntas rituais que Baudrais me dirigira no dia da minha detenção, na prefeitura.

— Por que então o texto não traz sua assinatura?

Um impulso zombeteiro serpenteia sob minha língua. Sem conseguir contê-lo, respondo:

— Por modéstia.

A modéstia, este cabresto imposto aos sonhos das mulheres...

Ardouin faz um gesto de irritação, mas o Grande Inquisidor se mantém imperturbável, não ouve a ironia, provavelmente não sabe percebê-la numa voz feminina.

Agora é ele quem assume a parte da acusação:

— Senhora, no dia 20 de julho, às 7 da noite, a cidadã Meunier apresentou denúncia contra a senhora por afixar clandestinamente um manifesto contra-revolucionário.

— O manifesto não foi afixado — lembro-lhe. — E a cidadã Meunier errou ao antecipar o julgamento do Comitê de Saúde Pública. Somente ao Comitê cabe a tarefa de decidir o que é ou não é contra-revolucionário.

— Não é este o problema — me interrompe com impaciência. — Um ano atrás, em 25 de setembro de 1792, os representantes do povo declararam a República una e indivisível. Sabe disso?

— Sei.

— Qualquer proposta que não leve em conta a unidade e a indivisibilidade da pátria é contra a lei.

— Não é minha proposta que atenta contra a República una e indivisível.

A perna voltou a latejar e a me dar sinais de advertência, mas tento ignorá-la e manter a voz alta e clara. É a luta dos partidos no seio da Convenção, explico, que dissemina a suspeita e a discórdia nos departamentos. Enquanto escrevia *As três urnas*, Bordeaux, Lion, Marselha, Toulouse e Calvados falavam de marchar sobre Paris.

— Naquela altura, me perguntei: o que aconteceria se os departamentos de fato pegassem em armas para defender a autonomia de seus deputados? A guerra civil, esta sim, selaria o fim da República una e indivisível.

Com um rápido movimento de mão, Fouquier-Tinville afasta e anula minhas razões:

— É o recurso às urnas — replica –, que poderia provocar uma explosão.

Enquanto fala, pende o corpo para frente. Quanto ao resto, é contido nos gestos, controlado na voz. Somente as orelhas de vez em quando se mexem de maneira desconexa, como se quisessem concordar por conta própria.

Agora me fixa com as grossas sobrancelhas alçadas e um leve brilho de escárnio nos olhos desorbitados.

— Que imaginação, senhora! Pretende sustentar que homens que pensam a questão de modo diverso uns dos outros poderiam reunir-se em um único lugar para depositar seus votos numa urna? Como pode crer que isso aconteceria de maneira pacífica? Não lhe parece uma idéia perigosa?

— As urnas são a alternativa à revolta armada.

— As urnas sancionam a diversidade das opiniões. É o seu manifesto, senhora, que poderia fazer eclodir a guerra civil.

Em seu modo de argumentar e escandir as acusações percebo uma distância inatingível. Sua paixão fria de funcionário modelo me dá mais medo que o ódio ou a raiva vociferante de Marino.

Estou segura: não me deixará ir embora.

Rosalie

Depois de ter registrado meu nome no livro de prisioneiros, na chancelaria, o guarda observa a pouca bagagem que pude juntar no momento da detenção e, enquanto vasculha e revira, eis que suas mãos esbarram em meus talheres. Ah!, exclama e me olha. E os confisca. Os belos talheres de prata que minha mãe trouxera de Palermo e me deixara em herança. Em troca, recebo um bilhete com um número.

— Se sair daqui — diz o guarda, e diz se e não *quando* –, poderá tê-los de volta. — Em seguida, me confia a um carcereiro.

Atravessamos um cômodo cheio de fumaça, de homens, de confusão, subimos por uma escada suja e incômoda e então percorremos um corredor deserto até a porta de uma cela trancada por uma fechadura enorme. O carcereiro a abre com suas chaves de tamanho proporcional à fechadura, e eu entro.

Minha companheira de prisão está em pé diante da grade dupla da janela. Está de costas e não dá sinal de se mover. Os dedos agarrados às barras, uma forte tensão que lhe retorce o torso para o exterior. Toda sua alta figura se concentra em algo lá fora que, para mim, deste ângulo visual, não se dá a perceber.

Saúdo sem querer com voz hesitante, mas ela não se mexe, como se não tivesse nem mesmo me ouvido entrar, coisa no entanto impossível devido ao som bem pouco discreto das chaves nestas fechaduras. Permaneço ao lado da porta sem saber o que fazer, sentindo-me uma intrusa, tão importuna e despudorada quanto certas burguesinhas que não sabem respeitar as regras do decoro, embora circulem por aí com os seios bem cobertos.

Um sol imenso entra com força pela janela desguarnecida, bate naquela figura de cabeleira abundante, erguida numa quantidade de cachos, e corta o quarto onde mal cabem duas caminhas de campanha, duas cadeiras e uma mesa. Sobre a mesa vejo livros bem empilhados, papel, todo o necessário para escrever e, num canto, um pouco afastado sobre uma toalha branca, dois pratos, uma horrível colher e um garfo de prisão, com as pontas aparadas para evitar qualquer tentação, suponho — e este é um pensamento que me chega como uma descoberta. Os talheres de minha mãe, coitada de mim...

Sobre uma das camas, naquela mais próxima da janela, vêem-se ataduras cuidadosamente dobradas e um xale de cores que brilham ao sol. Pregado numa fenda do muro, um alfinete de cabelo serve de cabide. A esqualidez do conjunto é temperada por uma espécie de zelo meticuloso, uma atenção à ordem que é muito mais que atenção: um desdobramento de força. De vitalidade. Algo que rivaliza com a violência desta luz de agosto que entra em todo seu esplendor.

Como não obtive resposta ao meu cumprimento, dou alguns passos e apóio a bagagem na cama livre. Ainda hesito, depois tomo coragem e me aproximo da janela. A quina da mesa me impede a passagem, mas, inclinando-me de lado, vejo também aquilo que minha desconhecida está contemplando com tanta intensidade.

No muro em frente, alguém no pátio traçou a inscrição mais popular de Paris: Liberdade, Fraternidade, Igualdade ou Morte. Mas as chuvas lavaram as paredes e as letras são apenas fantasmas exangues, alongados, recortados no clarão do muro.

— Que pena — suspira a desconhecida, virando-se de perfil para mim.

— Senhora?

— Desapareceu. Uma palavra tão bonita de se ver! Igualdade... Tão suave aos ouvidos... especialmente aos ouvidos de uma mulher, não acha?

Cachos escuros descem-lhe sobre as faces e deixam descoberta a linha do pescoço. Ainda não consigo distinguir a expressão do rosto, mas percebo em seu tom de voz um interesse cheio de compaixão quando ela finalmente murmura:

— Lamento ter de lhe dar as boas-vindas à Abbaye.

Não a reconheci imediatamente, mas só depois que ela se apresentou e pronunciou o nome: Olympe de Gouges. E eu pensei: o destino!

Entre todas as possíveis companheiras de prisão, é bem curioso que eu tenha topado justo com ela, uma mulher que, sem o saber, já havia cruzado meu caminho em outra circunstância muito significativa de minha vida. Precisei de algum tempo para reconhecê-la, o que é compreensível, já que eu a vira apenas uma vez, de longe.

Já agora só uma caminha de campanha nos separa. Se espicho a mão, quase posso tocá-la nesta cela invadida pelo sol e pelas moscas.

Uma prisioneira. Com os cabelos recolhidos sobre as têmporas e sem ornamentos. Bem diferente da dama com a saia volumosa e o cabelo florido que, num camarote da Comédie Française, recém-rebatizada de Teatro da Nação, batia com impaciência o leque na borda da balaustrada. As grandes hastes do leque lançavam brilhos de madrepérola, enquanto ela esperava a platéia se acalmar e os atores recomeçarem a recitar o drama de sua autoria.

Destino, acaso, fatalidade... Que importa?

Sim, eu também estava lá naquela noite e nem sequer imaginava que nos encontraríamos de novo, muito menos num lugar como este.

Ela batia o leque na balaustrada do camarote e eu estava sentada embaixo, porque desde que a Comédie Française trocara as Tulherias pelo moderno edifício do bairro de Saint-Germain e os atores decidiram, entre outras novidades, dobrar os preços da platéia, mas fazer o público sentar, as mulheres também passaram a ser admitidas no auditório, podendo trocar com os vizinhos as mesmas cortesias que se podem trocar nos camarotes.

Por isso, naquele distante 28 de dezembro de 89, eu também estava lá, sentada justamente na platéia, e passeava a vista com o binóculo, apontando-o de vez em quando sobre ela, mas de passagem, como por acaso. Não me parecia educado começar a espiá-la, embora esta fosse minha intenção, aliás, compartilhada por todo o público — uma curiosidade que, após as polêmicas desencadeadas pelo anúncio da peça, era inevitável.

A obra era incendiária já no título, *A escravidão dos negros*, e lembro que muitos jornais haviam deplorado o fato de que uma dama que jamais saíra de Paris, e cujas leituras presumivelmente se limitavam a alguma novelinha inglesa, se permitisse levar ao palco uma rapsódia sobre o Congo. Naquela mesma manhã, no *Les Actes des Apôtres*, um jornalista cujo nome me escapa escrevera:

— Eis que põem em cena os negros no Teatro da Nação! Nunca vou aos espetáculos; mas este, por sua miséria, não vou perder.

Era uma segunda-feira, dia não muito propício aos espetáculos — quem vai ao teatro numa segunda? —, e além disso chovia torrencialmente. Apesar de tudo, mais de mil pessoas se acotovelavam nos camarotes e na platéia, e todas as mil discutiam, gritavam, riam, assoviavam, aplaudiam. Todo o partido dos colonos se mobilizou para enxovalhar a peça. Tinham distribuído ingressos e contratado agitadores, enfim, montaram um verdadeiro circo para a circunstância — coisa nada difícil de fazer, nem mesmo em 89, quando o espírito da liberdade ainda triunfava e a censura, hoje novamente atuante, tinha sido abolida.

Então lá fora chovia e dentro do teatro reinava um humor azedo. Sim, eu me lembro bem. Recordo cada detalhe daquela noite e do espetáculo, até o mais insignificante, porque foi justamente naquela ocasião que conheci Antoine-Léon.

Destino... Devo acreditar no destino? Minha mãe, que era uma atriz, acreditava.

Em todo caso, fosse obra do acaso ou do destino, quem naquela noite veio sentar-se na cadeira ao lado da minha? Um jovem de rosto largo e pele tisnada, a cor típica dos franceses nascidos nas ilhas. E quando todos se puseram de pé e começaram a gritar para interromper o espetáculo ou atacar os que queriam interrompê-lo, ele permaneceu sentado. Por isso — como me revelou depois — teve o impulso natural de dirigir-se a mim, a única que, além dele, não se agitava nem gritava.

É verdade mesmo, ele disse, que eles acreditam que uma comédia em Paris tenha o poder de provocar uma insurreição nas Antilhas? Os colonos, o poderoso partido dos colonos, têm realmente medo de uma peça de teatro, ainda mais escrita por uma mulher?

— Têm medo — tentei explicar-lhe — de que a liberdade concedida aos negros despovoe os campos de algodão. — Na França, a excessiva liberdade concedida aos camponeses havia despovoado os campos, empurrando a população rural como uma onda imensa contra as muralhas das cidades. Não poderia acontecer o mesmo nas colônias?

— Mas para onde os negros poderiam ir? — perguntou ele, tão estupefato que se esqueceu de apresentar-se.

Bem ou mal, apesar das contínuas interrupções, os atores conseguiram levar a cabo o espetáculo... que não sei dizer se me convenceu ou não.

Para começar, Zamor, o protagonista, não só era negro, mas também assassino. Tinha matado o branco que assediava sua amada, é verdade, mas era assassino e negro! Apesar de, no último momento, pelo protesto dos atores que se recusavam a atuar com os rostos sujos de carvão, ele ter se transformado em índio, nas intenções da autora ele continuava sendo negro e assassino. Nunca se vira no teatro um protagonista daquele tipo. Mais que coragem, era preciso temeridade para uma invenção como aquela.

Apontei mais uma vez o binóculo para o camarote da autora, mas já estava vazio.

Deve ser o destino, como dizia minha mãe...

O fato é que a peça terminara, mas o destino — aquele 28 de dezembro de 89 — continuava atuando.

Eu começara a dirigir-me para a saída do teatro e, uma vez do lado de fora, enquanto meu criado tentava parar em vão um fiacre em meio àquele aglomerado indescritível, quem revejo milagrosamente a meu lado? Meu vizinho de platéia. Que agora se apresenta da maneira mais correta e se oferece para acompanhar-me com seu cabriolé.

Durante o trajeto, sobre o banco estreito do cabriolé que avançava lentamente, Antoine-Léon se pôs a contar sua história com uma franqueza incomum. Disse-me que nascera em Santo Domingo e que era filho de um proprietário de fazendas de algodão. Era rico, mas trabalhava; e a Revolução, que media os homens pelo seu trabalho, lhe abrira os olhos. Está certo, disse, que todos agora tenham que ganhar a própria vida. E isto, para mim que ganho a vida sozinha desde sempre, apesar de ser mulher, isto me agradou.

O trabalho do meu novo amigo consistia em escrever artigos para o *Correio das Ilhas*, ou seja, era um jornalista. E não ia ao teatro, fez questão de enfatizar, para admirar as atrizes, como todos os outros homens da sua idade, mas para buscar assunto para o jornal. Inclinei-me fingindo que procurava meu lenço e escondi um sorriso.

Era franco a ponto de ser ingênuo. Porém, quando indaguei o motivo de sua viagem a Paris, ele pareceu retrair-se com certo embaraço, hesitante. Por fim confessou que viera buscar uma esposa. Seu maior desejo era se casar com uma francesa autêntica, nascida na pátria mãe.

Diante daquela resposta, uma pergunta saltou imediatamente em meu coração: eu, que tinha uma mãe italiana, podia orgulhar-me do título de "francesa autêntica"?

Tratava-se de uma questão espontânea, desinteressada, porque, para ser sincera, não sei se Antoine-Léon me agradou à primeira vista.

Sei com certeza que a pronúncia dele, aquela maneira curiosa de falar, me seduziu. Era algo que tinha a ver com o meu trabalho, com o fato de que há muitos anos ensino francês aos atores do Théâtre Italien, ofício que me valeu elogios do senhor Goldoni: também tenho minha pequena fama.

Mas não comecei por amor ao sucesso. Certamente não.

Comecei após a morte de minha mãe, quando me vi apenas com um belo serviço de talheres de prata e quase mais nada. De resto, não se pode dizer que ela não me tenha alertado: *quem bem canta e bem dança faz trabalho de pouca monta*, era a ladainha dela.

E foi assim que aprendi a me virar sozinha. Por outro lado, tenho uma real propensão para esse tipo de serviço. Talvez para compensar as carências de minha mãe, que era atriz, uma atriz famosa, mas italiana, como já disse, e que nunca aprendeu o francês. De fato, não só minha mãe, mas todos os atores italianos são um verdadeiro desastre quando atuam em francês. Por isso eles me procuram e eu lhes ensino como se mover entre palavras estrangeiras, como elas devem adaptar-se a um corpo habitado por outros sons: coisas que só se podem aprender em minha escola. Se não, onde se pode assimilar a arte da palavra múltipla? Nenhuma universidade se dignaria ensinar uma matéria tão vil quanto uma língua estrangeira. Aí está a utilidade do meu trabalho.

E então, naquela noite, no cabriolé que avançava com lentidão, escutando Antoine-Léon que me falava de si, descobri que o sotaque dele me abria um novo mundo de possibilidades sonoras — e isso me conquistou.

Destino. Sim, destino. Porque, se a pronúncia dele não me tivesse seduzido e eu não tivesse finalmente casado com ele, os guardas não teriam vindo bater à minha porta e não me teriam levado embora, sob a acusação de conspirar contra o povo francês.

Na Abbaye o espaço se restringe, as celas não bastam e os novos que chegam são amassados nas palhas jogadas em cada canto, até sobre a fossa. Já devemos ser mais de trezentos, e todo dia entram dezenas.

Posso considerar-me uma mulher de sorte por dividir a cela com uma só pessoa. E não com uma qualquer, mas com uma mulher que tem o mesmo amor que eu pelas palavras e o mesmo gosto pelo teatro, o lugar onde a escrita se torna voz e o corpo não é nunca simplesmente um corpo. Isso pelo menos é o que dizia minha mãe.

A cela é apertada e não é fácil dividi-la, mas temos um sólido pacto para manter do lado de fora a desordem e as imundícies, que atraem doenças.

Fazer valer o nosso acordo é um duro exercício.

Gestos elementares que se transformam em tarefas extenuantes: varrer sem uma vassoura, pentear-se sem um espelho, inventar um biombo para esconder o urinol... É uma batalha. Mas minha companheira a combate com toda a obstinação do seu caráter.

— Estamos vivas — diz. — E não podem nos impedir de viver do melhor modo possível até o último instante.

Este "melhor" implica limpeza e ordem.

Nossos poucos pertences estão dispostos com o escrúpulo apaixonado de um Robinson Crusoé quando já não espera ver despontar uma vela no horizonte. E, em troca de um pouco de tabaco e alguns doces, Louise, a mulher do carcereiro, não deixa que nos falte água limpa na tina ou um gole de aguardente para enxaguar os dentes e mantê-los saudáveis.

Vivemos "do melhor modo possível" nesta cela que nos torna companheiras.

E ainda que me sinta assediada pelo fedor da prisão, pelas emanações das celas entupidas, pelo cheiro horrendo da cloaca, pelo menos não adoeço de desespero como os recém-chegados que, dia e noite, passam diante de nossa cela.

Quanta gente passa! E quantos já passaram. Até Charlotte Corday passou por aqui, antes que o barbeador nacional cortasse sua cabeça loura de virgem normanda, mas pelo menos ela tinha um motivo para morrer, bom ou ruim que fosse. Mas eu? Jamais conspirei, nunca me interessei pela contra-revolução. Não tenho motivos para buscar a morte. Eu estou viva e quero viver. Tenho este direito: um ano de casamento é muito pouco.

Apenas um ano de casamento efetivo e pleno, precisamente isso. De abril a abril. Depois ele voltou a Santo Domingo, para defender o algodão de seu pai. Teve de fazê-lo porque, no fim das contas, não se pode viver somente com uns artigos para o *Correio das Ilhas*.

Ele partiu e eu fiquei.

Como posso explicar à minha companheira, que me olha e se cala, esse absurdo, essa desconsideração?

Tinha assumido um compromisso com os atores da Comédie Italienne e me sentia no dever de levá-lo a cabo: um compromisso é um compromisso, e assim fiquei.

Minha companheira concorda.

Pelo compromisso assumido e... é verdade, pelo medo do mar também: a travessia do oceano não é exatamente como um passeio de barco pelo Sena. Mas estava acertado que eu o encontraria dali a pouco, no fundo era apenas um breve adiamento, brevíssimo, somente o tempo de eu me acostumar com a idéia.

Entretanto a situação em Santo Domingo piorava de semana em semana. O governo francês não parava de enviar para lá comissários com poderes ditatoriais: negros, crioulos, *grands blancs* e *petits blancs* continuavam se matando com solicitude sistemática.

"Sem contar que a leste estamos em guerra com os espanhóis", escrevia Antoine-Léon, "a oeste e nas costas meridionais, com os ingleses. Pior do que na França." Mas mesmo assim eu estava decidida a partir, ainda que percebesse que seria um caminhar entre Cila e Caribde, como costumava dizer minha mãe, a italiana.

No início, mantivemos uma correspondência regular. Ele me escrevia todos os dias, e eu guardava suas cartas dentro de uma velha caixa de charutos que lhe pertencera. Quando a abria, daquela distante fragrância me chegava um balbucio de doces confidências sopradas ao meu ouvido. Tinha saudade da voz dele, ou melhor, daquele sotaque de sabor estrangeiro. Mas um dia, por medo de que alguém pudesse lê-las com intenção maldosa, tirei as cartas da caixa e as aproximei uma a uma à chama de uma vela. Queimei todas, que Deus me perdoe. Uma premonição que, infelizmente, mostrou-se de todo insuficiente.

Nesse meio tempo as cartas foram escasseando. O correio para as ilhas se tornava cada vez mais lento, parecia remotíssima a época em que 1.100 navios faziam regularmente a rota de um lado a outro do oceano. Um dia entendi que, se não me decidisse, não partiria nunca. Durante certo tempo temi que já fosse muito tarde, porque as comunicações com o exterior se tinham interrompido, em todos os portos da França vigorava o embargo, e havia navios que apodreciam atracados havia mais de um ano, sem poder levantar âncora. Mas a certa altura desencavei um brigue americano que obtivera do ministro da Marinha a permissão para zarpar. Depois de ter comprado a passagem, tentei resolver todas as minhas pendências e recuperar o dinheiro que muitos atores me deviam. Este foi o meu erro. Porque alguém, e desconfio quem, preferiu mandar os guardas vasculharem meu apartamento em vez de pagar o que me devia pelas lições de um ano inteiro.

Os guardas não sabiam nem o que procurar, mas, quando se quer, não é difícil descobrir alguma nódoa, e de fato a descobriram. Uma carta que eu ainda não tinha conseguido enviar a Antoine-Léon, uma em que eu dizia que em Paris se organizam muitas festas, mas não se encontra pão, e se faz calar a fome com a carmanhola.

Prenderam-me por manter correspondência contra-revolucionária, agravada pelo fato de que sou italiana por parte materna. E a contra-revolução, como se sabe, fala italiano.

Todo dia a carroça com o barrete frígio pintado nas portinholas entra no pátio da Abbaye para buscar os condenados. A grande porta se abre. O fragor das rodas reboa nas celas. Queria tapar as orelhas, apertá-las fortemente com as palmas das mãos e me esconder depressa, surda e cega, num canto escuro. Não ver, não ouvir... Mas é impossível furtar-se.

Os cascos dos cavalos. O estrondo que do pátio estreito se irradia pelas galerias e atravessa a prisão de cima a baixo. Um barulho incessante.

Todo dia os funcionários do Tribunal Revolucionário descem da carroça, todo dia percorrem o corredor com os braços carregados dos autos de acusação ou condenação, todo dia chamam os que devem deixar a Abbaye e só lhes concedem 15 minutos para se preparar.

E, enquanto os funcionários fazem a chamada cotidiana, minha companheira escreve. Com dedicação. Longamente. Mal erguendo um olhar ausente. A escrita absorve e torna menos fragoroso o rumor dessas rodas que nas horas mais impensáveis irrompem no calçamento.

Eu também gostaria de pegar a pena e escrever pelo menos uma carta a Antoine-Léon, mas não consigo; é como se, na chancelaria, junto com os talheres de minha mãe, tivessem também seqüestrado minhas palavras.

Encolho-me na cama. O roçar constante da pena na folha torna-se desagradável com o passar do tempo, agudo como um sibilo. Cerro os braços metendo as mãos sob as axilas. Um pensamento se aloja em minha cabeça: escrever é perigoso. Que pensamento absurdo... E talvez não o tenha apenas pensado, porque minha companheira detém a pena, lança-me um olhar interrogativo e franze o cenho.

Não, nunca mais vou conseguir escrever uma carta...

De resto, como é possível fazer isso nesta cela tórrida, onde o sol entra com uma brutalidade sem anteparos, retalhando o branco das paredes?

Olympe parece não se incomodar. Inclina-se de novo sobre seus papéis, escreve imersa num turbilhão de moscas, dentro de uma furiosa coroa de luz que lhe embota as cores e me dá enxaqueca. Escreve, escreve, e o sol se pregou em nossas grades e não desce nunca e as moscas se enfurecem sobre meu pescoço...

Não era possível continuar assim, e finalmente achamos uma solução. Foi ela, esta mulher que tempos atrás admirei de longe por sua figura elegante e que agora me mete medo com seu rosto desgrenhado, que comprou da mulher do carcereiro um pouco de papel encerado, desses que os camponeses usam nas janelas em lugar do vidro. Com essas folhas protegemos as grades do cárcere, restituindo à luz sua discrição.

Agora o sol faz seu trajeto em silêncio, as moscas repousam aplacadas na penumbra, e eu também me apaziguo. Tanto que um guarda, desses que se divertem dando rasteira nos prisioneiros enquanto sobem nas carroças, elogiou minha serenidade. Muito bem, disse, tenho certeza de que manterá o bom comportamento na carroça de Sanson.

Oh, Antoine-Léon, por que não parti com você?

Olympe

— Uma atividade perigosa! — exclama sem quê nem pra quê Rosalie, e eu paro a pena. Mas de seus lábios não está saindo uma advertência, mas sim a constatação de um dado de fato: escrever é uma atividade perigosa. Uma atividade que nos trouxe ambas à Abbaye, já que nestes tempos uma carta imprudente pesa tanto quanto um manifesto político e ninguém ainda consegue se dar conta disso, nem eu mesma, que no entanto previ e critiquei o retorno da censura, daquela antiga vontade de controle que começa cortando o pensamento e as palavras e termina cortando cabeças.

Rosalie é frágil. O sol que entra pela janela desguarnecida quase a enlouqueceu.

Agora ela está calma, enrodilhada na cama, os braços ao redor dos joelhos. Da abertura das mangas despontam os cotovelos redondos e brancos como um encanto. A cabeça está envolta num lenço de Madras. Aqui é impossível cuidar dos cabelos, e ela os esconde sob um turbante de cores orientais.

Entre nós se criou uma intimidade que não nasce do companheirismo ou do hábito prolongado, como certas frutas de estufa que compartilham à força um espaço e, mais ainda, uma mesma condição. Nossa intimidade enraizou-se porque Rosalie conhece minhas obras, e eu lhe sou grata por esse presente inesperado.

Em troca, gostaria de oferecer-lhe alguma coisa, algo que atestasse meu reconhecimento e a distraísse de suas angústias; e assim lhe dei minha língua, esse idioma do Quercy que Paris tanto despreza e que Rosalie aprende com uma facilidade milagrosa. Nunca se cansa de transfundi-lo da minha alma à dela, o som, o ritmo, as palavras saborosas da cozinha e as melancólicas dos trovadores anônimos de um tempo passado.

Qué val viure ses amor?[*]

Sentadas cara a cara, trocamos a doce aspereza do occitano.

É uma boa maneira de passar o dia num lugar onde é muito fácil não perceber mais as bordas do tempo, perder o limite das horas que escorrem de um modo diverso, quando já não se sabe o que vai acontecer amanhã. Aqui, mais que em qualquer outro lugar, o tempo necessita de uma ordem.

Ordem do espaço e das coisas dentro do espaço.

Ordem do corpo e do espírito.

E então faço jorrar do passado a língua da minha infância ou escrevo, como neste momento, com um braço na mesa, as costas contra as ripas ásperas de uma cadeira de pernas bambas, enquanto com a boca experimento as plumas de haste cor de leite.

Plumas macias, quentes do calor de minha mão. Esta pena, o papel e o precioso cilindro de pó de tinta me custaram caro. A cidadã Louise! Pede cifras exorbitantes, como se me vendesse pólvora furtada aos canteiros nacionais que o governo está plantando no lugar das árvores, nos jardins de Luxemburgo.

No entanto, em certo sentido, é isso mesmo.

A escrita é minha tribuna, a cidadã Louise sabe disso e tenta tirar proveito. Eu subo a voz e ela sobe o preço.

— Sabe o que eu mais lamento? — pergunto, alisando com o polegar uma curva do papel.

Rosalie apóia o queixo nos joelhos.

A tipografia, isto é o que mais lamento. Sinto falta dos dias passados na oficina do tipógrafo, do avental preto do impressor, da fragrância pungente das provas de revisão. Muitas vezes chegava sem manuscrito e ditava diretamente ao compositor, sem lhe dar trégua, até escutar o gemido das prensas.

Talvez seja por isso que agora escrevo com uma lentidão semelhante àquela que eu condenava em meu jovem secretário...

Claude.

Estudante de medicina e escriba inexperiente.

Eu era impaciente com o jovem Claude, mas não mais do que sou agora comigo mesma.

---

[*] De que vale viver sem amor? *(N. do T.)*

— Minha mão — suspiro. Como minha mão está lenta. E a cabeça. Sobretudo a cabeça. Quase sempre as palavras se amontoam na ponta da língua, e eu preciso detê-las; agora são elas que me detêm.

Mas talvez seja apenas porque estou habituada a ditar meus escritos.

— Como os grandes senhores — aprova Rosalie.

— Sim... mas com uma diferença.

Os grandes senhores têm um *tentourier* pessoal que embeleza, corrige e adorna tudo. Detesto a pobreza alambicada das obras que saem de suas penas. Prefiro meu estilo direto, simples.

— Simples? — ela se inflama, abrindo os braços. As mangas deslizam e cobrem seus cotovelos. — Você conquistou a fama com todo o direito!

Seus olhos azuis cintilam com uma luz que me faz entender plenamente a afeição pelo rico marido de além-mar. Não me surpreende que, entre uma multidão de francesas "autênticas", ele por fim tenha escolhido a filha de uma atriz italiana que tem medo do mar, mas não das palavras que soam estrangeiras.

— Com apenas um de seus dramas, *Os votos forçados* — estou certa? —, a senhora teve mais de oitenta apresentações.

— Ah, isto não.

Não gostaria — protesto —, realmente não gostaria que meu trabalho fosse avaliado pelo número de ingressos vendidos!

— Avaliado por que, então? — se espanta Rosalie, esfregando o rosto na musselina esticada entre os joelhos.

Pelo talento, poderia ser a resposta. Se meu talento não criasse obras fora das medidas. As fantasias políticas, a invenção cênica, a escolha das personagens e de suas características, até o romance que narra minha vida, tudo o que escrevo está fora dos padrões dos grandes senhores e seus *tentourier*. As regras de sua arte não se aplicam à minha. Não tenho mestres. Sou uma mulher sem Pigmaleões, e por isso mesmo sem normas e sem estilo. Ademais, não posso deixar de me perguntar nos momentos difíceis: esta é de fato a minha medida, minha própria medida? — e não sei responder.

A Abbaye também tem sua sala de recepções, por assim dizer. Um pátio interno, sombreado por duas torres nas extremidades e fechado entre muros muito largos, que retêm o calor e o bafio da cozinha e do corpo de guarda, uma mistura de couve, tabaco e casacos suados. Mas é o nosso salão ao ar livre onde, passeando, podemos encontrar os outros inquilinos da Abbaye e ouvir as notícias que os recém-chegados trazem de fora.

É uma tarde vagarosa, com manchas de sol que rastejam lentas pelas paredes.

Plantado na soleira da cozinha, o carcereiro conversa com alguns detentos que querem erguer uma árvore da liberdade. Amanhã é 10 de agosto, um ano da queda do rei, e até entre nós há quem queira festejar. Não me espanto. Há tempos os primeiros prisioneiros, na maioria realistas, foram misturados a homens de todos os partidos. Ou a mulheres como eu, que sofreram e combateram e por isso não se conformam a passar do domínio de um monarca à ditadura de um Robespierre.

Mas o carcereiro fica indignado, arrancando do pescoço uma grande mordaça gordurosa:

— Uma árvore da liberdade na Abbaye? Acham que é o caso, cidadãos?

Interrompo meu passeio — um triste ir e vir de um muro a outro — para escutar a conversa.

No mesmo instante alguém toca em meu ombro. Um toque comedido, mas carregado de urgência. Viro-me, e Baculard pára em minha frente com o rosto transfigurado.

Eu o conheço há anos: Baculard d'Arnaud. Sob seu aspecto selvagem se encerra um poeta e um espírito forte: era republicano já em 89, quando em toda a França só se contavam 12 apóstolos que pregassem a República. A mulher dele é a proprietária da casa de Costard, e encontrá-los ambos na Abbaye, três celas adiante da minha, foi uma grande dor, mas também um conforto. Todo encontro nosso se transforma numa troca de pequenas delicadezas, tabletinhos de chocolates, linha de costura, informações. E não só.

Alguns dias atrás, entreguei secretamente a ele o fruto de quase um mês de prisão: um manifesto endereçado aos cidadãos franceses. Escrevi-o partindo da ilegalidade de minha detenção, que se prolonga sem um ato oficial de acusação, mas depois fui mais longe, muito mais longe. Até os arbítrios de Robespierre, a demagogia de quem pretende governar e não respeita as leis republicanas, a loucura dos que pretendem extrair da violência de um dia uma idéia permanente de governo, até os perigos que ameaçam a República dentro de seus próprios confins. Um manifesto que eu gostaria de ver toda a França lendo, mas que ficará para sempre, temo, como uma leitura privada.

A mão de Baculard ainda está apoiada no meu ombro e insiste, como se um caso extremo tivesse feito meu bom amigo esquecer-se das boas maneiras. Está tão agitado que balbucia frases desconexas, palavras truncadas. Até que, finalmente, decide mostrar-me um papel: a ordem de soltura para ele e a mulher.

A essa altura, a exaltação dele é também minha. Eles vão se salvar, penso, e o cheiro da couve que se intensifica no pátio perde seu caráter desagradável, passa a ser apenas o cheiro de uma portaria qualquer de Paris, de uma vida que retoma seu curso normal.

— Uma árvore da liberdade eu não posso permitir a vocês — continua argumentando o carcereiro.

Nó nos afastamos. Baculard passa dois dedos nervosos sob o colarinho da camisa. Tem algo a me dizer. Um pedido a fazer.

— Quero lhe pedir... — sim, me pede que eu fique tranqüila, que pare de escrever coisas comprometedoras agora que ele está livre e pode se dedicar ao meu caso, que, por favor, destrua tudo o que escrevi até agora — e suas sobrancelhas hirtas se tornam espinhos projetados para o alto, a arranhar o cume liso da testa.

— É simplesmente uma petição — me defendo, embora saiba que não adianta minimizar as coisas com ele.

— Petição? Mas o que você está dizendo? Destrua, destrua tudo!

E se apressa a jurar que não me abandonará nunca, inventa planos, conjetura projetos:

— Os amigos deputados, eles também podem ajudar. Vou forçá-los a intervir em seu favor.

Paro de golpe no meio do pátio: entendi que a Providência existe e me dá de presente uma possibilidade. Não posso fazer isso, mas meu texto, sim, pode sair da Abbaye e chegar até Costard, pode ser impresso e ganhar vida nos muros de Paris.

Baculard empalidece. Atrás do véu móvel das sobrancelhas, seus olhos começam a faiscar, escapando para a direita e a esquerda. Cada linha do rosto carcomido é uma súplica:

— Isso lhe custará a guilhotina.

Mas por fim não me diz não. Um respiro profundo se alarga em meu peito e se torna alívio.

Depois do alívio, a fraqueza.

O calor me esmaga. Não me agüento nas pernas, e meu próprio hálito me queima os lábios enquanto estou encolhida na umidade da cama, como um sapo. A febre voltou.

E pensar que eu me gabava de minha saúde de ferro, me queixo com Rosalie, que renasceu depois que deixou de lado suas angústias para cuidar das minhas. Seus braços delgados escondem uma força imprevisível, e seu ânimo, ah, seu ânimo possui o espírito natural de certos curandeiros capazes de fazer sorrir um agonizante. No nó de um lenço ela guarda alguns grãos de anis, mendigados e arrancados à compaixão interessada da cidadã Louise. Recolhe-os um a um, desencava-os das dobras do algodão e os coloca em minha boca, forçando meus lábios com um toque decidido. Um lento frescor sobre a língua.

Mas é o cárcere a minha febre. Minha doença. Abriu uma ferida que sangra em minha cabeça, que goteja na eternidade do muro em frente.

Não me levanto há dias. Tenho pesadelos e visões.

A cortina de papel devorada pela luz deixa transparecer silhuetas evanescentes, formas rotundas, perfis de pessoas ou de fantasmas que estão suspensos em outros tempos e espaços. Um deles retorna a intervalos regulares, com suave insistência. Por trás da luminosidade opaca da folha percebo a magreza nervosa do pescoço, o desenho familiar dos ombros, o pé insinuante: é ela. Minha mãe. Espreito seu perfil severo através do escudo dos cílios fechados e me pergunto: fui fiel a ela?

Era isto que ela queria. De mim e de ninguém mais. Minha vida está marcada pelo secreto orgulho e pelo peso desta parcialidade, proclamada e reafirmada até o último instante, até a última carta: *Só tenho você no mundo. Adeus, minha única filha.*

E Jeanton? E Jeanne? E Marie Jeanne.

Sei como ela teria respondido se tivesse a minha desfaçatez. Eles — me diria — são filhos de Pierre Gouze, o açougueiro.

O açougueiro não está, não o encontro entre estes espectros que aparecem e desaparecem atrás da cortina de luz. Não tenho memória daquele homem morto muito cedo. Para agradecer-lhe por ter me reconhecido dei seu nome a meu filho, mas não há vestígios dele em minha memória.

Já do outro tenho lembranças muito precisas.

Sua sombra grande e confortável, quando o sol ardia nas margens do Tarn. Sua mão que me ajudava a montar a cavalo. As luvas italianas, aromatizadas com frangipana. De noite, na minha cama, buscava em meus dedos o perfume dos seus.

Quando a febre vai embora, chega o médico. Aliás, os médicos. São dois, um velho e um jovem, muito bem vestidos, chapéus cilíndricos, roupas forradas. Seja porque a Abbaye regurgita de doentes e se teme a irrupção de uma epidemia, seja porque não querem mais ouvir minhas queixas — e eu os faço escutá-las, ah, se faço! —, o fato é que agora disponho de dois médicos.

É o jovem quem me apalpa molemente o pulso com a ponta dos dedos, olha sem sinal de interesse o lençol sujo, troca umas frases incompreensíveis com o velho. Realmente os médicos não têm o dom da palavra — já estava convencida disso na casa de meu cunhado. Eles destilam as palavras.

O jovem abandona meu pulso. O velho coça o nariz com um longo indicador: sangria, decreta.

Parece que na França não se conhece nada melhor. Sangria! O remédio universal.

Não tenho mais febre, protesto. A sangria pode ser útil para a febre, mas nem sempre: não quando os nervos estão extenuados e o sangue está fraco.

— Eu sei o que é melhor para a minha saúde.

Preciso de limpeza, e indico o lençol. De um banho. No olhar dos dois médicos desponta a mesma perplexidade levemente horrorizada que, depois de tantos anos, não consegui cancelar dos olhos de Justine.

— Não tomo banho há um mês. Estava habituada a tomá-lo uma vez por dia — especifico, justamente para vê-los ainda mais horrorizados. Talvez eles também achem que a água prejudica a vista, estraga os dentes e provoca o catarro.

Como diz Voltaire, que foi colega de estudos de meu pai, nenhuma superstição jamais fez bem, e muitas delas produziram grandes males.

A febre não volta, mas as lembranças, sim; tanto no ardor do dia quanto no abafamento da noite.

Mais uma vez o Tarn. Mais uma vez meu pai. E Voltaire que o despreza: aquele beato...

Voltaire estava errado.

Talvez Jean-Jacques Lefranc de Caix, de Lisle, de Pompignan, fundador de uma Academia das Ciências, não fosse um filósofo iluminista, mas tampouco era afeito a obscurantismos e mentiras. Não podia reconhecer-me como filha, mas estava disposto a levar-me com ele, a conceder-me um dote e uma educação condizentes com a filha de um marquês. Se minha mãe tivesse dito sim, se tivesse consentido, como minha vida teria sido mais fácil! E minha escrita mais correta, meu francês, mais elegante. Mas ela não o quis.

— Para não incentivar desigualdades entre os filhos. — E de meu pai me ficou somente a lembrança das cavalgadas ao longo do Tarn e o perfume da frangipana guardado na palma da mão.

Minha mãe sempre me cobrou uma fidelidade difícil.

Mas não é isso que pedem todas as mães?

Rosalie

Minha mãe?

Sim, ela era uma lenda.

Eu, a sombra fiel de sua lenda.

E com certeza é um destino, porque minha mãe também conheceu a prisão.

Ela me contava o episódio com as faces acesas pelo serkis, que não é um simples cosmético, mas o nutrimento das virgens celestiais. Enquanto passava pó-de-arroz no pescoço e no decote profundo, contava-me de quando foi presa em Palermo por ter se recusado a cantar à força para o vice-rei. E o vice-rei a mandou prender. E ela todos os dias, na prisão — na época sua fortuna ainda não tinha evaporado —, deu magníficos concertos, preparou ceias suntuosas e pagou as dívidas dos prisioneiros pobres.

Como me parecia heróica a prisão de minha mãe!

Não triste e sem valor como esta que nos coube viver.

Já estou acordada quando a luz começa a clarear as pedras do pátio, descendo do alto dos muros até embaixo. Daqui a pouco alcançará a pedra do canto, e aquelas de nós que obtivemos a permissão do carcereiro vamos sair das celas e formar uma fila: é a hora de lavar roupa.

Avançamos ao longo dos corredores, um silencioso cortejo de mulheres. Na linha de frente marcha Gruot, uma camareira. Não quis abandonar sua senhora e continua a servi-la na Abbaye com a mesma devoção com que a servia no palácio. Atrás dela, Angèle, uma lourinha que trabalhava na fiação dos jacobinos, e depois dela Martin, um menininho que boceja com dois olhos sonolentos, arrastado pela mão impaciente da mãe, e então muitas outras que não conheço, recém-chegadas ou senhoras que saem pela primeira vez a esta hora.

Estou no fim da fila, ao lado de minha companheira, que há alguns dias não tem mais febre e caminha com passadas normais. Ao se abaixar, procura meu braço, mas é mais um gesto de confidência que um pedido de ajuda.

Ao redor da fonte, no pátio, forma-se rapidamente uma pequena aglomeração, cada mulher agarrada à sua trouxa. Um guarda se aproxima com uma xícara na mão, dá dois passos no sol morno da primeira manhã e depois retorna. As inscrições nos muros estão quase ilegíveis. A água escorre e, à medida que o sol aumenta, aumentam também as vozes. Mãos brancas e mãos ásperas, mãos habituadas ao trabalho e mãos iniciantes se esforçam na mesma medida em esfregar, torcer, enxaguar. Enquanto espera sua vez, Gruot bufa. Roupinhas de criança, lenços, roupa íntima, peças de algodão que tingem a água de vermelho e exalam um odor ferroso. Os olhos se abaixam constrangidos e as vozes se erguem mais altas: uma barreira de proteção para o segredo das mulheres.

Inclino-me sob o jato da fonte e lavo minhas meias na bacia de pedra; uma posição incômoda, mas a água é agradável e molha meus pulsos.

Tenho os braços completamente imersos quando me invade o estrondo da grande porta externa que se abre e das rodas que saltam no pavimento.

Nunca chegaram tão cedo.

Um cocheiro entra no pátio com um papel na mão. Posta-se diante de nós, pernas largas, capa escura batendo nas panturrilhas. Avalia-nos com o olhar, depois desdobra o papel e, braços estendidos, começa a ler uma lista de nomes. A fronte se enruga no esforço da leitura.

Chanteloup...

Desortiaux...

Alguns nomes saem estropiados, e ele os repete várias vezes, silabando.

Kuscinski... Kus-cins-ki

Uma a uma, as mulheres chamadas se apartam do grupo. Cada abandono deixa um vazio. Os pés se movem devagar, se aproximam, e o vazio é logo preenchido por um novo aglomerado de mulheres. A água das mãos respinga e suja as saias. Acima de nós, atrás das grades das janelas, um repentino relampejar de rostos.

Duret...

Mais no alto, um homem com uma grande touca de dormir enterrada quase até os olhos dá um grito.

De Gouges...

Agora sou eu que dou um grito. Minha companheira! Ela também se distancia do grupo, afastando-se de mim. Não sinto mais o calor de seu braço no meu. Num impulso lhe agarro uma manga, a detenho. Mas ela se livra com gentileza e me fixa:

— Por favor... — e eu entendo. Não há tempo, corro para cima, sou mais ágil, recolho as coisas dela — são tão poucas! — e volto. Quando nossos dedos se encontram, sinto o suor na palma de suas mãos.

Atravessa direta, sem mancar, o arco da porta que dá para o pátio das carroças.

Eu queria gritar: aonde? Aonde estão levando minha companheira? Digam, digam aonde a estão levando!

O grito fica preso em minha garganta, e já o fragor das rodas e dos cascos dos cavalos se perde atrás da grande porta.

As mulheres se mexem. Primeiro com gestos lentos; depois, cada vez mais rápidas e raivosas, voltam a lavar as roupas. Martin corre em círculos, os braços abertos em asa e o rosto virado para o alto, absorvendo avidamente o sol.

Françoise-Modeste

Eis que recomeçam.

— Éramos bem democratas, no início.

Esta é a voz de minha mãe. Ácida. Com a inflexão condescendente de quem está convencido e quer convencer os outros da bondade das próprias idéias.

— Vamos dar tempo.

Este é meu pai.

— Se dizem que seremos felizes sob a República, vamos dar tempo para tirar a prova.

Não se faz calar.

De novo ela:

— Ah, como se já não tivéssemos dado tempo bastante!

— Você conhece os ditados: apressado come cru e quem espera sempre alcança. Vamos esperar.

Não estou bisbilhotando. O fato é que durmo numa ante-sala, na verdade os fundos de uma escada, o que me obriga a guardar a cama de manhã e a arrumá-la de noite. Só uma cortina do lado oposto do corredor me separa de mamãe e papai, por isso não é culpa minha se ouço tudo o que eles dizem enquanto vestem a roupa de dormir. Além disso, mamãe tem uma voz de trombeta, se vendesse jornais nos cruzamentos faria fortuna — como poderia não escutar? Uma voz que nos traspassa de lado a lado. Exceto quando fala de nós, de mim ou de Suzanne. Então ela se abranda num suspiro, um nada. Não seria melhor se abaixasse o tom de voz quando aborda assuntos que não deveria abordar?

Que sofrimento ouvi-la dizer certas coisas! Não sei como meu pai pode suportar. Eu não suporto.

Mas é por causa das amigas...

No início mamãe — e eu posso testemunhar — era uma boa democrata, se entusiasmava e era a primeira a descer à rua ao toque dos sinos. Depois veio a história do cocar, e suas amigas, a vendedora, a bordadeira, a mãe de Martine que é costureira, enfim, todas as suas amigas, todas se lamentando de que o cocar afugenta as clientes e afinal não é o caso de contrariar as poucas senhoras que continuam encomendando musselinas e recamos e dando trabalho à gente pobre. E daí?, digo eu, isso não é vender o amor à pátria por um prato de lentilhas? Em vez de sermos nós a dobrarmos a cabeça, seria preciso cortar o hábito das senhoras de torcer o nariz diante dos emblemas da Revolução. A Comuna fez bem ao vetar a passagem nas vias públicas das senhoras que não trazem o cocar. E a Convenção deveria seguir o exemplo, e também as Sociedades populares deveriam vetar a entrada daquelas metidas que não colocam o cocar bem à vista e quem sabe até os escondem sob o fichu ou dentro do corpete. Um costume feio. O cocar é a flor da liberdade, e os homens deveriam respeitar as mulheres que o ostentam.

Pena que nem todos sejam como meu pai. Ou como Nicolas.

Ontem pude perceber perfeitamente...

O tempo estava escuro, escuríssimo. O sol se encobrira de repente, no início da tarde já não se via nada dentro de casa, e o dia mergulhara na noite. Saí para buscar um pouco de óleo para a lâmpada. Corria bem depressa quando um sujeito me parou de repente, tomou-me por um braço e pediu-me "um beijo fraterno". Tinha lábios úmidos e rubros de vinho, mais rubros que seu barrete vermelho. Tentei soltar-me e, com a expressão mais severa, mirei-o diretamente nos olhos:

— Que vergonha, cidadão! — Mas ele não me largava e então fui obrigada a lhe dar um golpe seco nos dedos com minha sombrinha, que tem hastes muito duras. Ele largou meu braço, mas não ia embora e ruminava com ar sombrio um longo discurso, que estes não são mais tempos de minuetos e mesuras à distância e, se homens e mulheres dançam abraçados, que mal há em um beijo republicano?

Não contei o caso a minha mãe, ou com certeza ela começaria a medir os passos que dou fora de casa.

Lá está ela, ouço de novo sua voz.

— ... aquela De Gouges, soube-se alguma coisa dela?

Não! Não quero escutar! Ela, que fecha as janelas assim que ouve na rua um passo mais apressado, que não se importa nunca com o certo ou com o errado, por que deveria preocupar-se justamente com a De Gouges? Sempre com essa história, sempre voltando ao mesmo ponto, insistindo, como se quisesse acusar-me... mas de que, afinal? Fiz apenas o meu dever.

A voz de meu pai se sobrepõe à dela. Pacata, sensata.

— ... saberemos com o processo.

— Daqui a pouco os processos serão feitos diretamente no palco de Sanson.

— Mulher!

— Sim, tudo bem, vamos esperar, vamos esperar...

Uma pausa. Dentro do silêncio, meu coração bate forte.

Quase não me dou conta quando minha mãe recomeça a falar, desta vez bem baixinho. Um murmúrio abafado. O sopro sutil dos segredos.

Deslizo da cama e, com os pés descalços, aproximo-me da cortina, não para espiar, não, por favor, apenas para certificar-me de que não esteja falando de mim ou de minha irmã. E ela, como se quisesse me provocar, abaixa ainda mais a voz. Mas não tanto que me impeça de pescar algumas palavras, o hálito de uma frase:

— Uma tontinha, nossa Françoise.

Ainda não é uma mulher, mas não é uma menina, deve aprender as regras da boa educação, sussurra, mas por que precisa sussurrar? Já é uma espécie de refrão. Cabeça de vento. Tonta. Não entendo o que ela quer provar chamando-me assim, ela, que não tem nenhum pudor diante dos outros. Até de Nicolas.

Nicolas! Como fica lindo com aquelas ombreiras altas do uniforme!

Desde a noite dos funerais de Marat freqüenta regularmente nossa casa. Um dia nos traz ingressos para uma sessão da Convenção e, no dia seguinte, traz outros para o Clube dos Jacobinos — eu prefiro estes, principalmente quando está previsto um discurso de Robespierre.

Ele traz ingressos e se oferece para nos acompanhar.

Suzanne não se faz de rogada.

— Vamos? — e enfia nos braços as longas luvas de malha fina, cortadas em ponta, que mamãe lhe deu de presente. Há algum tempo ela lhe enche de mimos. Já para mim, nada. Mas não me importo, tenho mais em que pensar. As luvas de Suzanne me agradam, é verdade, elas ressaltam sua mão delgada, com a polpa dos dedos rosada, um pouco ferida pelas agulhas, mas redonda e rosada, despontando da malha branca. Mas, se eu tivesse que me preocupar como ela com essas vaidades...

Além disso, Nicolas já falou alto e bom som: infelizmente ainda há mulheres que gostam de perder tempo com a toalete, mas uma republicana, ah!, uma republicana deveria ter outros interesses.

Nicolas! Sempre tão austero, com seus olhos escuros, escuros.

Comigo fala de tudo. Dos ingleses que entraram em Toulon, da condenação à morte do general Custine, do fechamento dos teatros que exibem as desagradáveis comédias de Neufchâteau, quase favoráveis à monarquia, dos deputados que pediram que entrasse na ordem do dia o Terror e até, certa vez, das tarefas das esposas republicanas.

Santuários domésticos, virtudes maternas... Falava com aquela voz docemente autoritária, e Suzanne de repente enrubesceu, como se ele estivesse conversando com ela, e de tão confusa começou a debulhar as amêndoas açucaradas em vez de oferecê-las, como se ela fosse o hóspede, e não Nicolas. Minha mãe anuiu, continuando a orlar um avental... *sim, as tarefas das esposas republicanas...* mas dali em diante não abriu mais a boca.

Se não fosse eu, que tenho o gosto da conversa! Que aliás não é o prazer do discurso em si. É outra coisa. É que não tenho medo de sustentar minhas idéias.

Já demonstrei isto, não? Diante de um juiz.

Não foi fácil. Minhas pernas tremiam porque eu não queria errar. Posso ser cabeça de vento, como diz minha mãe, mas sentia o peso de minha responsabilidade. Perante juiz e Marino, que é um herói da República, e até diante daquela De Gouges, que não é uma mulher qualquer, de modo nenhum, e sabe usar as palavras.

Sim, minhas pernas tremiam e eu me sentia muito fraca. Mas tomei coragem e falei o que devia. Não sou um lacaio que manda cartas anônimas para não enfrentar o adversário. Confrontei-me com ela, cara a cara, e respondi sem hesitar a todas as perguntas. Era meu dever. Seria terrível se a justiça revolucionária mandasse à prisão uma pessoa sem que se saiba o porquê: isso seria uma indignidade típica do *ancien régime*.

Testemunhei e, depois... fez-se silêncio.

Os dias e semanas continuam a passar inutilmente. Do tribunal não chegam mais convocações, e o processo... demora muito, é verdade, neste ponto mamãe tem razão.

Mas só neste; nos outros pontos, não, quem está errada é ela.

Lamento bastante que não tenha querido me acompanhar quando fui depor diante do juiz. Fiz isso pelo bem comum, pelo amor da pátria. Mas ela não apreciou meu gesto.

Quem sabe se há uma coisa, uma coisinha só, que ela aprecie em mim...

Afora os cabelos.

Que eram longos e lisos e luminosos, mas eu não os suportava mais. Aquelas toaletes eternas! Mas mesmo assim são os meus cabelos, e ainda que agora estejam cortados curtos, à jacobina, continuam sendo meus cabelos, com os mesmos reflexos e a mesma consistência; então, por que tanta gritaria?

Como ela gritou! E se recusava a pagar o cabeleireiro, que ficou ali, suando de constrangimento em seu avental vermelho, os braços arriados e a tesoura na ponta dos dedos, como se fervessem. Suzanne teve de intervir para restituir a calma.

Mas seus gritos me fizeram esquecer minha surpresa.

Porque eu também, confesso, quando o jovem cabeleireiro atou as duas extremidades de meus cabelos soltos e aproximou a tesoura, eu também senti um tremor.

Baixei os olhos, levantei-os lentamente e... sim, aquela garota com uma onda lambida sobre a face era eu.

Pensei: a velha costureira, a taberneira, a mãe de Martine e a própria Martine, minha amiga com suas tranças de menina, agora todos desta rua vão me ver. É por isso que quis cabelos curtos e o cocar sobre a fita, para que todos me vejam e saibam quem sou: Françoise-Modeste, a jacobina da rue Huchette.

Olympe

Não sei aonde me levam. Ignoro se a viagem será longa ou breve e o que me espera ao final do trajeto. As janelinhas estão forradas, a carroça se move no escuro persistente de uma noite artificial. Não posso ver nem ser vista.

À nossa passagem, gritos. O cocheiro estala a língua contra o palato e os cavalos aceleram o trote.

A maciez do veludo atrás das minhas costas.

A carroça atravessa pontes, passa por muitas estradas, gira e pára. Descemos na rue Pavée.

Da Abbaye me transferiram para a Petite-Force. Por nenhum motivo aparente.

Estou sentada na chancelaria esperando que decidam onde serei alojada; as celas estão cheias, estão previstas novas transferências, fala-se de realocação de prisioneiros.

A saleta é mais uma antecâmara de passagem que uma chancelaria. Gente que entra, gente que sai direto para a Grand-Force, a ala masculina. Os guardas bocejam, bebem aguardente e arrotam. Vejo passarem vigilantes, servas com longos aventais dobrados e amarrados nos tornozelos, ajudantes de cozinheiro, carcereiros que caminham fazendo tilintar as chaves penduradas na cintura, burgueses com roupas de gola curta, homens de uniforme com as ombreiras franjadas e o colarinho escarlate.

Ao passar, um sujeito me lança um olhar de reconhecimento. Um instante depois, também o reconheço: o comissário Marino. Mal barbeado, a camisa aberta no pescoço, os olhos vermelhos de bicho insone. Uma metamorfose impressionante.

Está nestas condições, me informa um guarda, desde que assumiu o cargo de administrador dos presídios. É ele quem cuida de tudo, que organiza e distribui os detentos, que controla e ordena as transferências de um lugar para outro, que providencia alimento a esta multidão que aumenta, aumenta, aumenta e devora os recursos do Estado. Daqui a pouco faltará verba até para o prato de feijão regulamentar. Mas ele encontrará um jeito de matar a fome de todos, assevera meu informante: é um homem justo. E este homem justo chamou à parte os prisioneiros ricos e lhes disse com seus olhos vermelhos e o ar insone:

– Os senhores possuem muitos bens, cidadãos, e seus companheiros não dispõem de nada. Os senhores pagarão por eles, entenderam?

— Sim, cidadão.

— Pagarão a cozinha. O cozinheiro fará a lista da dispensa e os senhores darão o dinheiro.

— Entendemos, cidadão.

O administrador trabalha com paixão, admite o guarda a meia voz, e se coça escrupulosamente debaixo do chapéu, como se quisesse raspar de sua cabeça, e talvez também da minha, qualquer sombra de dúvida.

Mas eu não tenho dúvidas: pude ler em seu rosto os sinais da paixão. Quem os pode reconhecer com mais segurança do que eu? Esses sinais que conferem ao comissário a reputação de homem justo e a mim, ao contrário, uma fama de criatura suspeita.

Chego à cela exausta, como se tivesse atravessado toda Paris a pé.

Qual o sentido disto? — me pergunto.

De uma prisão a outra, parecida em cada detalhe à primeira, seja na rigidez da detenção, seja no superpovoamento. Uma mudança que ocorre quando ainda não me foi notificada a acusação, não se conhece a data do processo e qualquer sentença está em suspenso.

Que sentido, que utilidade pode ter esta transferência?

Um sobressalto no coração da noite: hoje é 29 de agosto, e meu filho completa 27 anos.

Caro Pierre, você é lindo. Pouso a pena, abro o medalhão e o tenho aqui, diante de mim. Fronte de filósofo, olhos cinzentos de sonhador. Olhos que mal combinam com o uniforme, você também deveria reconhecer.

Mas se penso com que obstinação você quis esse seu uniforme de oficial! Quem sabe por medo da pobreza, que é uma dura prisão, eu sei. E no entanto o exército, a disciplina, a guerra... não são também uma prisão? Valor e gênio militar são dotes que não lhe faltam, meu filho, não estou pondo em dúvida suas capacidades. O fato é que, em outras circunstâncias, você teria sido um perfeito homem de teatro, deixe-me dizer.

Era isso o que eu queria para você: a liberdade do talento.

Você poderia escrever boas comédias e dramas igualmente bons, teria sido um ótimo autor, e não é uma ilusão de mãe: tenho as provas, Pierre. Não por acaso o fiz praticar e quis que você ganhasse intimidade com as regras e os mecanismos do mundo do teatro, um aprendizado que lhe podia ser útil. Agora, por exemplo, não cometeria mais as ingenuidades que cometeu no início.

Lembra-se do caso Labreux? Fui ao campo e lhe dei carta branca para contratar o lançamento de uma comédia minha. E você, para me fazer uma surpresa e acelerar a estréia, aceitou que junto a meu nome também comparecesse o do diretor do teatro. Eu volto e vejo um cartaz pendurado: Comédia de madame De Gouges e monsieur Labreux... Monsieur Labreux! Autor! Da minha comédia! Comecei a gritar feito uma louca.

Sim, uma louca. É assim que você me chama muitas vezes e gostosamente quando fala com Hyacinthe, pensa que não percebi? Minha mãe, aquela louca.

Pode ser que você tenha razão, em certo sentido. Às vezes olho meus dedos manchados de tinta e me pergunto: quem é você?, você, que pretende dizer aos franceses o que é certo ou errado, que se permite aconselhar medidas e linhas de conduta a homens de governo, a embaixadores e deputados, que inventa para si uma Paris com ruas limpas e um tribunal com juízes de saia, você, que escreve que as mulheres nascem livres e iguais em direitos aos homens, quem é você?, de onde lhe vêm estes sonhos malucos?, e a única resposta que me vem à mente é que, no fundo, sou apenas um animal anfíbio, com toda a coragem que é atribuída aos homens e todas as fraquezas que são imputadas às mulheres. "Um ser sem precedentes", escrevi muito tempo atrás.

Acredite em mim, é preciso uma grande força ou um grande desespero, meu filho, para resistir a tanta solidão. Para sustentar as críticas do próprio sexo e o ódio do outro. Os escárnios.

No entanto estou além de tudo isto. Além até do ridículo, graças ao conhecimento que tenho de meus defeitos. E mais: sei admiti-los, ao contrário dos homens.

Mas não pretendo justificar-me, Pierre. Queria apenas tentar dizer-lhe, e nesta carta exaustivamente pensada e exaustivamente escrita, como é terrível para uma mulher sozinha não ter as mesmas vantagens dos homens pelo sucesso dos filhos. E como é terrível que as mulheres, para se sustentarem, sejam forçadas no mais das vezes a recorrer a meios vis. O fingimento é obrigatório quando a vida mesma depende do capricho, da condescendência, do arbítrio de um homem. Quando você não pode reivindicar direitos, mas só favores. A verdadeira desgraça, como diz nosso Voltaire, não é tanto a desigualdade, mas seu inevitável fruto, a dependência.

E eu, sua mãe, sou uma mulher sozinha.

Mas esta mulher, malgrado as dificuldades, lhe deu uma boa educação. Não é mesmo, Pierre? Bons preceptores. Matemática, desenho, história, geografia, exercícios físicos, equitação, música...

O mestre de música, lembra? Era o mais escrupuloso. O mais pontual. Chegava no meio da manhã, tirava do fundo da libré preta debruada de prata os instrumentos de bolso e se punha em posição. Eu tinha escolhido aquele homenzinho baixo e correto por um motivo preciso: vinha de Viena e tinha participado das reuniões musicais de Gluck, um músico que assombrava o mundo com suas melodias claras e naturais, particularmente adequadas à sua voz, meu filho.

E agora você é um soldado, aliás, um general.

Olho seu retrato. Sim, você é bonito. Alto, moreno. Não é complacência de pintor, embora em sua imagem não se notem as marcas suaves que a varíola deixou em suas faces. Aquela doença terrível que poupou você e levou embora Julie, envolvida da cabeça aos pés como uma múmia em faixas que fediam a ácido. Minha menina.

Fique atenta, eu me disse desde o momento em que a senti se mexer dentro da minha barriga, fique atenta, Olympe, para não repetir o erro de sua mãe. Este filho não pertence apenas a você, é também de Jacques. Jacques que a segura nos braços, Jacques que ri com seus primeiros passos, Jacques que agita no alto um sininho de prata enquanto ela se esforça para agarrá-lo e o vestidinho lhe sobe sobre os minúsculos pés calçados em pantufinhas bordadas.

Era filha dele. Também pertencia a ele.

Oh, Pierre, e você nos observava com aquela espécie de desdém... Mas me escute. Conheço bem o adágio popular que diz que o filho do amante é sempre o mais amado, que por esse filho a mãe sacrificará todos os outros sem hesitar. É um adágio tolo. Falso como tudo o que simplifica a realidade.

Você, Pierre, era meu pequeno órfão. Você era meu e de ninguém mais.

E veja então o que aconteceu comigo; como, para se vingar do amante, minha mãe me privou dos meus direitos naturais, impedindo-me de crescer no ambiente que me cabia. Sem uma lágrima de compaixão, quando eu ainda nem tinha 16 anos, deu-me em esposa...

Como eu podia amar seu pai, um homem tão rude que se casou comigo sem o meu consentimento?

Você empalidece quando recordo esta verdade. Parece-lhe a profanação de uma memória, mas é somente a história de uma injustiça que não quero esconder.

Eu amei Jacques, sim, mesmo não tendo querido casar com ele: já havia experimentado a mortificação do casamento. Mas vim a Paris por amor a ele. E porque estava esperando Julie. E onde podem encontrar refúgio as mulheres que se acham na condição em que eu me achava senão em Paris? Paris pode ser infinitamente misericordiosa ou infinitamente cruel com as mulheres. Comigo foi misericordiosa.

Sim, eu amei Jacques, o perfume de citronela em suas roupas, a elegância de seus modos. Foi o desaparecimento de Julie que nos dividiu. Por isso você não deve julgá-lo, Pierre. Tudo o que ocorreu após a morte da menina, as confusões que me prejudicaram com o tabelião, o compromisso que não honrou e que é a causa primeira dos meus débitos, creio que tudo isso nasceu dali, daquela dor que nos separou.

Não consigo prosseguir, Pierre. A pena arranha no papel, faz rasgaduras, devo jogá-lo fora e começar de novo. Perdi a facilidade da escrita. Eu, eu que me vangloriava de ser capaz de compor um texto teatral em cinco dias! Sou uma mulher, como dizia, mas não uma diletante. Agora minha mão pesa mesmo quando escrevo uma só linha.

É culpa do passado, que me faz sofrer. Enquanto o presente, apesar de seus perigos e de suas misérias, me pede força e eu sou uma mulher forte. Da natureza recebi coragem e razão. Além de uma excessiva petulância que a injustiça atiça com freqüência, como você bem sabe.

Mas de que presente posso falar a você, que é meu filho?

Desta cela e da imundície que se deposita em meu corpo e me enfaixa as pernas com meias de poeira? Antigamente era o perfume de minha carne que me protegia do próprio passar dos anos.

Não, não lhe posso escrever sobre este presente.

Sobre o que, então? Sobre os sonhos que ocuparam minha alma e me ditaram aquelas páginas que lhe deram tantos constrangimentos? Você diria mais uma vez: minha mãe, aquela louca. Não, não dos sonhos eu posso falar, mas de um sonho, talvez, o único que recordo ter sonhado desde que me trancaram na prisão. Receba-o como uma oferenda, Pierre. Meu presente para os seus 27 anos. Um sonho simples, doméstico, que não o deixará inquieto.

Estávamos no magazine do universo, nas Halles. Eu e Justine. Comprava aqui e ali um pouco de fruta, outro tanto de verdura. Então parava para admirar o gesto rápido, quase imperceptível, com que as debulhadoras de ervilha fazem a escolha dos grãos. De um lado os menores, tenros e saborosos, de outro os médios e os grandes. No sonho, estes últimos ocupavam dois sacos inteiros, ao passo que os grãos pequenos mal recobriam um fundo. Por algum motivo a coisa me dava uma grande tristeza. Escutava aqueles grãos que ressoavam no saco vazio como palavras de amor dispersas numa profundidade sem memória e me desesperava. Justine também estava triste e me puxava pela manga:

– Que pena, neste ano só sobraram os grãos maiores. A sopa não vai ser boa.

Justine

É cedo, soaram agora há pouco as cinco, e ainda bem que os porteiros do nosso prédio vivem como senhores, às cinco da manhã ainda se dorme, não há vigilância.

O general Alexandre me puxa à direita, Montesquieu à esquerda. A impaciência deles se transmite aos músculos do meu braço pelas guias retesadas. Enrijeço a coluna, vacilo sobre os tacos buscando equilíbrio.

As escadas estão escuras. Da janela ao fundo da rampa uma luminosidade sobe com dificuldade pelos degraus, reluzindo no corrimão. Mais um apoio para os olhos que para as mãos, aplicadas em conduzir e segurar. O general tem pressa. E Montesquieu também resfolega e arranca.

Descer com os cães está se tornando um problema para minhas pobres pernas.

Não só para elas, na verdade.

Com estes dois anjos da guarda, como eu poderia passar despercebida pelos olhos de Victor e sua mulher? Não poderia, se a portaria estivesse aberta. Mas graças a Deus eles estão dormindo, os senhores; pelo menos por hoje evitei a cena de Victor me esperando no vão da porta com os polegares metidos nos suspensórios.

Nosso porteiro tem um faro melhor que o do general. Toda vez que saio, nem bem coloco o pé no último degrau e onde o encontro? Postado na porta, inexoravelmente, obstruindo a passagem com o seu barrigão. Eu chego e ele se desloca devagar, sem um cumprimento. Minha cara, quem você pensa que é — é o que ele quer me dizer com aquele ar de desprezo —, para mim é uma obrigação cumprimentar os inquilinos que pagam pontualmente, pagam e têm direito a ser reverenciados, e que me importa se eles são malfeitores. Isto é o que se chama igualdade, basta pagar na data exata e qualquer desgraçada se torna a mulher mais honesta da vizinhança, basta sacar a moeda quatro vezes ao ano, em janeiro, abril, julho e outubro, como se faz em Paris, e pôr o dinheiro na mão do proprietário para ser obsequiada e reverenciada.

Mas julho já passou há um bom tempo, nós não pudemos pagar, e Victor se posta na soleira com sua pança que serve de barreira e me esquadrinha inteira, da cabeça aos pés, apalpa-me com os olhos acanalhados, mais suspeitoso que um sentinela na barreira dos Sargentos.

Olha, olha só! Será que ele acha que eu posso esconder um baú dentro da manga ou uma poltrona entre as dobras da saia? Esse cabeça-oca tem medo de que eu escape sem lhe dar tempo de seqüestrar os móveis. Aconteceu na semana passada com os inquilinos do apartamento em frente ao nosso. Calados, calados, às escondidas, fizeram a mudança e ele teve que se entender com o proprietário. Que no fim das contas é a verdadeira sanguessuga. Com toda sua arrogância, Victor não passa de um cão de guarda.

Mas, por favor, um pouco de respeito eu também mereço, mesmo sendo uma serva sem patroa! Com um belo bando de cães, gatos e papagaios, mas sem patroa. Uma serva sozinha. Que pode ser tratada como uma miserável, quem sabe com pontapés no traseiro, caso surja a ocasião.

Se Olympe estivesse aqui, o solerte Victor nunca se apresentaria para inventariar os móveis de nossa propriedade. Que arrogância! Nem se ele fosse o dono da casa.

E o dono é outra figura. Pierre Bourg. O "senhor" Bourg. Um ourives com o estômago mais inchado que um vinhateiro. Os dois fazem uma bela dupla, não há o que dizer: a pança *sans-culotte* de Victor e o estômago rotundo do senhor Bourg. Que já tinha sido proprietário de nossa casa uma vez, em Auteuil, e deveria saber que sempre pagamos adiantado. É lógico. Há um critério, uma regra nos pagamentos. Primeiro o senhorio, depois a modista, depois o vendedor de velas... por último o cabeleireiro, sabe-se que o pobre homem é o último. Mas esse Pierre Bourg... Fazia cara de amigo quando se encontravam para conversar e tomar chá no jardim da senhora de Condorcet, um encontro realmente filosófico. E ele, naquele jardim, se inclinava e dizia obrigado, minha senhora, porque Olympe é generosa e lhe conseguia ingressos para o teatro. Agora manda dizer que lamenta, mas está arruinado, os negócios vão mal, não tem mais trabalho, a guilhotina cortou a cabeça de todos os seus clientes. Não me parece um bom motivo para tomar o escrínio chinês que era tão útil à minha Babichette.

Minha Babichette... Mas vai vir, vai vir o momento em que deverão libertá-la! Se o processo ainda não correu, isso deve ter algum sentido. Talvez não saibam por que a acusam, por exemplo.

Enquanto isso, na ausência dela, não funciono. Estou caindo aos pedaços, como uma velha cadeira em desuso. A ferrugem se incrusta em meus ossos e me esforço para manter firme general, para não falar de Montesquieu.

Ah, sim, eu sinto muito cansaço, já tenho mais de meio século, não sou mais a jovenzinha de quando cheguei a Paris.

Nem era tão novinha, para ser sincera. Tinha 25 anos e não sabia mais de nove palavras em francês, justamente as que eu tinha aprendido na taberna do senhor Aubry, uma boa alma, quando eu ajudava a pôr a mesa para os militares de passagem. Minha Babichette protestava, não queria que eu servisse na taverna, toda vez era uma briga. Ela sempre me tratou com toda a consideração. Na casa dela, nunca precisei dividir a cama com outras servas.

Obrigá-la a casar-se com um taberneiro! A filha de um marquês, sobrinha de um arcebispo!

Mas havia quem ganhasse com isso... e o açougue do irmão — ah, sim —, depois daquele belo casamento, podia contar com uma clientela confiável. Além disso, quem teria podido se opor? O marquês tinha renunciado a assumir a paternidade.

Este é o problema de minha Babichette: teve muitos pais. Já eu não tive nenhum. Cresci servindo a ela. Venho de lá, quase meio século passado juntas, dormindo sob o mesmo teto, caminhando pelas mesmas ruas, um dia depois do outro, noite após noite, hora a hora. Toda minha vida se entrelaça com a dela, e até a memória se mistura e se confunde, tanto que às vezes me pergunto: mas de quem são estas lembranças, são realmente minhas, me pertencem de verdade?

Sei lá!

Pelo menos, graças a Deus, hoje também conseguimos chegar ao fundo da rampa; está contente, general?

* * *

O alvorecer é tranqüilo, sem vento, a cidade é bela a esta hora, parece que se pode respirar em paz, mas já me doem as plantas dos pés, por isso evito atravessar a Pont Neuf, dou a volta na praça Dauphine deixando-me levar pelos cães, retorno e entro na fila da padaria, o lugar mais populoso de todo o bairro.

A fila é longa e o negócio está fechado, é preciso paciência. Mas quando o ar ainda está fresco a paciência não incomoda. E entre estar aqui ou sozinha em casa...

Sozinha, sim, mas não perdi a esperança de revê-la logo, minha Babichette. Conseguiu escapar da Bastilha no reinado de Luís, evitou a detenção depois da briga com os atores da Comédie... será possível que não escape agora, sob sua República?

A fila a esta altura vai de uma parte a outra da rua, um rio de mulheres de toucas brancas e lenços escuros, a mão agarrada à corda que sai da aldrava do forno para garantir sua vez. Guardo meu lugar e estou tranqüila, os cães ao meu lado, no bolso do avental o papel certo, aquele que indica a exata quantidade de pão a que tenho direito. Estou muito atenta para não me confundir; com estes papéis que se multiplicam dia a dia nunca se sabe, o papel para o pão, para a carne, o documento de seguridade, o de fé cívica... Os escrivães têm muito trabalho nas repartições.

— Pobre governo, pensa em voz alta minha vizinha de corda. "Forçado a ver tudo", continua, arregalando os olhos que se tornam mais redondos que a roda de uma diligência "quantas famílias moram numa rua e quantas pessoas numa família e quanto pão cada pessoa come..." Precisa ver tudo para regular os preços e, junto com os preços, a quantidade e, depois da quantidade, também a hora e o modo de compra. E o último fato deriva do primeiro e o primeiro é tão inevitável quanto a Revolução: é preciso regular o preço do pão quando se quer matar a fome de Paris e de toda a França.

"Mata-se a fome, como não", reboa a voz de uma mulherona sobre minha cabeça, "mas o pão é azedo, santa Maria, como é azedo." "O pão do governo perdeu a alma", resmunga outra. "Seu fervor patriótico não consegue digeri-lo?", escarnece a mulherona. Sinto um hálito úmido no pescoço e um peito que pressiona minhas costas.

Ordem, mantenham a ordem, grita o padeiro abrindo finalmente a loja, hoje tem para todas.

A fila se reorganiza e de repente se estreita num arrastar de chinelos.

Os cães, apreensivos, me interrogam com um rosnado. Fiquem bonzinhos, digo, bonzinhos, não vamos perder o lugar justamente agora!

Mas o sol começa a bater forte, as mulheres se lamentam, meus joelhos fraquejam.

Avança-se com lentidão, o tempo passa e a fila não diminui. O sol está se tornando cruel, queima no céu de bronze, e minhas costas se escaldam sob o fichu.

Mantenham a ordem, torna a gritar o padeiro. Quanto mais ele grita, mais as mulheres se empurram, se pisam, se apertam. Sufoco entre braços que se cruzam, saias que se acavalam. O padeiro impreca enquanto seus rapazes se alinham em defesa da loja. Uma puxada me fere a palma da mão. A corda se rompe. Uma mão furiosa a recolhe e joga no canal de escoamento, no meio da rua. O general corre para fuçá-la e Montesquieu aproveita minha distração para meter o focinho no rabo de uma cadelinha, que se revolta e lhe mostra os dentes.

Não sei o que fazer, se volto à casa renunciando ao pão ou entro também com tudo e pego o que é meu. Ganho espaço a cotoveladas, chamo de volta os cães e enquanto isso enxugo o suor atrás da orelha. Da extremidade oposta da rua surge a Guarda Nacional. E eu ainda não me decidi.

Olympe

Minha janela dá para o corpo de guarda. *Quem vem lá? Sargento! Patrulha!* O grito das sentinelas me faz companhia. Lá em cima o céu, escondido por um enorme tapete de nuvens, espuma uma luz negra. *Quem vem lá? Patrulha!* O grito entra no sono. Abro os olhos. A luz negra continua lá em cima. Viro-me de lado e volto a dormir.

Cedo ou tarde as notícias chegam ao interior do presídio. Esta voou de boca em boca com espantosa rapidez: Robespierre foi eleito presidente da Convenção. Cargo que se soma ao de membro do Comitê de Saúde Pública.

Entre mil pensamentos confusos, um subitamente se apresenta a mim com grande clareza: desde 31 de maio a Montanha vitoriosa não conhecia obstáculos à Convenção; agora ocorreu algo diferente e mais grave, agora o triunfo não é da Montanha, mas somente de Robespierre e de sua camarilha. Um demagogo sem gênio e sem alma se tornou a personagem mais importante da República.

Tenho uma nova companheira de cela.

Preferiria manter o luxo da solidão que, pelo menos, não me leva muito longe de mim mesma e não me obriga a mesurar minha fala. Mas as prisões de Paris estão mais lotadas que uma loja do Palais-Royal, e minha cela é bastante espaçosa para conter uma segunda cama, motivo pelo qual tive de dividi-la com Madeleine-Françoise-Joséphine Rabec de Kolly. Uma senhora rica, filha do diretor da Companhia das Índias e mulher de um fiscal geral, por sua vez tão rico quanto costumam ser os fiscais.

Mas temo que a riqueza não lhe ajude grande coisa.

A senhora de Kolly já foi processada e há muitos meses o tribunal expediu a sentença que a condena à morte, embora a pena tenha sido suspensa por algum tempo: Madeleine traz um filho no ventre e será este filho que, ao nascer, acarretará a execução da pena da mãe.

Meu Deus, como a cela se tornou opressiva; o ar está pesado, e a angústia, palpável.

É cansativa a convivência com esta mulher obcecada pela própria sorte, que de noite grita no sono e de dia se ajoelha e lê a oração dos agonizantes em seu livro de horas, depois torna a estender-se na palha, a mão abandonada sobre o cobertor, os olhos fixos no ventre que cresce, cresce. Faltam dois meses para o parto.

No entanto, apesar de sua atual miséria, a senhora de Kolly conserva um modo imperioso de erguer a cabeça, como se estivesse sempre prestes a chamar uma camareira ou um lacaio. Tem narinas dilatadas, que palpitam de ansiedade. Sua agitação só se acalma com o ópio escondido nos botões da roupa. Observo-a enquanto procura alívio com as mãos trêmulas e me volta à memória Rosalie, aquela nossa intimidade cortada brutalmente, a rápida precipitação da doçura de um afeto à dor de uma distância forçada.

Tenho medo de que, de agora em diante, seja sempre assim. Transferências injustificadas. E a cada transferência outras celas, outras companheiras. Em todo caso, decidi que nunca, nunca mais haverá novas intimidades.

Porém, depois desta decisão, descobri que não existe distância ou reserva suficiente que evite os segredos de uma companheira de cela.

Passada a primeira noite, já sei que Madeleine de Kolly perdeu o marido no estrado da guilhotina, e não só ele. No mesmo estrado, no mesmo dia, um outro foi executado, talvez ainda mais amado por ela: um jovem nascido em Constantinopla, amigo e intendente do consorte e, além disso, pai natural desse filho que lhe dói no peito. Um segredo que, depois do processo, não é mais segredo.

O dia sucede à noite e eu a escuto e ela me escuta, mas não vamos além. Nenhuma das duas tem ânimo suficiente para conceder-se uma maior intimidade. Para ela faltam dois meses; e para mim?

No entanto, não posso negar-lhe minha compaixão.

Ofereci-me para escrever suas cartas, visto que ela não tem condições de manter-se muito tempo sentada ou de pé, todo movimento lhe é cansativo, e a dieta do cárcere, feijão e arenque defumado, não contribui para melhorar sua saúde.

— Quer dizer que, em vez de ditar meus trabalhos, desta vez sou eu que sinto os tormentos de quem escreve sob ditado.

Com dificuldade recupero meu espírito, mas em vão tento arrancar um sorriso de seus lábios cerrados com raiva.

Cara prima...

A prima vive em Lion e adotou o menor dos três filhos. A ela a senhora de Kolly explica, pesando as palavras, voltando atrás várias vezes e tornando difícil minha escrita, que foi pelos filhos, exclusivamente por eles, que ela tentou prolongar uma existência tão cruel e revelou uma gravidez que não deveria ter revelado nunca.

A noite está descendo e os pernilongos infestam nossa cela, voam cegos contra o muro e se transformam em finas lágrimas de sangue.

— Está ouvindo? — Com decorosa gravidade, a filha do diretor da Companhia das Índias, mulher do rico fiscal e amante infeliz do jovem turco, ergue a mão cansada e indica uma parede. Seu rosto oval flutua, lívido e absorto, nas primeiras sombras do crepúsculo. — Está ouvindo?

Estendo o ouvido aos sons que vêm da cela ao lado da nossa.

Todo um mundo parece estar encerrado lá dentro. Exclamações. Chamados. Vozes de mulheres misturadas à voz de um homem. Uma alegria estranha para um lugar como este. Rumor de colheres raspando as tigelas. São as inquilinas do bordel da Place de Grève se refestelando. Nesta manhã saíram sob escolta porque um juiz devia lacrar seus aposentos, e para isso era preciso que elas estivessem presentes. Eu as vi voltando agora há pouco, acompanhadas do juiz em pessoa, que evidentemente ficou para jantar com elas.

— Um homem na ala feminina?

— É um juiz. Juízes e advogados têm livre acesso.

Uma risada sensual, vinda da garganta, se propaga aos poucos e atravessa o muro, se detém em nossas camas e me acaricia o coração.

Alguém que ri é um consolo.

Mas a senhora de Kolly fica indignada:

— Puseram-nos ao lado dessas perdidas!

Ah, Madeleine! Balanço a cabeça, aperto os lábios, recrimino-me por ter esquecido que, para as senhoras ricas da sociedade, a honra depende das saias que as outras devem levantar.

— Por que desprezá-las? — discordo a meia voz, desviando o olhar. Perturbo-me ao ver a feia expressão de desgosto que turva o oval de seu rosto.

Meu Deus, penso, como é fácil para uma mulher odiar as mulheres e sua fragilidade.

Madeleine

O Senhor quis me punir e me deu uma bela punição, meu Deus. Deixar que eu me acabasse assim, misturada a mulheres ignóbeis, forçada a ouvir suas risadas e conversas indecentes! O que eu fiz para merecer tamanho suplício?

Posso suportar qualquer coisa, as pulgas, a náusea, o fedor de arenque e o balde de excrementos que não é esvaziado senão uma vez ao dia por uma velha com um avental fétido, a borda ensopada dos líquidos de todo o presídio. Posso suportar até a dupla espera de um nascimento e de uma morte, qualquer coisa, mas não esta vizinhança que me agita o pulso e corrompe os sentidos.

Riem. E me falta o ar, tento respirar enquanto a senhora De Gouges esfrega minhas têmporas com a última gota de sua água de colônia. É generosa, apesar de ser republicana.

— Está ouvindo? — levanto-me da cama afastando sua mão. — Está ouvindo?

As inquilinas da Place de Grève me perseguem.

— Já se acalmaram — murmura minha companheira, mas eu continuo a ouvi-las. Vozes deselegantes, vulgares, incivilizadas. Entram por todos os lados, pelas fissuras das portas, pelas frestas do muro, pelo corte dos ângulos, chispam em qualquer sopro de luz, explodem em cada onda de ar. Não há como escapar. Maldita Paris! A cidade onde tudo é superior, com dizia meu marido: a vida, a arte, o comércio e a diversão. A mim sempre me pareceu uma cidade de vozes raivosas. Até em nossa casa, até em nossos aposentos mais íntimos, os gritos e os aplausos dos Amigos do Povo nos perseguiam. O clube deles era vizinho do nosso jardim, e todas as noites, quando as reuniões se animavam, eu ouvia o furor sanguinário daquelas vozes que chegavam a lamber a soleira de meu quarto de dormir.

Uma cidade regicida. Compreendi isso desde o primeiro momento em que pus os pés aqui.

Estava habituada a um espetáculo bem diferente, às cores, aos sons da natureza. Minha companhia não era o barulho dos cafés, mas o grande sopro do mar de Saint-Malo, o precipitar das ondas, o vento que se reparte entre as vagas. Nasci diante das águas do golfo e por instinto amo o que é simples e grandioso. Meu primeiro marido também era um homem simples, um negociante, e se eu não tivesse ficado viúva aos 20 anos a simplicidade teria sido minha regra de vida. Mas as coisas aconteceram de modo diferente, meu Deus, como o Senhor quis.

O que eu fiz senão obedecer à sua vontade e à de meu pai, que desejava remediar minhas feridas e achava que a única maneira seria um segundo casamento. Com um homem que tinha a mesma idade dele, mas o dobro de seus bens, que aliás já eram consideráveis.

Por obediência concordei, indo contra minhas naturais propensões.

Mas Pierre-Paul de Kolly, você sabe, meu Deus, era uma alma nobre e nem na época nem depois pretendeu mais do que eu lhe podia dar. E eu fiz o meu dever e o acompanhei a Paris.

Luxo, riquezas, teatro, bailes... Não está feliz?, me perguntava. Os bailes eram um sofrimento com aqueles penteados altíssimos vacilando sobre a cabeça, e o pó-de-arroz e os quilos de creme que por fim escorriam por minhas costas. Ao meu coração faltava um arrebatamento. Um impulso.

Até quando ele me apresentou o seu novo intendente, o belo Regnault, que vinha de Constantinopla e me consolava só com sua presença.

Aliás, de que outro modo uma mulher pode consolar-se dos males da vida? Deste mesmo modo se consolara minha mãe, meu Deus.

Então por que quer me punir? Com estas vozes que se sobem debochadas, se amontoam, se perseguem e não se cansam nunca. As risadas batem contra a parede. Experimento gritar: façam silêncio! Mas minha língua está inchada, se prende no palato. Agito-me agarrando o braço da senhora De Gouges, confio-lhe minha fraqueza, e ela mantém minha cabeça erguida, afrouxando-me o corpete. Preciso respirar. Sim, tenho de levar a cabo um dever. Uma tarefa. Fazer minha barriga crescer e guiar o menino, conduzi-lo até o dia de seu nascimento. É para isto que fui deixada aqui na terra. Sou a concha fiel que será esvaziada e despedaçada.

Será que me darão alguns minutos para vê-lo espernear logo após o parto? O tempo de ouvi-lo chorar, não peço mais que isso. E quem vai vir depois de mim, ninar o choro de meu filho? Uma ama jacobina?

Eu não queria esta dupla espera. Um nascimento, uma morte. Foi meu marido, foi ele, o senhor de Kolly, que insistiu, suplicou para que eu declarasse meu estado, que tentasse me salvar mesmo sacrificando minha reputação. Nove meses de vida, e nesse meio tempo a República pode desmoronar, bem mais rapidamente do que desmoronou o reino — dizia, para me convencer.

Obedeci-lhe. Não devia obedecer, meu Deus?

Maldita Paris! O lugar onde tudo é superior... onde as mulheres se mostram nuas nas janelas e os homens procuram a companhia das negras trazidas das Índias Ocidentais.

O escuro devora cada pedaço de nossa cela. O som de uma pederneira. A chama de uma vela. O rosto da senhora De Gouges reaparece a meu lado, seu longo pescoço se inclina em direção a mim com um movimento elegante. Todos seus movimentos são graciosos, apesar da estatura.

— Por que menosprezá-las?

A caridade treme em sua garganta. Tem bom coração, embora republicana. Uma republicana bastante singular, se é verdade o que dizem, ou seja, que se ofereceu para defender o rei no processo. Nada menos! Uma mulher como defensor, pobre Luís. Não tem noção do escândalo, esta De Gouges. No fim das contas, não passa de uma mulher de teatro com maneiras refinadas. Mas as maneiras refinadas, nessas mulheres, mascaram freqüentemente uma moral imperfeita. Se não fosse assim, com que coragem poderia dizer certos absurdos?

— Não são elas que corrompem os costumes

O que ela sabe disso? Por acaso as conhece? Connece a alma dupla das comerciantes de Citera? Criaturas votadas à traição e ao engano.

Mas estou muito cansada para discutir e contar como uma delas enganou também a mim, enganando o senhor de Kolly. Ela o enredou, o traiu e entregou todos nós, até meu intendente turco de olhos lindos, ao tribunal de Fouquier-Tinville.

No entanto era com ela que meu marido tinha seus prazeres. E talvez algumas vezes... sim, de vez em quando os belos olhos de meu amigo se tornavam distraídos, distantes, quem sabe aonde migravam.

Mas quem se importa com os prazeres que os homens obtêm de uma mulher indigna? Com desgraçadas como essas que riem atrás das paredes de nossa cela? Riem, se divertem e levantam a saia. E esta louca que insiste: não são as mulheres públicas que corrompem os costumes... Quem, então? Gostaria de saber quem.

Alexandrine

Devo dizer que o senhor foi muito gentil ao nos acompanhar na viatura.

E ele: Os guardas caminham em passo de marcha, senhorita. Não posso permitir que eles extenuem seus tenros pezinhos com estas deliciosas covinhas de que eu me lembro, oh, sim!, me lembro muito bem.

Senhor, lhe digo, estou lisonjeada. O senhor, um juiz, um funcionário da República, um homem de tanto respeito, se lembre de mim.

E ele: Senhorita, tive o prazer de freqüentá-la apenas uma vez, mas lhe asseguro que conservo uma lembrança muito precisa de sua bondade.

Chsst, fiquem caladas, digo, e parem de rir. O senhor nos tomará por estúpidas. Além disso, há damas na cela ao lado.

Damas?, diz ele.

E eu: Sim, duas damas. Uma eu nunca vi, mas a outra! Imagine que eu me queixei de uma enxaqueca enquanto passeávamos na corte, ela me ouviu, parou e me ofereceu sua tabaqueira, um objeto gracioso com uma pintura na tampa. Eu agradeci, não queria me aproveitar, mas ela insistiu e eu tomei uma pitada. A dor de cabeça não passou, mas a gentileza dela merecia mais que o meu obrigado.

Realmente muito solícita. Como se chama essa senhora gentil?, me pergunta.

De Gouges, lhe digo.

E ele: Senhorita, a De Gouges não é uma dama, mas uma desavergonhada. Que nada! Uma dama! Segundo dizem, tem até um bidê pessoal, como certas colegas suas — se me permite — da Place de Grève. Já se viu uma dama com um bidê pessoal? Ou que faz escalda-pés de manhã e de noite? Coma, coma, senhorita, e não se preocupe com a De Gouges ou suas amigas; eu gosto quando elas riem.

E eu: Perdoe-me se lhe pergunto mais uma vez, senhor. Mas uma única vez... Não está me adulando? É verdade que se recorda de mim?

E ele: Tenho bons motivos para me lembrar, motivos um pouco... deveria entender por si: motivos um tanto particulares.

E eu: Algo que lhe tocou particularmente, senhor?

Tocou... é a palavra certa, ele diz, estava certo de que você compreenderia.

O meu chicote de seda preta, senhor?

E ele: O que mais seria? O chicote de seda preta que vibra, pérfido e delicado, em suas lindas mãozinhas. Talvez demasiado delicadas, para dizer a verdade. Com a chibata de cocheiro que comprei no *Trait Galant*, a loja mais fornida de Paris, pode acreditar, com aquela correia de couro brilhante, com aquela, sim, seria uma maravilha.

Senhor, lhe digo, é uma pena que não o tenha visto mais vezes em place de Grève.

Senhorita, me diz, infelizmente... meus compromissos. Os tribunais estão assoberbados de trabalho neste período.

Senhor, lhe digo, mas me parece que está disposto a recuperar o tempo perdido.

E ele: Não seja impertinente, senhorita. Lembre-se de que aqui não há chicote. E que eu tenho seu processo e o de suas amigas,

Oh, senhor, lhe digo, como é cruel de sua parte recordar-me isto.

Senhorita, me diz, é de sua parte que espero uma doce crueldade.

Senhor, lhe digo, como pode ver, estas safadas não nos deixam em paz.

Por que deveriam?, me diz. Em place de Grève eu pagava para que não nos deixassem em paz.

E aqui, lhe respondo, a quem não pagaria?

Cara senhorita, me diz, sabe quantos documentos se perdem nesta confusão!

Entendi. É mais do que justo. Confio no senhor.

Então por que não se aproxima?

Senhor, lhe digo, quer dizer que está pronto para jogar bingo?

Aqui, senhorita, o que me diz?

Oh, senhor!, retruco.

E ele: Está assustada?

Se tivesse um chicote, não me assustaria.

E ele: Então se assustou.

As que se assustam facilmente, lhe digo, facilmente se tranqüilizam.

Que língua ágil, senhorita!

É meu pulso, lhe digo, que é ágil. Flexível e vigoroso como um nervo de boi, não se deu conta? E as unhas...

Arranham, me diz, sim, arranham.

E cortam. E escavam. E queimam, lhe digo.

E se melam de sangue, me diz.

E eu: De sangue, se quiser.

Ah! Senhorita!, me diz.

Setembro de 1793

Hyacinthe

... e se alguém me perguntasse, não, eu não saberia o que responder. Estou contente ou desesperada? Um pouco de cada coisa, arrastada como me sinto numa torrente de emoções, numa gangorra de estados de espírito que não pára e oscila sem trégua: uma condenação.

Mas depois me digo que é vida que tem uma face dúplice, os acontecimentos e os fatos é que são confusos, não eu.

Aqui está: em agosto, tínhamos voltado havia pouco a Paris, quando soubemos que a coluna de Pierre, em Tours, fora surpreendida por rebeldes, derrotada e massacrada. Horrorizada, escondi o rosto no ombro dele, embora não estivéssemos sós. Uma notícia terrível. Mas ele estava comigo. Ao abrigo dos males da guerra. Diante desse milagre, pouco importavam as briguinhas com o administrador, as cartas anônimas, até a perda do cargo mudava de sinal e se transformava quase numa benevolência do destino.

Estava salvo, e o contentamento se espalhava em minha boca.

Sim, eu estava contente. Mas, quando olhava Pierre, via que ele estava humilhado, prostrado como um negro que espera ser vendido na praça do mercado de Santo Domingo (ah, eu poderia esquecer as histórias impressionantes da senhora de Guillebon?). Até que um dia o general Ronsin, que se alinhou com a facção dos ultra-revolucionários e é mais raivoso que um jacobino e talvez mais que o próprio Robespierre, resolve defendê-lo e, em público, o define patriota ardente e verdadeiro republicano.

No momento agradeci aos céus e, satisfeita de ver suas razões reconhecidas, aceitei um convite para jantar, o primeiro desde que voltamos.

Depois as coisas se sucedem rapidamente: Ronsin reabilita Pierre, Pierre é reintegrado, assume de novo o serviço e é enviado ao batalhão do Reno.

Ao front. Mais longe de mim de que jamais esteve. Posso estar alegre? Os homens deixam as famílias para ir ao abatedouro e na cidade se canta, se dança e se glorificam a guerra e a bravura militar. Rapazes de 15 anos que mal conseguem carregar um fuzil já se acham autênticos Césares. E eu deveria dançar neste ar de tempestade?

Assim Pierre parte para o front e, logo após sua partida, Anacharsis adoece.

Meu pobre menino, não está habituado à água do Sena. Espessa, barrenta. Muito pesada para seu estômago acostumado a águas mais leves. Provoca disenteria em certos homenzarrões robustos que vêm da zona rural, imaginem em um bebê.

— Filtre-a com areia — ordenei a Mignonne, uma camareirinha descoberta não sei onde por minha mãe. Na realidade não foi difícil encontrá-la, porque agora em Paris os serviçais são alugados, como as carroças. Minha mãe a apresentou a mim e eu disse: está bem. Mas só disse para não contrariar. Mignonne é graciosa, cheia de boa vontade e se dá bem com os meninos, que, assim que perceberam seu temperamento remissivo, pronto a se fazer tiranizar, se afeiçoaram a ela; mas é uma camareira de cidade, habituada a calçar pantufas em suas senhoras e coisas do gênero, não é esperta como Pauline. Com ela eu me sentiria muito mais tranqüila.

Agora estou exagerando, Mignonne também tem seus méritos, minhas preocupações me fazem ser injusta. É ruim viver deste modo, numa ânsia permanente. A certa altura dá vontade de se render, o coração se detém e não bate mais nem por amor nem por medo.

Que coisa horrível, um coração que pára e você que continua a viver!

Mas basta uma novidade positiva para que o balanço dos meus sentimentos recomece a se mover.

Desta vez a boa notícia é que o administrador do presídio concedeu-me a permissão: finalmente posso visitar Olympe.

Não a vejo desde os tempos de Tours, isto é, desde julho: nem dois meses, e me parece que passou uma vida inteira. Só a idéia de ouvir sua voz já me comove. No entanto, encontrá-la no local de sua prisão, ela que vive com um pé sempre na estrada, que não suporta lugares fechados, nem o da vida doméstica... O cárcere é algo inatural, sobretudo para uma mulher como ela.

Encontrá-la lá dentro, prisioneira atrás de vinte portas de ferro, me deixa assustada.

Organizei-me bem e a tempo.

Deixei Jean-Hélie, que quanto mais cresce mais se torna vivaz, com minha mãe. Pus-lhe o chapeuzinho de palha e, para acalmá-lo, prometi que na volta passaria pelo Louvre e compraria, se os encontrasse, aqueles doces com figurinhas que são vendidos sob o pavilhão Froid-Manteau. Fiz mal em prometer, Jean-Hélie também sofreu por causa da água e ainda não se restabeleceu completamente, mas alguma coisa devo dar a ele em troca de sua docilidade.

Um beijo, um carinho e já estou fora, rumando para a Petite-Force, bem camuflada sob a capa que peguei emprestada de Mignonne, o capuz erguido sobre a cabeça não obstante o calor, a ponta recolhida no punho fechado, pressionando o coração que ribomba no peito. É a primeira vez que saio sozinha a pé, sem sequer a escolta de uma doméstica, para um local tão longe de casa. E não se trata de um passeio. Não é como em Tours, com Olympe ao meu lado e Justine que nos acompanha carregando o guarda-sol amarelo que, sob os olmos, dava mais incômodo que bem-estar.

Estou só e caminho entre eflúvios de cebolas assadas, por vielas que se estreitam com fendas, por entre casas que mordem o céu com sua altura. Mas ao caminhar descubro instintivamente uma desenvoltura, um ritmo solto que jazia adormecido dentro de mim; basta-me segui-lo para moverme com agilidade. Meus olhos de mocho noturno olham curiosos, famintos, querem ver tudo o que não se pode ver das carroças: um moleque que recolhe esterco com as mãos nuas para adubar a horta, um soldado que bebeu demais e vomita apoiado numa mureta, um juiz de paz que avança em meio à multidão abrindo espaço com seu curto bastão branco. Caminho como nunca havia caminhado, empurrando os que param à minha frente e também sendo empurrada pela gente que se afastaria se eu tivesse saído com meu belo vestido de senhora, e não com a capa de uma serva.

Um malandro chega por trás e me abalroa, por pouco não me derruba. Imediatamente ouço a voz de minha mãe que adverte: é assim que os ladrões costumam indicar suas vítimas, marcando-lhes nas costas com um giz ou com um cuspe. Por um instante, mas só por um instante, penso em parar para checar. Vamos, digo para mim, não acontecerá nada. Reajusto o capuz ao redor da cabeça, agarro a borda com maior decisão dentro do punho e prossigo, enquanto uma nova cautela modera meu passo.

Mas não é mais o temor da rua, não é isto que me perturba. É que não sei como Olympe acolherá minha proposta. "Nossa" proposta, deveria dizer.

Não vou vê-la de mãos vazias.

O cunhado dela, o bom doutor Reynard, como o chama Justine, voltou de propósito do campo para tentar de algum modo abrir-lhe uma fresta de salvação. Já a entrada em Paris não lhe foi fácil. As portas estavam fechadas, mas depois de muitas tentativas, arriscando-se várias vezes a ser detido na barreira das patrulhas mistas de burgueses e soldados, conseguiu passar pela porta de Vaugirard. Então entrou em contato com um colega que dirige uma casa de tratamento e, em seguida, com um certo Delainville, que é um advogado de escritório, mas bem aceito no Tribunal Revolucionário. Um abutre, um crápula, com certeza, mas capaz de obter a transferência de Olympe para a casa de tratamento da cidadã Mahaye, dirigida justamente pelo amigo de Reynard.

Sair da prisão e talvez, quem sabe, ser esquecida...

Não levo a salvação, mas uma esperança bastante concreta, bastante próxima. No entanto não consigo imaginar a reação dela.

E assim caminho e rezo: Meu Deus, permita que ela aceite, que não escolha o martírio... o martírio, para que o mundo saiba que Olympe de Gouges, uma mulher, não dobra seu caráter... não, não pode fazer isso comigo. Deve esquecer Tronson-Ducon-dray. Por que obstinar-se em ter como defensor um advogado que nunca se apresentou numa audiência, nem sequer uma vez?

Não quero insinuar com isso que ele seja um mau advogado ou um velhaco. Em seu tempo, teve a coragem de oferecer-se para defender o rei e é por este motivo, por essa concordância de opiniões, que ela o escolheu. Olympe sempre temeu a morte do rei. Lembro-me de que dizia: sou republicana e acredito que Luís seja culpado como rei, mas, destituído de seu título, ele deixa de ser culpado aos olhos da República. Tanto mais, acrescentava, que não é suficiente fazer cair a cabeça de um rei para matá-lo: um rei morre verdadeiramente quando sobrevive à sua queda. Uma argumentação que compreendo, não sou uma tola. Até meu pai, aliás, sustenta uma coisa desse tipo quando afirma que os ingleses se desonraram com o suplício de Carlos I, ao passo que os romanos conquistaram uma fama imortal exilando Tarquínio. Por isso entendo. Mas a escolha do advogado é muito importante, decisiva... E Tronson não pode ajudá-la. Não está em condição de ajudar ninguém. Aquele pobre general, aquele Philippe Custine, que rebaixaram num piscar de olhos de herói da independência americana a traidor, foi ele quem o defendeu. E o resultado nós já vimos. Melhor esquecer Tronson, que não tem boas relações, e confiar tudo ao cidadão Delainville.

Um primeiro passo para a salvação — ela pode negá-lo?

Uma crosta no canto da boca é o traço mais evidente da febre que a abateu. Os seios, que nunca foram muito exuberantes, agora desaparecem dentro do corpete.

Sinto uma forte necessidade de tocá-la, de sentir o vivo calor de sua pele. Tomo-lhe a mão e ela aperta sua palma contra a minha. Um gesto bom, de agradecimento afetuoso, mas o olhar exprime alguma coisa mais sutil, que não consigo apreender. Talvez uma cansada indulgência: por mim, pelos meus esforços, pelo mundo inteiro. Uma incredulidade cética. Um distanciamento que eu não conhecia.

— O diretor é um amigo de Reynard — insisto –, de seu cunhado.

Ela suspira, ganha tempo.

Tudo bem, vamos tentar, decide finalmente e logo retoma seu tom despachado. As despesas?, pergunta. Sim, porque um arranjo desses com certeza implica muitas despesas.

Eu as enumero: os honorários de Delainville, o adiantamento para a casa de tratamento... Preços exagerados. Enormes. Mas contratar, naturalmente, está fora de questão.

Absorta, ela se concentra arranhando com uma unha a borda da mesa, enquanto faz seus cálculos: para o advogado, é suficiente o dinheiro depositado no escritório do notário Perrouteau, na rue Montmartre. Quanto ao resto, Justine esteve várias vezes no Monte de Pietà. Ela sabe o que deve fazer.

De repente se reanima, surge um brilho de interesse nos olhos:

– Que tipo é esse Delainville?

Procuro dentro de mim uma leveza capaz de conservar esse brilho que restitui ao seu rosto a antiga vitalidade. Pobre de nós, respondo com uma mímica que pretende ser engraçada, não tem uma fisionomia muito atraente nosso cavaleiro da esperança. Pele pálida. Cabelos pálidos. Um aspecto coberto de pó, de pássaro empalhado, com asas secas como espetos.

Ela ri e, enquanto ri, a ferida no canto da boca se tinge de sangue.

Justine

Nem sei mais quantas vezes entrei no Monte de Pietà. Vinte, trinta? Já deveria estar habituada. Estou bastante familiarizada com esta luz de hospital, com cada lajota deste átrio, com cada parte dos janelões fechados no verão e no inverno para não deixarem passar os gritos dos vendedores da rue Blancs-Manteaux.

Na escadaria que leva às lojinhas, a mesma multidão que sobe de mãos cheias e desce de mãos vazias. O mesmo aglomerado em frente à casa de penhores. Sento-me na ponta de um velho banco apoiado contra o muro. Uma jovem com uma trouxinha nos joelhos recolhe a saia e se espreme para me dar lugar.

Enquanto recobro o fôlego e confiro, sem dar na vista, se o bolso interno do avental onde pus o relógio de Olympe continua volumoso, dou uma olhada ao redor.

Ah, sim, conheço perfeitamente esta sala que se estende longa, vasta e desolada. Mas é melhor esta desolação que aquelas salinhas que eu freqüentava antigamente, com o crucifixo preto sobre a tapeçaria suja. Melhor o Monte do agiota. Pelo menos o dinheiro dos juros vai para os hospitais e, em certo sentido, volta para a gente pobre. Não serve para a compra de galões dourados e caleches por quem engorda com a desgraça alheia. Disse e repito: não são amigos do povo esses senhores deputados que pedem o fechamento do Monte. Para nos fazerem voltar às salinhas da praça Maubert? Belos amigos!

Dou um suspiro que cai no silêncio.

Neste lugar só se fala sob comando, ai de mim. Como nas igrejas. É lógico: na loja do padeiro todos brigam porque estão gastando o que é seu e se sentem no direito de questionar; no Monte, as pessoas abaixam o capuz na testa e fazem silêncio. Ninguém ergue a voz, nem mesmo para negociar. Ademais, como se pode negociar quando se está ali penhorando uma colher, como aquele tipo de queixo canino e olhos que bailam?

Ah, você está bem mal, meu velho! Pior que a minha vizinha, que não se arrisca a pôr a trouxa no chão, passando-a de um joelho para outro; enquanto isso, dos laços afrouxados vão pendendo bordas de lençóis.

Ora! Nem todos têm a minha sorte. Nem todos podem trazer ao Monte os presentes do senhor Jacques.

Apalpo o volume no interior do avental. Meus dedos seguem com prazer os ângulos abaulados: um belo relógio de ouro com a caixa trabalhada, o quadrante límpido... Tínhamos acabado de chegar a Paris: o primeiro dos presentes.

Generoso, quem vai dizer que não?

Mais conveniente que um marido.

E olha só como terminou! — diante de um juiz de paz. Se tivesse sido sincero, se tivesse confessado à minha Babichette: *estou cheio de dívidas, a administração me tirou o monopólio dos transportes militares, de agora em diante não poderei mais pagar sua pensão*, não teria acontecido aquele pandemônio. No entanto o que ele fez? De uma hora para outra, pára de depositar o devido e, sob nossos protestos, *voilà*, milagre, exibe recibos de quitação. Falsos.

Uma idéia do notário, posso apostar: o senhor Jacques era muito respeitoso, mas o notário, que era o mesmo de Olympe, talvez pensasse que poderia favorecer um sem que a outra se desse conta. Até porque ela não parava, meu Deus!, de negociar e renegociar seus proventos, os vendia, os resgatava e os revendia a um e a outro, e então talvez, quem sabe, o notário e o senhor Jacques esperassem que ela se confundisse entre tantas transações.

No entanto foram parar no tribunal.

Ela no início chorou e depois lhe pediu 40 mil francos de indenização.

Bem, é verdade, o que ele fez não foi brincadeira. Recibos falsos! Uma desonestidade.

Mas sempre se tratava do senhor Jacques, minha Babichette não queria arruiná-lo, ora! Em janeiro entraram em acordo. Por 18.600 francos.

Três mil foram parar diretamente nos bolsos dos impressores, 3 mil aqui e ali para quitar diversas dívidas, depois a casa do terreno Figuier... o tempo de ir da mão à boca... não sobrou nada! Assim, quando o advogado bate na porta, esse tal Delainville com o rabicho empoeirado sobre um paletó preto, o que mais eu posso fazer senão escolher um dos presentes do senhor Jacques, entre os poucos que restaram, e caminhar até a rue Blancs-Manteaux? A senhorinha podia poupar o fôlego. Faça isto, faça aquilo, toda preocupada em me dar instruções com aqueles dois pirralhos pendurados na saia. Minha senhora, protestei, eu sei o que devo fazer, esta não é a primeira vez. Não mesmo.

Já o homem atrás do balcão é novo, nunca o vi antes. Tem um modo de agarrar as coisas, de aproximar-se delas... Também agarra meu pacote. Abre, confere, avalia. Dobra-se sobre ele como se fosse um salgueiro chorão e o faz desaparecer. Então me estende uma apólice cinza e conta, moeda a moeda, 102 francos.

Ponho em lugar seguro o papel e o dinheiro, fazendo-os desaparecer por minha vez no avental, e lhe dou as costas.

— Cumprimentos, cidadão. — Assim que as coisas se ajeitarem, terei de volta — pode estar certo — o nosso belíssimo e precioso relógio. Só ele já serviu como antecipação para a casa de tratamento, que custa muito, muito caro... o que é inevitável, aliás: mais de 400 francos ao mês. Onde os conseguiremos? Haja paciência!

Mas não quero me preocupar com isto agora; um passo de cada vez. Por enquanto o dinheiro necessário para a transferência está aqui, no meu bolso. Acabamos com a prisão rigorosa, com as visitas contadas. Não é ainda a liberdade, mas algo que já se parece com ela, como não se cansa de repetir a senhorinha, que é mais ajuizada do que me pareceu a princípio.

Mas... 400 francos! Uma fortuna.

Basta, não é o caso de angustiar-se. Minha Babichette sempre consegue desencavar dinheiro. O problema agora é a mudança, penso enquanto me dirijo à saída e percorro em sentido contrário o trajeto que separa o banco das escadas da portaria. O senhor Bourg se mostra irredutível e eu já esperava por isso; no entanto, mesmo assim, fiquei mal quando chegou a ordem de despejo. Basta de adiamentos. Devemos desalojar o apartamento.

E já vamos embora, não tenha medo, caro senhor Bourg, que se inclinava para nós fazendo cara de amigo. Mas sim! Já vamos embora de sua casa.

Mudanças já fiz muitas.

— Umas 15, desde que estamos em Paris.

— Ou seja?

— Ou seja, há 25 anos mais ou menos.

Renée dobra os véus, os fichu guarnecidos de bordados, as saias de brocado, as musselinas, as fitas e os recoloca, bem ordenados, dentro do baú que daqui a alguns dias levaremos embora, para a casa da senhorinha, que me recomendou: não mais de três. Três baús! Não dá nem para uma pobre coitada. A senhora não se dá conta.

Renée espicha os lábios numa imitação de sorriso. Ofereceu-se para ajudar sem me pedir nada, afora umas roupas sem uso. Teve um grande prejuízo, coitada, uma pena. Seu batel se chocou com as madeiras que desciam do rio, aquelas toras do Morvan que chegam a Paris trazidas pela correnteza e bloqueiam o Sena, a menos que os ladrões — benditos sejam — não as roubem desviando-as para a ilha Saint-Louis. O batel se arrebentou e as lavadeiras perderam, além do trabalho junto, os ferros de passar, as escovas e as caldeiras. Assim Renée agora separa roupas velhas, antigos chapéus ou pequenas ninharias, como uma fita, uma borla, tudo o que se pode revender na feira de Saint-Esprit, freqüentada por quem não se pode permitir nem mesmo o luxo modesto de um regateiro.

Escolhe e põe num canto ou redobra e coloca no baú. Precisa, ágil.

Eu também era ágil 25 anos atrás.

— Não acredita?

Era jovem e veloz, mas as mudanças me confundiam mesmo assim. Mudar, mudar, protestava, que necessidade há de mudar a qualquer virada de vento?

E no entanto se mudava... rue Ventadour, rue Poissonnière e logo em seguida rue de Condé, rue Molière, rue des Courcelles, rue Saint-Honoré, que era a mais agradável e elegante, com lampadários acesos no teto de cada cômodo, e depois a casa de campo em Auteuil, vizinha ao marquês de Condorcet e da mulher, Sophie, de índole espiritual, mas muito melancólica. Sem contar o apartamento no boulevard du Roi em Versalhes, em 89, onde ficamos por poucos meses, desde a primeira reunião dos Estados Gerais até o dia que o bom Capeto foi reconduzido a Paris pelas vendedoras das Halles.

— E eu poderia continuar a lista.

Na maioria, eram casas mobiliadas. Que decorávamos com algum vaso, um tapete e o escrínio chinês que nos acompanhou em toda parte, até que uns carregadores, seguindo as ordens de um canalha contratado pelo proprietário da casa, o atiraram pela janela.

A sombra dele — está vendo? — ficou ali, sobre o tapete.

— Uma grande confusão — comenta Renée.

— Era uma questão de praticidade — rebato. Ainda não perdeu o vício de criticar?

— Versalhes, por exemplo.

Para estar perto da Assembléia — explico —, era preciso ter uma casa em Versalhes. A estrada para Paris ficava cheia de carroças até as 3h da manhã, era difícil passar por lá, tochas passando para cima e para baixo, como numa passeata. O que minha Babichette podia fazer? Gastar todo o tempo correndo para cá e para lá e desperdiçando suas economias com viaturas públicas? Era preciso muito dinheiro! Os cocheiros se aproveitavam da situação; se aproveitam de cada gota que cai, está na natureza deles.

Renée dobra, enrola, empurra com força, tenta fechar o primeiro baú, se levanta para enxugar o suor.

Quando arregaça as mangas, surgem nos braços pintados marcas antigas, grandes como rosas amarelas. As flores que lhe dá o pai de seus filhos.

Passa o dorso da mão sobre a testa:

— Vinte e cinco anos de mudanças!

Dou de ombros e me agacho para apanhar um par de pantufas.

Isto não é nada, gostaria de dizer. Até hoje nunca me acontecera de ter que me mudar por causa de um despejo, tendo de me virar sozinha.

E sozinha vou continuar, apesar dos protestos de Olympe, que quer opinar mesmo quando não é o caso; ela deveria deixar tudo por minha conta, que estou aqui para isto. Será possível que não consiga ficar calma e calada pelo menos por um instante? Justo agora que os papéis para a transferência estão quase prontos, justo agora ela tinha de escrever a Fouquier-Tinville? E para pedir o quê? Que ele providenciasse a mudança pessoalmente. Sob custódia dos guardas, mas pessoalmente. Segundo ela, são seus direitos.

Não tem jeito, é uma mania dela, está sempre apurando o que lhe cabe, seus direitos, diz, como se fossem coisas reais, que se podem tocar, sei lá, como um rolo de linho ou de musselina.

Seus direitos! Vou fazer tudo sozinha, isto sim, vou para a casa da senhorinha e cuidarei dela, do senhor Pierre e daqueles dois pirralhos, e não terei remorsos, porque esta casa nunca me agradou. Não gosto da Île de la Cité com essa água que estreita as margens à direita e à esquerda, nem das linhas sombrias do Palácio de Justiça, que me perseguem sem trégua do amanhecer até a noite.

Nem gosto do escritório no último andar.

Era ali, naquele quarto de janelas longas e estreitas, que ela se fechava todo santo dia, e eu já não podia mais ouvi-la enquanto ditava suas comédias ou redigia seus discursos.

Antes era diferente. Sua voz me alcançava em cada recesso da casa. Ela ditava e eu adiantava meus trabalhos. Quando terminava, sentava-me num cantinho atrás da porta a remendar e a escutava, que, ditando, se inflamava, avançava, voltava para trás e retomava o fio da história. Recitava. Era melhor que a senhorita Candeille, que de tão boa no palco é capaz de fazer chorar o comandante de um batalhão.

Mas eram os discursos — ah, os seus discursos... — que me entusiasmavam! Mais que as comédias, mais que tudo.

Ainda os tenho aqui, dentro da cabeça, como se estivessem pintados de fresco.

As barreiras alfandegárias não servem mais, ditava minha Babichette, e eu agarrava suas palavras e as trazia para perto de mim com agulhadas, *as barreiras já não servem e as muralhas e edifícios construídos para abrigar os funcionários virarão ruínas. O que se fará com todas essas pedras?*

O que se fará?, eu me perguntava.

Pois bem, e eu parava a agulha e inclinava os ouvidos, *eu reclamo algumas para mim em favor das mulheres; serão utilizadas para finalmente construir algo útil: um hospital feminino, cujo único luxo será a limpeza. Basta com a promiscuidade do Hôtel-Dieu.*

Era bonito ouvir minha Babichette falando do hospital das mulheres.

Olympe

O vento passa entre as árvores e eu afinal respiro, depois do confinamento sufocante da Abbaye e da Petite-Force.

Nunca imaginei que um gesto simples como abrir uma gelosia pudesse regalar aos olhos e ao coração tamanha felicidade. No entanto foi isso o que senti quando abri minha janela, uma janela sem grades, e me debrucei sobre o grande jardim da casa de tratamento dirigida pelo doutor Lescourbiac: em estremecimento de felicidade.

O edifício tem o aspecto semelhante a uma decorosa residência rural, com aposentos amplos que dão sobre alamedas sombreadas. Muitas árvores. Verde em abundância. Ar. E liberdade de movimento. Liberdade de leitura. Posso encomendar todos os livros que quiser e até os jornais vespertinos: o mundo voltou a estar ao alcance da mão. O sentimento da existência, quer eu queira quer não, retorna impetuoso a preencher-me a alma neste local que é difícil chamar de "prisão". Em parte aproveito, em parte me retraio.

— Sente-se bem? — perguntou Hyacinthe que, desde o momento em que me livrei das restrições de um rígido encarceramento, não passa um dia sem vir me visitar. Perdeu aquele ar de menina assustada com a vida que tinha em Tours, ostentando sob a touquinha de criada uma expressão intrépida que por fim me comoveu.

Pois seja, respondi, lhe pagarei minha dívida.

Se isso a tranqüiliza, não escreverei mais a Fouquier-Tinville, não pedirei para ser processada, não pretenderei que se respeitem as leis e que minhas razões sejam ouvidas. A resistência à opressão é um direito constitucional, mas não vou abrir a boca. Ficarei muda e mansa durante todo o tempo que for necessário para que me esqueçam.

E para que eu também esqueça.

Embora sejam muitas as coisas e as palavras que eu deveria fazer sumir da memória, como num passe de mágica. No fundo não passou muito tempo desde que, num clube feminino, recolhi o vestido e subi numa cadeira para anunciar que eu era uma mulher mais preocupada com os assuntos públicos do que com os assuntos do coração. Na verdade, os assuntos do meu coração — proclamei com a devida ênfase perante um auditório borbulhante de cidadãs — são os assuntos de Estado.

— Mas você me pede que eu esqueça, e eu o farei por você.

Ela procurou minha mão e a apertou em silêncio entre as suas, como faz invariavelmente quando se emociona e as palavras retornam ao seu corpo, tornando-se gesto e fisionomia.

O tepor do jardim repousa com tranqüila doçura em meus ombros, na nuca descoberta, alcançando uma ponta de calor mais insistente quando o sol aquece o ouro dos meus brincos. Poderia passear até o entardecer, se quisesse. Ninguém viria recolher-me à cela, a essa hora. E a cela não é uma cela, mas um aposento amplo, com uma cama confortável sob um baldaquim.

Nesta casa-prisão, na aspereza tolerante de seus ritmos, reencontro um estranho gosto perdido: o agridoce da disciplina, saboreado junto ao francês e aos primeiros rudimentos da escrita no colégio das ursulinas, em Montauban.

Até o jardim é parecido com o do colégio.

Alamedas, bifurcações, pérgulas, tudo é construído com régua e esquadro. Nota-se a mão do arquiteto que adora conter, encerrar, extirpar, conferir uma regra humana à natureza. Mas estamos em um lugar de confinamento e, sendo assim, plantas e flores são deixadas meio a si mesmas e aos caprichos do terreno. Uma mistura de civilização e natureza. Ordem na desordem.

É assim, penso com repentina melancolia, que eu gostaria que fosse o jardim da propriedade Figuier. Cercas vivas, formadas por arbustos de várias espécies. E nada de tapetinhos de grama inglês ou teixos podados em forma de pagode. Não suporto os jardins que pretendem aperfeiçoar o semblante da natureza. O mistério de uma assimetria, a exuberância espontânea que oculta muitas possibilidades de transformação... como tudo isso é mais fascinante que um claro jardim à italiana!

Um rumor leve, quase imperceptível.

As ramagens da hera que cobrem uma pérgula se mexem, se erguem, e surge o rostinho de uma menina. Thérèse. A hóspede mais jovem desta casa-prisão.

— O que você está fazendo? — indaga, girando ao meu redor.

Algo em seu modo de se comportar e bisbilhotar, audacioso e ao mesmo tempo precavido, como se estivesse presa a uma coleira invisível, me lembra Julie. Tem a mesma idade que ela tinha antes que a febre da varíola a destruísse. Sete anos. Uma idade em que é difícil defender-se. Thérèse é muito pequena. Muito novinha para poder desvincular-se do destino da mãe, que é bonita, graciosa, loura e terminou envolvida, pelo que sei, por ser mulher de um golpista que emitia letras de câmbio falsas. Ele fugiu para a Inglaterra, aliás, emigrou, como agora se diz para todos, sejam nobres foragidos ou golpistas, e ela foi presa no lugar dele. Vantagens do casamento.

— O que você está fazendo? — insiste Thérèse, fixando-me com a carinha minúscula.

Sorrio para ela:

— Estou pensando.

— E ainda vai demorar muito?

— Não, se você preferir, podemos conversar.

Ela se senta ao meu lado e me acompanha com fervorosa gravidade. Desde que lhe ofereci uma rosquinha, um milagre de Justine, que consegue confeccionar um doce apenas com um nada de farinha e uma pitada de açúcar, desde então ela me tomou sob seus cuidados.

A alameda que leva ao primeiro canteiro central é ligeiramente curva, dando a ilusão de um espaço sem confins, que se perde entre as árvores. Este é o local que mais me agrada. Daqui não se vê a guarita em frente à cancela, não se nota nenhum sinal de fechamento ou de prisão. Exceto o perímetro murado, que no entanto é forrado de pequenas árvores e de um imenso, surpreendente azevinho que contribui para ocultar o muro e restabelecer uma aparência de normalidade: pode-se fingir a liberdade num parque sem fim.

O cão de guarda também corre livre, sem correntes, e a alameda ressoa com seu resfolegar rouco. Sinto a mão de Thérèse que se agarra assustada em minha saia.

— O que foi? Está com medo?

Nega com um gesto corajoso, mas a energia com que se mantém grudada a desmente.

— Tenho um cachorro igualzinho a ele. Quanto maiores e pesados, mais tranqüilos.

Realmente, a única coisa terrível neste dinamarquês de pêlo curto, focinho maciço e tocos de orelha é o nome: Devastação.

Mas a menina pára, e eu paro também. O tepor do sol de setembro, um instante antes tão agradável, agora me dá uma sensação de esgotamento, evoca a languidez de uma convalescença. Um tremor me atravessa e me dobra os joelhos: dois meses de cárcere me desabituaram ao ar livre, à liberdade das pernas e também do pensamento.

— Me ajuda a voltar? — peço a Thérèse, e ela se alonga em toda sua breve estatura e abre dois grandes olhos solenes pela responsabilidade da tarefa.

Em alguma parte, em alguma remota região do meu ser, continua vivendo a imagem daquela outra menina.

Julie teria mudado o rumo de minha vida? Se tivesse sobrevivido, me pergunto, eu teria permanecido ao lado de Jacques? Um homem compreensivo, o bem-estar em vez da liberdade.

Passamos diante da portaria e dos aposentos do diretor, que mora nesta ala do edifício junto com a família e os criados.

O tremor dissolveu-se nas veias e minha pele saboreia de novo o sol temperado de setembro.

Paris está longe, na parte escura do mundo.

É na hora do jantar que Paris volta a estar entre nós.

Se a casa do doutor Lescourbiac, com sua atmosfera campestre, é singular, bem mais singular me parecem os hóspedes (esta é a eufemística expressão em uso) que na hora do jantar descem para o térreo, prontos a exercitarem as virtudes demandadas pela conversação.

Hóspedes das mais diversas camadas sociais.

Na Abbaye ou na Petite-Force cada um buscava a companhia de seus pares e se esforçava para manter o justo distanciamento. Na casa do doutor Lescourbiac ocorrem, ao contrário, as mais bizarras misturas.

Abades, banqueiros e damas que, noutros tempos, jamais receberiam um homem que chegasse a pé e sem rendas nos pulsos, não hesitam em confundir-se com patriotas e revolucionários bem conhecidos. Como Pierre Augustin Hulin, que eu já havia encontrado, antes de minha transferência, no pátio da Abbaye. Esse homem, que em 89 destruiu a Bastilha, o cárcere símbolo da monarquia, tornou-se, em contrapartida, hóspede habitual das prisões republicanas.

O encontro em estado de sofrimento. Traz ainda na tipóia o braço direito, uma lembrança da batalha de Neerwinden. Mas o verdadeiro sofrimento, graceja a meia voz, é ser obrigado toda noite a manter conversações com uma duquesa que, envolta num véu negro, ostenta ainda o luto pelo rei.

Essa velha aristocrática é a atração da casa, e todos a cortejam com uma solicitude reservada habitualmente às jovenzinhas.

— Nisto — brinca Hulin –, Philippe d'Orléans tinha razão: para um burguês, uma duquesa tem sempre 30 anos.

Já a mim a duquesa não dirige mais a palavra. Logo após minha chegada, aproximara-se de mim em grande segredo para cumprimentar-me. Recordava-se de mim, de minha coragem por ter defendido em público um nobre assassinado pelo furor da massa.

— A nobreza não me deve nada — respondi-lhe. — Defendi-o porque não acho louvável que mil pessoas trucidem um cidadão sozinho e indefeso. — E com esta réplica sancionei minha inexistência.

Mas não reencontrei apenas Hulin aqui dentro.

Era a primeira noite. Assim que desci do meu quarto, tentei ambientar-me entre as novas companhias quando ouço uma voz que se ergue alta, como se cintilasse em meio ao enxame das senhoras.

Uma voz que reconheci imediatamente.

Também prenderam esse rapaz?, perguntei-me assustada.

Devia ter esse medo nos olhos quando cheguei à sua frente. Ele emudeceu de golpe, e aquela lenta ruborização que eu recordava tão bem lhe invadiu as faces. À minha pergunta ele respondeu, quase como se desse uma explicação:

— Sou um estudante de medicina, se lembra? E acrescentou, já que eu ainda não entendia:

— Trabalho para Lescourbiac. Melhor que escrever os discursos de algum deputado de província, não acha?

A mesa está aparelhada com discreta sofisticação. Aos lados do prato, garfo e faca. Nesta casa-prisão não vigora a lei da Abbaye e da Petite-Force: temos direito a talheres.

O cozinheiro é ótimo. Tempos atrás trabalhava como ajudante de cozinha do príncipe de Condé, mas, desde que deixaram de existir os privilégios de boca, foi contratado pelo doutor Lescourbiac para que, com suas habilidades, mitigue a inadequação das provisões. Até agora não frustrou as expectativas. Não falta nem o vinho. Claro, não estamos na mesa do grande Mèot, o príncipe dos cozinheiros e dos gastrônomos, que oferece uma seleção de 22 tintos e 27 brancos, mas nunca falta uma garrafa na *glacette*, sobretudo graças ao banqueiro Lasnier, com as quais galanteia as senhoras, especialmente a loura Charlotte Narbonne, mãe de Thérèse.

Mesa posta, damas em *deshabillé*. E, à minha direita, o jovem Claude.

Destino, diria Rosalie, minha amável companheira de cela, de quem não tenho e talvez nunca mais tenha notícias.

Está mudado, Claude. Tem uma atitude segura e já não se veste reciclando roupas usadas como na época não muito distante em que se sentava pacientemente em meu escritório. Somente os cabelos têm o mesmo corte curto, afora uma longa mecha rebelde que se encaracola em volta da argola que lhe fura a orelha.

Estamos sentados próximos, muito mais próximos do que quando ele tentava inutilmente seguir com a pena minha imaginação.

Também Lescourbiac está elegante em seu traje de camurça com gilê branco e gravata cinza. Inclina-se sobre a mesa para indicar-me as mãos de Claude, que saem de dois punhos cândidos e repousam sobre a toalha.

— Mãos preciosas.

E não por simples virtudes médicas, especifica. Há habilidades que se adquirem normalmente no exercício de uma profissão. Para um cantineiro, basta percutir uma pipa com os nós dos dedos para saber a quantidade exata de álcool e de açúcar que se encontra naquele vinho. Para um médico é suficiente um toque para saber tudo a respeito dos pulmões de um doente. O que há de extraordinário nisto? As mãos de Claude são preciosas por um motivo bem diferente: são mãos que sabem governar a doença, que recuperam o equilíbrio dos organismos alterados e afastam as dores que nenhum fármaco é capaz de eliminar. São mãos que possuem a magia do fluido magnético.

A *ci-devant* duquesa tintina o garfo no prato:

— Meu marido também tinha o dom do magnetismo.

Não fazia grandes coisas, admite.

— Passava os dias magnetizando os criados.

Claude se vira para mim. Seu paletó roça o meu ombro.

— Não é uma magia — protesta em voz baixa para não contradizer abertamente seu diretor. — Não existe fenômeno que não seja explicável pelas leis da natureza.

As leis que governam o universo de fato também governam o corpo humano, e o que é a doença senão uma perturbação, um desequilíbrio entre o indivíduo e o todo? O fluido magnético é aquilo que une o micro ao macrocosmo: não uma magia, mas um agente universal.

— O senhor é um discípulo de Mesmer — me surpreendo, afastando-me um pouco para fixá-lo no rosto.

— A senhora também acha que Mesmer é um bruxo? — Não, se exalta Claude, não é culpa de Mesmer se há quem use mal o magnetismo, se há charlatões que se vangloriam de milagres e transformam os sonâmbulos em profetas. — Mesmer não é um bruxo, mas sim um médico.

Um grande médico, já que seus próprios detratores tiveram que reconhecer sua excelência, inclusive aqueles que queriam banir da lei o magnetismo e o condenar por princípio e por interesse. Não nos esqueçamos do interesse... Por acaso é necessário mencionar o doutor Guillotin?

— Guillotin defende a igualdade dos homens diante da pena de morte. Mesmer afirma a igualdade diante da dor. — Por isso cobra somente dos ricos. E a ninguém, seja duquesa ou miserável, jamais negou seus cuidados.

Isto é verdade: lembro-me das longas filas de pobres que esperavam sua vez na praça Vendôme, em frente ao consultório médico. De noite as portas se abriam para os jogadores sem sorte, que iam ali acalmar o suplício dos nervos. E as vaporosas, em vez de aspirarem sais e beberem água de melissa, recorriam ao toque magnético do grande Mesmer.

— Esta casa — confidencia-me Claude — também está cheia de vaporosas, capazes de caírem em delíquio três vezes ao dia.

É nesses momentos que suas mãos as acalmam. Suas belas mãos e o magneto que Lescourbiac conserva em um pequeno cofre revestido de veludo escarlate.

Hyacinthe

...dias e dias de silêncio extenuante, mas finalmente chegou. Pelo malote militar. Diretamente da guarnição. Uma carta que parecia saída de um campo de batalha, de tanto que a censura a estropiou, emporcalhou e rearranjou de qualquer jeito.

Estou no quarto das crianças. Tomei-a das mãos de Mignonne e comecei a abri-la, premida por uma pressa que me deixava desajeitada, de modo que o corta-papel me escapou e caiu sobre o piso, brilhando e tilintando como um brinquedo musical. Mais rápido que um duende, Jean-Hélie o agarrou e começou a chupar sua ponta. O sangue escorreu dos lábios e das gengivas sobre o coletinho branco. Um corte de nada, sem importância, mas entre choros e gritos foi preciso esperar um bom tempo antes de poder retomar a carta da bandeja onde eu a deixara.

Para lê-la em santa paz, fecho-me em meu quarto e me jogo na cama, os braços pesados como os de uma afogada. Riscos de sol entram e saem pelas cortinas, reluzindo entre os espelhos da toalete. Abro a carta desdobrando a folha sobre o travesseiro. E descubro que Pierre foi suspenso de novo, desta vez por uma acusação infamante. Fuga diante do inimigo.

Fuga: a palavra é esta, não há possibilidade de equívoco. Impera bem no meio da linha, escrita com uma tinta de chumbo e a caligrafia rebuscada de Pierre, letras que se enroscam umas nas outras, como se tentassem desaparecer pela vergonha.

Desaparecem da página e entram em meu peito, longos vermezinhos escuros e retorcidos.

Releio tudo, desde o início.

A notícia é concisa e um tanto vaga por causa da censura, que se tornou muito rigorosa em relação às missivas que chegam do front e as retêm por qualquer motivo, mas mesmo assim compreendo assim que leio o nome do comissário militar: um homem de Saint-Just.

As disputas entre os comissários e as altas patentes do exército já eram ríspidas quando estávamos em Tours; agora são uma guerra dentro da guerra. Ninguém se salva. Em 28 de agosto, vestindo um redingote azul, o general Custine foi conduzido à guilhotina. E até o general Houchard, que derrotou ingleses e holandeses sem receber por isso nem sequer um agradecimento dos jacobinos, até ele, o vencedor de Hondschoote, foi detido em campo, acusado de ter evitado o massacre de suas tropas ordenando uma retirada. Para os comissários de Saint-Just e de Robespierre, toda retirada é uma derrota, e toda derrota é uma traição.

Releio a carta uma terceira vez, lentamente, palavra por palavra, voltando atrás e parando a cada vírgula, e por fim me convenço de que não, o caso não é tão grave como me parecera à primeira vista, já que Pierre não é acusado de traição, está livre e pode me escrever. Goza do favor de Ronsin, suponho, e ninguém ousa atacar Ronsin. Não ainda.

Minha doce amiga, prometo-lhe que serei prudente se você também o for...

Redobro a folha e a faço deslizar sob o travesseiro.

Depois disso, o vazio. Do front não me chega nenhuma linha, nenhuma nova notícia. Pierre volta a ser um fantasma. Somente em minha fantasia, que o acompanha com fervor, ele continua sendo um homem de carne e osso. Vivo na esperança de revê-lo surgir a qualquer momento na soleira de casa, como acontecia em Tours: horas, dias, semanas de ausência e de repente ele estava ali. Mas a soleira permanece vazia.

Dentro de meu peito crescem a impaciência e uma inquietude feroz, que busco em vão reprimir. É uma tensão que pede para transbordar, que se expande e grita na agonia de explodir.

* * *

E eis que, em lugar de Pierre, comparece seu assistente, de regresso das trincheiras do Norte. Apresenta-se com a espada que a cada passo lhe bate no flanco e um ar marcial, acentuado por um longo talho na face esquerda. Talho que, na verdade, não foi conseqüência da guerra, mas de um duelo.

Pierre o estima; ao que parece, é o melhor dos seus oficiais.

— A lealdade de Pierre será reconhecida — assegura-me, acomodando-se numa pequena poltrona de espaldar muito estreito para os seus ombros. — Seu valor será apreciado como merece, é só uma questão de tempo.

Não é o caso de perder a paciência, me aconselha. Pierre será justiçado e reaverá o que lhe cabe tão logo os novos comandantes substituam os velhos. E isto ocorrerá em breve. Não há dúvidas quanto a este ponto, afirma com a implacável altivez de quem possuiu o monopólio da verdade. Se combatesse com a mesma convicção, estou certa de que já teríamos vencido há tempos.

— Em breve, sim, muito em breve. O Comitê de Saúde Pública já nomeou Pichegru como chefe das tropas do Reno.

Era um soldado raso, Pichegru. Agora é general.

Um belo exemplo para todos, aprova o assistente de Pierre, visto que a Revolução foi feita, mas aristocratas e moderados continuam prevalecendo nos Estados-Maiores. É chegado o momento de varrê-los de lá e renovar o exército em seus postos mais graduados. Pela salvação da pátria.

A cicatriz é um fio de seda escura que lhe encrespa cruelmente a face.

— E o senhor — o interrompo –, o que vai fazer?

— Vou partir para a Vandea.

Um anúncio que tomba e nos separa com o peso de um bloco de granito.

A Vandea: é impossível saber aqui, em Paris, a verdade sobre esta guerra. Nem uma carta chega à capital. Para controlar o que os jornais escrevem, dispomos apenas de cautelosos relatos dos voluntários que voltam em licença. Sussurra-se a respeito de ordens muito severas: queimar as florestas, os campos, as próprias colheitas. É com estas armas que combatem os soldados da República?

— O inverno se aproxima, precisamos vencer antes que seja muito tarde. — E, para vencer, me explica num tom paciente, é necessário isolar, impor a fome, destruir, lançar uma população contra a outra com uma leva geral, não há outro meio. — É uma necessidade política, acredite.

Eu acredito. Mesmo não sabendo nada de estratégias militares, também compreendo que é preciso vencer antes do inverno. Mas para que deportar — como ouvi dizer — mulheres, velhos e crianças?

— Eles serão assistidos — me garante. E socorridos com todo o cuidado devido à humanidade: ao redor das fronteiras da Vandea, generais e comissários estão providenciando as provisões necessárias para alimentar grandes massas de refugiados.

Suas palavras me martelam as têmporas mesmo depois de ter ido embora. Movimento-me pelo quarto cancelando os sinais de sua presença. Uma leve escovada com a mão e se reaviva o veludo amassado da pequena poltrona.

Entretanto, bem aos poucos, a escuridão conquistou a nesga de céu que se vê da janela. É tarde, mas Mignonne ainda não acendeu as lâmpadas. Não chegam sons da rua deserta, atravessada apenas por patrulhas. É o medo que esvazia as estradas, as vielas, e os bulevares: agora Paris, a rumorosa, incansável Paris, também conhece o silêncio da noite.

O cansaço me queima a orla das pálpebras que lacrimejam e se cerram. O sono me agarra assim como estou, de pé, a mão no batente da janela. Um sono feito de imagens agitadas, flâmulas, estandartes, gonfalões que esvoaçam e, no alto, uma bandeira imensa, negra, semelhante àquela que assinala nas torres de Notre-Dame o estado de sítio, um pano que se incha, se torce, se aproxima. Um estalo. Em plena cara.

Estremeço com um sobressalto e o véu da sonolência se desmancha, restando somente um formigamento no canto dos lábios. O torpor passou, estou completamente acordada.

Brinco com as franjas do xale enquanto perscruto a noite com meus olhos de coruja.

Justine preparou a mudança com o máximo cuidado, pôs em ordem a roupa branca e o vestuário, quadros e panelas, mas não o escritório: recusou-se a tocar em um papel sequer. Deverei fazer isso. E hoje de manhã.

Esta noite choveu, e nuvens negras ainda sujam as cimeiras dos palácios, resistindo ao vento. A temperatura desceu bruscamente. Um tempo horrível, mas não posso me fechar em casa e continuar inativa. Mesmo que não precisasse embalar os papéis de Olympe, mesmo que Pierre estivesse aqui comigo e pudesse fazê-lo em meu lugar, mesmo assim eu deveria mover-me, sair. Quero entender por minha própria conta os humores da cidade. Não, já não poderia contentar-me em ver através dos olhos de outro, ainda que fosse Pierre: adquiri o hábito da liberdade, e Olympe ficará contente, creio.

As mulheres não têm amor próprio, ela me repetiu várias vezes, por isso não sabem imaginar a liberdade.

É verdade. Eu não sabia imaginá-la, eu, que me achava uma garota culta porque me divertia em resolver problemas geográficos e tentava calcular, com a ajuda do globo, em que momento o Gran Mongol da Índia e o czar de Moscou se punham à mesa para o desjejum.

Nas ruas se percebem os cheiros outonais, um odor de arenques, de relva que apodrece nos jardins. O verde, o amarelo, o laranja dos cartazes, tudo se realça com maior frescor, e os muros parecem cobertos por uma nova espécie de orvalho colorido. Assim que transponho o arco do portão ergo os olhos, por costume, mesmo sabendo que o manifesto de Olympe já desapareceu há alguns dias. Um velho manifesto do período em que estava presa na Abbaye, que vazou do cárcere graças à cumplicidade de um amigo e foi impresso clandestinamente. Certa noite alguém o afixou bem na entrada do nosso edifício, por acaso ou intencionalmente, é difícil dizer.

Vermelho papoula, atraía a atenção.

Os passantes paravam para ler, muitos davam de ombros, outros cuspiam com desprezo: os delírios de uma prisioneira.

Eu lançava um olhar e prosseguia. Não ousava parar. Mas uma frase se impôs e, contra minha vontade, à minha revelia, quase sem a ter lido, imprimiu-se em minha mente:

... o Deus das consciências é o único Deus que os homens deveriam adorar...

As cortinas estão abertas para acolher a luz que sobe do rio. Mesmo sem os móveis, o escritório conserva a marca indefinível de sua presença. Justine me espia da soleira e eu, parada no meio daquele quarto vazio, me pergunto: o que eu sei dela? O que eu sei realmente de Olympe?

Sei de sua predileção por sapatinhos baixos e chapéus azuis, conheço sua risada, seus momentos de cólera, as respostas pungentes e o amor por Ipázia, a filósofa que sabia governar uma comunidade. Ou por Ninon de Lenclos, que queria fazer-se homem a fim de não renunciar ao prazer. Será esta impossível comunhão de corpo e de espírito que circula neste escritório?

Ninon e Ipázia, prazer e sabedoria, autoridade e liberdade.

Eis tudo o que eu sei. O resto está nestes volumes com o nome impresso no frontispício em caracteres realçados e, mais embaixo, a inscrição: à venda com a viúva Duchesne, rue Saint-Jacques, ou com a viúva Bailly, barreira dos Sargentos. Olympe está aqui, dentro de seus livros. Pego um ao acaso, experimento o peso das folhas com a ponta dos dedos, folheio as páginas e leio sem me preocupar com as horas que passam, sentada no assoalho frio, encolhida como uma mendiga, leio até o esgotamento.

... *o sangue, mesmo o dos culpados, derramado com crueldade e abundância, suja as revoluções pela eternidade, abala os corações, os espíritos, as idéias, e de um sistema de governo se passa rapidamente a outro, da república ao novo despotismo de uma época moderna...*

Thérèse

— Mamãe, posso descer para o jardim?

— Não banque a caprichosa, Thérèse.

— Posso brincar com Jupin?

— Thérèse! Já disse para não bancar a caprichosa.

Caprichosa, caprichosa, a caprichosa é ela, que quando se senta para a toalete são termina mais. E Cécile parece fazer de propósito, demorou uma hora para amarrar-lhe o corpete nas costas, uma hora para passar-lhe no rosto o leite contra as rugas, uma hora esfregando-lhe no pescoço a água perfumada e agora vai ser preciso esperar mais uma hora antes que mamãe escolha uma pinta em forma de coração ou de estrela. E eu com os braços cruzados, observando imóvel, enquanto lá fora está saindo um sol morno e Jupin, só para provocar, brinca com o pião bem debaixo de nossa janela. Na verdade não é propriamente um pião, mas um carretel vermelho atado a um cordão vermelho, um brinquedo novo. Quando peço a ele, Jupin me deixa brincar. É divertido, o segredo é movimentar o braço junto com a mão, o barbante se desenrola e o carretel corre para baixo e depois sobe sozinho, para cima e para baixo, para cima e para baixo, sobe e desce, sobe e desce, se chama *emigrette* porque é assim que os emigrados fazem, me disse Jupin, vão para cima e para baixo, para cima e para baixo, e papai, que também é um emigrado, ele também vai para cima e para baixo, mamãe? Mamãe faz uma cara feia e não me responde. Então, posso brincar de *emigrette* com Jupin?

— Jupin é filho de um guarda!

Mamãe só fica contente quando eu brinco com as filhas do diretor, que têm olhos inchados e sem cílios e uns bracinhos bem compridos, que parecem vermes brancos descansando sobre as saias.

— Thérèse...

... não banque a caprichosa, a arremedo e me desespero, porque é a hora da poesia e todos estão fora, menos nós, e eu ouço a senhora Gerbaud que já começou a declamar versos no fundo do jardim, lá onde a grande árvore avança suas folhas para fora da murada. Uma árvore poderosa, com galhos robustos que atravessam o muro e não têm medo dos vidros e dos pregos plantados lá em cima. Eu teria medo, mesmo que fosse alta a ponto de alcançar o céu. Mas talvez se trate de uma árvore santa e aqueles pregos são o seu cilício. Sofre em nosso lugar, para descontar nossos pecados, de prisioneiros. Que deveríamos fazer penitência, e no entanto... Mamãe faz exatamente o mesmo que fazia em casa: bebe, come, pita cigarro e faz a toalete. Antes porém não tínhamos um jardim, era preciso ir com liteiras de aluguel ao Arsenal ou até mais longe. E pelas janelas entrava o cheiro podre da estrada, enquanto aqui dentro, até alguns dias atrás, havia um cheiro de terra escaldada de sol que dava alegria.

Gosto deste lugar, ainda que seja a prisão de mamãe. E minha também. Claro, eu também sou uma prisioneira e daqui a alguns dias, quando completar 8 anos, mamãe me prometeu que eu vou ter uma cadeira à mesa, como todos.

Não seria ruim estar na prisão se eu tivesse meu pianinho. Sinto tanta falta dele! Que tristeza quando tive de deixá-lo! Às vezes, quando penso nele, me vem uma melancolia e não tenho nem mais vontade de brincar com Jupin. Penso no som que saía das minhas mãos e no sorriso encorajador da dama de violeta pintada no tampo superior... Diante do teclado, sim, eu poderia resistir um dia inteiro, boazinha e tranqüila como mamãe quer. Treinaria seguindo as notas de olhos fechados, espiando de vez em quando entre os cílios a dama de violeta. É isto, se penso em meu pianinho, entendo por que mamãe não gosta da prisão.

Na sala, enquanto os outros jogam gamão ou vinte e um, a senhora Gerbaud e suas amigas se alternam no cravo e me fazem cantar, mas não é a mesma coisa.

— Mamãe, quando vou poder tocar de novo?

— Você não gosta de cantar, Thérèse?

— Mamãe...

— Você tem uma voz de anjo, todos dizem.

— Um anjo do céu — confirma Cécile, enquanto borrifa sobre os cabelos um jato de pó amarelo. E recomeça a falar das coisas que faltam e das que seriam encomendadas, do négligé que ela finalmente teve a permissão de retirar da lavadeira.

— Eu falei ao diretor: quer que uma senhora desça de manhã com um traje vespertino?

— E ele se convenceu.

— Trata-se da senhora, foi fácil convencê-lo.

Quando ri, mamãe é mesmo bonita. Surge-lhe uma covinha na face, e de noite eu me ajoelho com prazer e rezo de mãos juntas por sua salvação e por sua liberdade.

Rezo sobretudo para que de noite ela não acorde com enxaqueca e não vá jogar cartas no quarto do senhor Lasnier, que é rico mas não gosta de perder, eu vejo como o queixo dele se endurece, e eu não gosto que mamãe jogue com um homem de queixo antipático. Na outra noite eu estava fingindo que dormia quando a ouvi se levantando, e aí abri os olhos. Já estava diante da porta: chssst, vou jogar com o senhor Lasnier... A lâmpada ainda não apagara totalmente e parecia encher-lhe os cabelos numa nuvem dourada. Você é a mais linda de toda a prisão, sussurrei. E ouvi que o senhor Lasnier também sussurrava algo parecido enquanto lhe dava passagem no corredor.

Mamãe, perguntei-lhe antes de me deitar, ele também reza por você? E ela sorriu e disse: você deve ser gentil com ele, é um senhor importante, trabalha com dinheiro. Como, com dinheiro... perguntei. Mas ela me disse: dorme.

Jupin está sempre aqui, com o nariz empinado sob nossa janela, e me faz ver como ele é hábil com a *emigrette*, como ela sobe e desce, sobe e desce sem parar nunca, nem por erro.

— Agora posso descer?

— Sente-se, Thérèse, e fique calma porque agora Cécile vai pentear você.

Não, Cécile não! Não quero que me toque. Ela me dá nojo, essa Cécile. Quando levanta os braços descobre debaixo dos sovacos duas meias-luas incrustadas como as margens do Sena quando faz tempo ruim. E mamãe não se dá conta, ela, com seus frascos de água para os olhos, água para a nuca, água para a boca, água para embranquecer, água para nutrir a pele, ela, que se troca três vezes por dia, justamente ela se deixa tocar por essa fedorenta asquerosa.

Mas não há o que fazer. As mãos de Cécile afundam nos meus cabelos, os pulsos ossudos espetam minhas orelhas.

— E seu filho? — se informa mamãe, retocando-se à vontade diante do espelho. Ela sempre se informa, por gentileza e porque tem um espírito curioso, gosta de participar de qualquer coisa. — Seu filho está bem?

— Por enquanto estou tranqüila. Trabalha numa fábrica de fuzis para a pátria e já não insiste naquela bobagem de partir como voluntário... França ou morte... grandes ideais, não vou negar, a senhora sabe.

— Mas você não quer que ele parta.

— Só tenho esse filho. Vim a Paris apenas para que ele nascesse aqui. Bela coisa... eu sinto pena dele, é culpa minha se os colegas o olham de cima para baixo.

— Culpa sua, Cécile?

— Ah, servir de camareira... Não é um trabalho de revolucionários.

— Bobagens! Não se crucifique, pense simplesmente que, tendo um filho que trabalha para a pátria, você não tem o que temer. Olhe o que aconteceu comigo. De um dia para outro... Meu marido em Londres e nós aqui, no lugar dele.

— Lamentei tanto! Coitada da senhora.

— Acusações absurdas, Cécile, absurdas. Quando se trabalha numa casa de jogos pode surgir alguma cambial falsa, o que isso tem a ver com a contra-revolução? Você conhece meu marido, ele nunca se comprometeria de uma maneira assim tão tola.

— Se eu pudesse fazer alguma coisa pela senhora!

Cécile fala de modo convincente. Mas eu não confio nela. Ouvi o que ela disse àquele Michel, que aliás é seu filho, lá na portaria. Fui procurar Jupin e, quando a vi chegando com o peito estufado, para se dar ares de importante, tive medo de que ela estivesse espionando mamãe, por isso me escondi e, sem querer, ouvi toda a conversa.

Ela nos defendia, é verdade, mas...

É inocente como uma pomba, dizia. E aquele Michel, com um estalar de dedos: é suspeita de ser suspeita. Então Cécile, cheia de compaixão, respondeu: o que ela podia fazer, é o pai da filha, pobre criatura. Mas ele, com outro estalo: o pai da filha? E Cécile, desconversando: o pai da filha dela. E Michel: você está cega, seu patrão Narbonne é um daqueles homens...

E arreganhava os lábios, descobrindo os dentes: mas claro, entende?, um daqueles que vão às tavernas fora da cidade encontrar os amigos do peito.

Bem, e daí? — eu estava quase para pular do meu esconderijo. Que mal há em encontrar os amigos do peito? Não sei o que o filho de Cécile queria dizer exatamente, mas sei que ela, a cara Cécile, ela também começou a rir de um modo que não me agradou nem um pouco. Ofensivo.

Gostaria de ter pedido explicações a mamãe, mas não ousei fazer isso porque não queria incomodá-la. Ela já está muito agitada desde que papai teve de ir embora.

E agora vem Cécile, com a cara mais piedosa, dizendo: se eu pudesse fazer alguma coisa pela senhora!

— Quem sabe, Cécile, quem sabe — murmura mamãe. Depois, mudando de tom e ajeitando uma mecha na têmpora:

— Escute... nossa vizinha de quarto, afinal, você conseguiu saber quantos anos ela tem?

— Quem, aquela De Gouges? — hesita Cécile.

— Meio acabada para os 38 que ela vai declarando, não acha?

— São 45, senhora.

— Ah! Aí está! Eu bem que tive a impressão. Como você soube?

— Pelos guardas, senhora. Lembra que no momento de fazer o registro na portaria é preciso checar obrigatoriamente os documentos? Nesse caso, o passaporte.

— Quarenta e cinco! E ela... Mas não tem importância, Cécile. É um pecado que se pode perdoar a uma senhora.

— Chamar de mentira — suspira –, seria excessivo. Quando há gente que, em comparação...

— Ninguém aqui dentro é o que parece ou o que diz ser, já percebeu? Você e Thérèse, só você e Thérèse são as únicas que não escondem nada.

E mais outro suspiro. E mamãe se inclina para trás e fecha os olhos, levando uma mão à testa. Assim ela não vê o rosto de Cécile, que se torna mais vermelho do que brasa.

Olympe

Quer saber quantos anos eu tenho, a loura Charlotte Narbonne, e para isso soltou os seus cães de caça. Mas eu não pretendo revelar minha idade. Ah, isto não. Dou de presente a ela o esforço de dividir o tempo, de conferir um número a cada onda que passa sobre nossas cabeças.

Entretanto outro dia terminou.

O funcionário do Tribunal não veio trazer-me o ato de acusação, ninguém ainda formalizou minha detenção.

Tornei-me invisível.

Mais uma pensionista que uma detenta. Uma falsa convalescente, confiada aos tratamentos de Lescourbiac. Uma mulher qualquer, que perdeu sua grande altivez e se vê constrangida a calcular com exatidão a fronteira que corre entre o sonho e a realidade.

Mas a paixão, este sentimento que apesar de tudo continua me agitando e que às vezes chamo de paixão por justiça e às vezes simplesmente de paixão, nasce da realidade ou do sonho? Da realidade daquilo que sou ou do sonho daquilo que gostaria de ser e, suponho, poderia ser? E o que ou quem está na origem de minha presunção, se sou uma criatura sem precedentes, a autora dos meus sonhos, se eu mesmo estou na origem de mim mesma?

Ah, Thérèse. Seus soluços invadem o jardim. Aqui não, aqui não, implora. Cécile a arrastou para o pavilhão localizado no cruzamento das alamedas que, a partir daquele ponto, se espalham em forma de estrela e, em plena luz do dia, publicamente, se pôs à caça vasculhando seus cachinhos, mecha por mecha.

A menina esperneia para fugir das garras da criada.

— Você fede — grita para ela. E tem razão. Cécile transpira há dias um odor caprino que afasta qualquer um.

Thérèse se desespera, o peito sacudido por soluços raivosos, e eu me detenho, estendo uma mão e sussurro: vamos.

Cécile contrai os lábios numa linha dura, enquanto seus dedos se abrem e repartem a grande massa loura. A cabeleira de um anjo. Visitada por muitos demônios, resmunga em voz baixa a mulher, demônios disfarçados de piolhos. O pente de dentes finos afunda com violência, revolve e reaparece deixando sobre o xale azul celeste uma poeira escura. As unhas trabalham crepitando como gravetos secos no fogo, enquanto da bacia sobe um eflúvio pungente, temperado por uma contrastante fragrância de citronela.

Os soluços se tornam mais raros, mas mesmo assim ainda causam espanto aos hóspedes do doutor Lescourbiac que rumam em direção ao grande azevinho, nosso salão de leitura, inventado pela senhora Gerbaud que, antigamente, em sua casa de campo, construíra um teatrinho para permitir que os amigos se apresentassem, e hoje deve contentar-se com a sombra de uma árvore.

Passam duas mulheres jovens com longas fitas na cintura e um velho senhor de peruca e sapatos afivelados. Uma parada e depois se afastam. Passa a senhora Gerbaud, com um livro agarrado ao peito e o guarda-sol de seda que lhe desenha uma sombra rosada sobre a fronte e as pálpebras lisas. Abaixa-o atrás das costas e adverte a pequena escandalosa: você vai arruinar sua voz gritando desse jeito, não vai mais poder cantar. Jupin também apareceu. De cabeça baixa, arrasta na terra os pés armados de sapatos com ferros e estreita os ombros: um traquinas de castigo.

Eu ajeito o laço do chapéu e não encontro argumentos para consolar aquela carinha congestionada de menina ofendida.

Até que, da ala da casa onde estão alojados o doutor Lescourbiac e a criadagem, percebo a sombra de Claude que se alonga em nossa direção. Um passo desimpedido, um brilho branco entre os lábios. Num piscar de olhos está diante de nós:

– Senhorita — cumprimenta ostentando uma mesura cerimoniosa dirigida à pequena. Thérèse ergue os dois olhos lacrimosos e fecha a boca. Reencontrou como por encanto sua dignidade.

O silêncio retorna ao jardim.

Claude se inclina sobre minha mão.

E, enquanto seu hálito aflora minha pele, ressurge do passado e me alcança o eco da voz de Sébastien: *Aos 40 anos, minha cara, uma mulher deve apenas à cortesia o que antes devia à admiração.* Sébastien sabia ser cruel.

Para defender-me da crueldade dele, reprovo jocosamente Claude por aquele gesto caído em desuso, de velho galanteador. Beijar a mão de uma senhora, meu rapaz, enfraquece a atitude altaneira e o comportamento másculo que convém a todo bom patriota. Não é esta a etiqueta corrente? As mulheres perderam seu império. E em troca? — em troca nos presentearam com novas correntes.

Brinco e tento evitar seus olhos. Não quero ser forçada a dar razão a Mesmer. Porque, quando me espelho em suas pupilas, sinto em meu corpo algo semelhante ao movimento das marés e aqui, em meu peito, as mesmas perturbações que derretem as geleiras das montanhas.

Cécile

Está me ouvindo, Michel? Escute bem e tente entender, porque não posso ficar horas e horas no depósito de lenha, é melhor que eu me apresse. Até os cães da casa do doutor Lescourbiac estão treinados para farejar complôs, e as criadas têm a língua mais afiada do que faca. Por isso me escute e faça alguma coisa, me ajude a escolher a lenha para a lareira. De noite faz frio e é preciso acender o fogo, se não as senhoras podem ter dor de garganta, e os senhores também: você não imagina como eles são delicados.

Hóspedes novos? Faz um bom tempo que não chega nenhum, afora uma tal De Gouges, que... Mas uma coisa de cada vez, preciso me organizar se não me confundo.

Está vendo, Michel? Estou lhe ajudando. E, para lhe ajudar e ser útil à República — você ainda pode duvidar? —, aceitei fazer meu relatório, uma vez por semana, ao cidadão Fouquier-Tinville. Agora vou lhe contar tudo, tintim por tintim, e mais tarde você escreve todas essas coisas sem pressa; sei que a escrita não é o seu forte. No seminário o abade Melàrd batia em seus dedos de tanto desespero. Mas de tanto insistir, de forçar... Eu estava certa, viu? Pelo menos agora você pode orgulhar-se de escrever um belo relatório.

Mas abra bem os ouvidos, porque, quando aceitei a tarefa, fui clara: quero fazer com consciência meu dever de patriota, e você também deve fazê-lo do modo honesto que lhe ensinei. Conheço muitos malandros que não hesitam duas vezes antes de trair a pátria e a Revolução por interesse próprio.

Se eu os conheço, você também deveria conhecê-los...

Certos voluntários, você me entende...

Alistam-se na barreira de Bondy, saem e entram meia hora mais tarde pela barreira seguinte; um modo de rapinar o dinheiro dos depósitos, não sabia?

Nem todos são como você, que pela República iria ao front correndo, sem a mínima preocupação por sua velha mãe.

Eu? Não... de que estou me queixando? Acha que estou me queixando? Pare de me recriminar. Veja: estou empenhada. Além disso, não pense que não percebo, não é preciso me explicar, sei perfeitamente que fabricar fuzis no arsenal é quase tão perigoso quanto partir para o front. Há quem perde uma perna, um braço, outros perdem a vida. Como na guerra. Mas então, se você já tem as suas batalhas, por que arranjar outras?

Os soldados lançam os fogos e você os constrói, e é por isso mesmo que você não precisa se alistar: já faz parte do mesmo exército, e os arsenais são o seu campo de batalha.

Mas pelo menos, no arsenal, posso levar-lhe a garrafa de café com leite! Mesmo assim, no outro dia, quando fui levar a roupa limpa, pensei: Este meu filho vai ficar surdo... ou pior. Entre o barulho dos jatos d'água e o rangido dos materiais, o estrépito das brocas e o estouro da pólvora, para não falar do ronco das chamas e das centelhas que saltam das limas, não seria a primeira vez que tudo iria pelo ares! Realmente uma bela invenção, a pólvora. Será a desgraça dos homens.

Por que, por que... Mas você não é capaz de entender? Porque se habitua a não olhar mais na cara do inimigo, e quando não é mais necessário olhar-se na cara e uma só pessoa é capaz de abater três, quatro, dez...

Para resumir, pensei: um rapaz que sabe ler e escrever precisa ficar no meio do inferno? Há outros meios de servir à República, e seria mais vantajoso para todos se certas capacidades não fossem desperdiçadas. Se você, por exemplo, pudesse entrar no Comitê de Vigilância da seção...

Claro, estou de acordo — como posso não estar? —, não precisa gastar seu latim para me convencer: todos devemos fazer nossas obrigações e, acrescento, com escrúpulo e lealdade. Mas cada um à sua maneira, porque cada um tem sua parte no grande esforço que a República requer.

A minha é relatar o que ocorre na casa de tratamento dirigida pelo doutor Lescourbiac.

Veja que não me furto a isso, Michel. Tenho minha missão, a cumpro e espero que minha dedicação seja reconhecida e que você possa tirar algum proveito dela, meu filho.

Não, santo Deus, não pensava em vantagens ilícitas.

Em suma, minha tarefa é informar e eu informo; cabe ao cidadão Fouquier-Tinville estabelecer, no momento oportuno, se são coisas de interesse ou não.

Por exemplo, não creio que para ele seja de algum interesse saber que tive de catar os piolhos da pequena Thérèse, mas você deve relatar mesmo assim.

Agora lhe explico o porquê...

E não se esqueça de enfatizar que Thérèse é filha da cidadã para quem presto serviços há dez anos. Antes, você se lembra, eu gritava todos os dias vendendo lenha à beira do Saint-Bernard. Depois, graças a não sei que santo, a senhora me aprovou, ficou satisfeita comigo, e eu me tornei uma camareira respeitável, com uma bela touca engomada. Que os céus lhe agradeçam. Mesmo tendo moído os ossos de tanto trabalhar para ela, a senhora não me dispensou. E me dará boas referências quando eu for embora, porque eu vou embora, lhe prometo, Michel. Se encontrasse uma boa patriota, uma casa de bem...

Sempre criada, sim, mas me diga o que mais eu poderia fazer? Voltar a vender lenha à beira do rio? E sem as referências da senhora Narbonne, com ou sem Revolução, era isso que eu teria de fazer.

Chega, não quero discutir com você.

Voltando aos piolhos, a menina se infestou em algum lugar, e, como não é permitida a saída, é óbvio que ela os pegou aqui. O que isso significa? Que a casa não é mantida corretamente. Não sei se isso é um crime. Duvido muito. Mas escreva mesmo assim, ainda que minha missão seja relatar crimes: discursos anti-revolucionários, conspirações...

Não, tenha paciência, não estou exagerando! Deixe-me pensar...

Para começar pela cidadã Narbonne, minha patroa, não me parece que ela seja muito propensa à conspiração. É verdade que é suspeita por ser mulher de um homem que fazia circular cambiais falsas, prejudicando com isso as finanças da República. Mas por acaso um marido se preocupa com os sentimentos da mulher, sobretudo quando se trata de negócios? Além disso, você pode achar uma blasfêmia, mas em minha opinião uma pessoa suspeita não é necessariamente culpada. Há muita confusão nas seções, mas quanto a esse ponto nem você vai me fazer mudar de idéia, Michel.

O que eu vejo e sei com certeza é que ela, depois da fuga odiosa do marido, ficou doente de tanta tristeza. Tem uma natureza sensível demais. E essa sensibilidade a torna sujeita a enxaquecas terríveis, que não a deixam dormir, apesar das muitas tisanas de água de melissa. Agora ela quer tentar outro tratamento, inventada por um médico vienense que fez sucesso em Paris, uma espécie de curandeiro, pelo que pude entender. Mais ou menos como o velho de Pont-Neuf, lembra?, mas muito melhor. Aquele que curava com falações: *fique tranqüilo, meu amigo, que daqui a 15 dias vamos comer juntos um delicioso lombo*, mas não passava disso. O vienense e seus seguidores não se perdem em falatórios, curam com o tato, com os dedos... O que posso dizer? Tomara que seja o tratamento melhor, pobre senhora.

Nada a ver com conspirações. A verdade é que, desde que o marido canalha e fanfarrão fugiu para evitar a justiça republicana, a cidadã Narbonne só tem uma preocupação: remediar a própria vida, a dela e a da filha, que parece um anjo, mas é mais maldosa que um diabinho — posso dizer isto porque a vi nascer. Ela, sim, se fosse grande... mas é só uma menina.

Para concluir, conheço as conspirações da senhora Narbonne e posso garantir que não têm nada a ver com a Revolução. Dizem respeito apenas aos meios de conseguir um vestido novo ou de pagar o doutor Lescourbiac, muito impressionado com os sorrisos dela, mas intransigente quanto à pontualidade dos pagamentos.

Cá entre nós, Michel, sei de vários homens que estariam dispostos a dar crédito a ela, mas não escreva isso. Quanto a ela, me parece que já escolheu, e escolheu bem, mas não escreva essas coisas. Sabe, se trata do cidadão Lasnier, um detento muito peculiar e cheio do dinheiro. Visitas também não lhe faltam. Mas posso dizer, com toda honestidade, que estamos diante de um conspirador?

A aparência é a de um homem decidido, que não renuncia a um belo diamante no dedo médio, todo compenetrado em seus negócios, mas cordial quando quer. Sempre fazendo contas, dividindo, multiplicando, sempre com a corcunda sobre os papéis, até tarde da noite. Gasta uma fortuna em luminárias e velas.

— Ah, Cécile, a minha guerra não é de soldados... — De fato suas visitas são notários, financistas, agentes de câmbio. Apresentam-se na portaria e entram sem inspeções. — Está vendo, Cécile? São os milagres da Providência. — Mas eu não sei o nome dessa Providência, por isso, Michel, é melhor ter cautela e não escrever nada.

Diga o que bem entender, mas não acho que tenham feito um bom trabalho ao derrubar a aristocracia de nascimento para substituí-la por uma aristocracia do dinheiro.

Mas não vá se irritar agora. Não... Por que eu iria debochar de você? O que interessa é o meu relatório, e já estamos terminando. Mas espere, preciso sentar um pouco, meu tornozelo ainda não melhorou; toda noite, antes de dormir, passo sebo quente nele, olhe: continua inchado.

Ahhh... agora, sim. Este cepo parece ter sido colocado aqui justo para mim.

Tudo bem, tudo bem, vamos direto ao ponto.

Os novos hóspedes... a De Gouges foi a última que a carroça do Tribunal nos trouxe. Uma insolente, cheia de soberba. Pelo que me disseram, gosta de escrever. Mas o que uma mulher pode escrever? O perigo não está aí. As mulheres só são perigosas se lhe derem uma faca na mão! Não por acaso a Convenção nos proibiu o uso de armas. Já se viu como podemos usá-las, até contra os fundadores da pátria, como aquela desgraçada da Corday! Mas escrever? É preciso uma grande arrogância para meter na cabeça uma coisa desse tipo, e a De Gouges é uma arrogante que se pavoneia de filósofa. Tem um devoto aqui dentro: o assistente do doutor Lescourbiac, que é bastante jovem, com duas mãos milagrosas, brancas, finas. Com essas mãos ele poderia curar minha patroa.

Sim, vamos ver.

E você acha que eu não sei? Claro que sei como se chama: Claude Frazé, e a devoção dele por nossa filósofa é bem diferente da que o cidadão Lasnier nutre por Charlotte Narbonne. Eu os observei bem e posso assegurar que a De Gouges não precisa das graças da juventude com ele. É... como definir, uma sedução do espírito? Ah, Michel, eu não acreditava que houvesse sedução desse tipo no mundo! Tenho até arrepios, porque é como se as carroças pudessem andar sem cavalos.

Mas agora me deixe levantar. E me ajude a levar a lenha para dentro, por favor, pelo menos você se apresenta e todos vão saber que, se me atrasei no depósito de lenha, é porque troquei duas palavras com o meu filho.

Os suspeitos, meu querido, estão de um lado e do outro, não vamos nos esquecer disso.

Claro que acabei. O que mais eu poderia contar?

Lamento de verdade que não aconteçam coisas mais relevantes por aqui, à parte os sumiços de sempre... De mantimentos, quero dizer. Carne, vinho, farinha. Mas isso não faz mal à República, só prejudica os prisioneiros. São eles que pagam, e, além do mais, antecipado; sendo assim, que mal há no tráfico de bons mantimentos que já foram pagos?

Não insista, por hoje terminei, Michel. Por acaso eu deveria inventar coisas para satisfazer as expectativas de sua excelência, o cidadão Fouquier-Tinville?

Mas ainda acho que um dia ou outro vamos ter algum fato relevante, talvez graças a essa De Gouges e ao seu devoto.

Escreva isso, Michel. Escreva tudo direitinho, gaste o tempo que quiser, mas ponha tudo num belo papel bem limpo, coloque embaixo o meu nome e acrescente: o relatório foi escrito por meu filho, um valente compatriota que ajuda a defender a nação fabricando fuzis. Escreva em letras grandes: fabrica fuzis, embora sua mãe tenha se matado para fazê-lo aprender a ler e escrever.

Olympe

Hoje de manhã eu estava folheando uma gazeta ao lado da janela, tinha acabado de acordar e meus braços estavam quentes de sol.

Uma semana atrás o inverno parecia próximo, e agora, no entanto, este presente. Cada despertar me oferece dias de tempo admirável, como se o mundo me dissesse: não force as coisas, se eu me permito uma trégua, por que você não pode concedê-la à sua alma e ao seu corpo? Há um valor na realidade que se vive dia após dia.

Até nos outros descubro a mesma condescendência indulgente em relação à vida, às vezes um tanto cansada e de repente fervorosa. Descubro-a na criadagem e nos hóspedes, nas duquesas já sem título, nos revolucionários já sem Revolução e até no banqueiro Lasnier, com aquelas transações ambíguas que sobrevoam acima e além de qualquer governo: o prazer e, ao mesmo tempo, o temor de viver pulsa em nossas gargantas e nos faz apreciar cada dia bonito, cada encontro, cada conversa, ainda que frívola.

Nesta casa-prisão, todos vivemos dentro de uma realidade nua e de um infinito presente.

Lescourbiac leva aqui sua vida normal, com a mulher e os sete filhos. Outro dia passei pelo apartamento dele e, através das portas semi-abertas, entrevi sofás com almofadas reviradas, cadeiras baixas, panelas emborcadas no chão, brinquedos abandonados. Num canto, diante de um grande tear, a mulher estava curvada sobre seu trabalho. Uma nuca imaculada. Um vestido severo, de monja.

E Claude, me pergunto, de que tempo faz parte o jovem Claude? De que realidade?

Seus olhos continuam devotados a mim, malgrado as novas roupas elegantes e o orgulho por esse método de tratamento que poupa o doente do incômodo dos remédios.

Discutimos sobre isso todas as tardes, passeando pelas alamedas do jardim ou no salão térreo, antes de os hóspedes de Lescourbiac descerem e ocuparem seus lugares à mesa de jantar.

Claude insiste na cientificidade do método. E, posto que a ciência não vive de mistério nem precisa de segredos, ele me anuncia que de agora em diante suas sessões de magnetização vão ser abertas a quem quiser estudá-las.

— Os anatomistas dissecam em público, por que deveríamos nos esconder?

Durante as discussões seu rosto se anima, pronto a brilhar ou a obscurecer-se. Franze o cenho quando menciono o mistério que permite às suas mãos — e apenas a elas — ativar o fluido magnético.

— É um dom, não se pode negar. Algo como o talento.

— Talvez. — Depois ele recua. — Mas não tenho méritos. — Pode haver mérito em um instrumento? E Claude se considerava como tal: um instrumento, mais adequado que outros, é verdade, mais apto a facilitar a passagem do fluido das criaturas para o mundo e do mundo para as criaturas.

Um mediador entre o universal e o particular, em suma.

Estende as mãos diante de si, o dorso para o alto, depois vira o pulso e dobra os dedos que inadvertidamente me tocam.

E se ele enrubesce e se eu enrubesço ao vê-lo enrubescer, isto também é a realidade.

As cortinas estão hermeticamente fechadas. Nos cantos do salão, duplas de candelabros formam halos mais claros e fazem um jogo de luz e sombra. Uma fosforescência flutua nos espelhos escuros que se contrapõem e engolem todo o espaço.

Lasnier está sentado ao meu lado. Traz ambas as mãos cruzadas sobre o joelho direito, agitado por um balanço nervoso. Além dele e de mim, outros quatro espectadores esperam que comece a sessão. Um silêncio carregado de expectativas. De uma curiosidade misturada à agonia.

Os espaldares das nossas cadeiras se tocam e desenham um semicírculo. No centro, isolada, voltada para nós, uma poltroninha de pernas finas em madeira dourada. Toda a luz dos candelabros se concentra nos braços revestidos de veludo e no xale de seda azul que cobre o seio de Charlotte Narbonne. Da saia lhe desponta uma daquelas pantufinhas que se compram na loja do mestre Bourbon, na rue Vieux-Augustins.

Claude está em pé diante dela. A franja curta sobre a testa, as faces pálidas, o brinco que sobressai numa penumbra móvel. Não é um médico, não é nem mesmo o inocente instrumento de uma força natural, como alegava dias atrás, e sim um anjo vingador das doenças.

Quando se movimenta, o faz com uma lentidão extrema. Seus ombros se curvam, e o perfil sério, severamente composto, aproxima-se da figura descansada na poltroninha de veludo. A figura se retrai. Ele se enrijece e se imobiliza numa concentração tensa, vibrante. Depois, com a ponta dos dedos, começa a aflorar a fronte de Charlotte e, enquanto a apalpa e acaricia, pergunta-lhe sobre seus distúrbios, a cefaléia, os sustos noturnos. Fala, interroga e lhe toca a garganta, as têmporas, as pálpebras que vão se abaixando sobre os olhos.

Um lamento plangente entreabre os lábios de Charlotte Narbonne.

Agora estão tão próximos que os ombros de Claude ocultam em parte o busto da mulher, deixando adivinhar apenas o suave vaivém da respiração sob o xale de seda. A voz se faz mais insistente, mais prolongada a pressão dos dedos: onde, em que parte do corpo a senhora sente os seus temores? Cada temor tem um lugar. Onde é o seu? Aqui? Ou aqui? E as pontas dos dedos se obstinam ao redor das têmporas, sobre a testa. Ela geme e finalmente responde, mas com uma voz lenta, que não é a dela e não ultrapassa o breve círculo de luz em torno da poltrona.

Ouço Lasnier se agitando sobre a cadeira e aumentando o balanço do pé.

Claude pergunta de novo, murmura, sussurra. Tão baixo que não consigo entender as palavras. Suas mãos passeiam pelo xale, deslizam sob o seio. Os polegares fazem um eixo sobre o estômago enquanto os longos dedos se abrem, se alargam em leque e, com um movimento rotatório, massageiam lentamente os flancos.

O calor, indaga com voz tênue, mas desta vez audível, percebe o calor? O corpo na poltrona se relaxa, se abandona contra o espaldar, e ele se aproxima ainda mais, comprime os joelhos dela entre os seus. As mãos se deslocam com movimentos regulares sobre o abdome, sobre o ventre. Os rostos quase se tocam. Dentro do silêncio da sala se espalha a respiração de ambos. Ampla. Intensa.

No espelho da parede em frente, percebo o vulto de Lasnier devorando a cena com um lampejo vibrante no olhar. Viro-me de repente para Lasnier em carne e osso, para suas pernas cruzadas e o pé nervoso. Que brincadeira é esta?

No mesmo instante, Charlotte reclina a cabeça e cobre os olhos com a palma da mão. Sua respiração se torna curta e ofegante, e eu também percebo ali mesmo um calor que dos tornozelos sobe até os joelhos e dos joelhos às coxas, tão rápido que não é possível contê-lo.

O xale sobre o seio de Charlotte se abre e revela o corpo sob a transparência de uma camisola. Vejo a ânsia que o faz tremer. Vejo os dedos de Claude que acompanham com impiedosa segurança cada pequena contração sua.

Quando o tremor termina, ele afrouxa a pressão dos joelhos e dá um passo para trás. Depois de algum tempo ela abaixa a mão da fronte com a indolência exausta de quem emerge do sono. Ergue as pálpebras e os seus olhos têm um olhar perdido e luminoso.

A crise passou.

E também o calor defluiu do meu corpo, da luminescência dos espelhos, da semi-obscuridade que nos circunda, do braço aveludado da cadeira, de toda a sala. O xale permaneceu aberto sobre o seio de Charlotte, e Claude, com um movimento imperceptível, reata discretamente as suas pontas. Então se vira. Joga a cabeça para trás e a franja se descompõe e brilha. Os seus olhos vasculham na penumbra, procuram-me com o sorriso propiciatório do artista que interroga o seu público.

Justine

Reconheço e não reconheço a minha cozinha. Causa-me espanto ver o fogareiro sem nada, a parede nua em frente da lareira, onde as panelas para a fritura, as grelhas, as colheres e as escumadeiras, que antes estavam penduradas ali, deixaram certos vazios que parecem o pesadelo de um glutão.

Toda a casa está vazia. Da plenitude anterior só ficaram algumas marcas nos batentes. Mas a senhora Hyacinthe foi hábil, eu não imaginaria. A pequena senhora cresceu. Contratou objeto por objeto com o oficial de justiça e convenceu Victor a levar para baixo, até a carroça, os três famosos baús. Três ela queria e três foram levados embora, com toda a trupe de gatos, papagaios e canarinhos. E eu fiquei com os cachorros nesta casa sem móveis, nesta cozinha desprovida de panelas.

Paciência, amanhã vou embora também. Uma noite passa rápido.

Uma noite escutando o silêncio da casa.

Você tem um ouvido de filósofo, minha Babichette brincava comigo. E hoje à noite vou escutar o silêncio com o meu ouvido de filósofo.

Justine, que não tem nada a fazer! Ora!

Escuto e penso: sete anos, faltam sete anos para o novo século, o que mais pode acontecer? Revoluções, milagres, profecias. Já temos tudo. Na Vandea os mortos ressuscitam, o Messias apareceu em Artois e de sua guarita a mulher do nosso Victor prega o advento de Robespierre, profeta do povo, e distribui beijos em sua imagem, que está muito cotada entre as criadas do palácio.

Sete anos. Quantas desgraças ainda deveremos suportar?

Aproximo do colo o focinho do general Alexandre, para que me faça um pouco de companhia. Estamos sós, meu querido. Olha só Montesquieu. É como a dona, não fica parado nunca, sempre fugindo de nós. Por sorte você está aqui. O general fecha os olhos e baba de gratidão no meu avental.

Poderia continuar sentada aqui infinitamente. Ninguém vai me chamar, ninguém precisa de mim. Um ser inútil. Abandonado. Nunca me senti tão só como nesta casa e neste momento.

Exceto uma vez.

Ah, sim, naquele terrível inverno em que me vi naquele sótão, na margem esquerda do Sena, bem no ponto em que as casas se alongam para o alto, cinco, sei andares... a cabeça gira só de olhar para cima. E eu estava lá, batendo os dentes naquele tugúrio cheirando a mofo, onde só havia um colchão de palha, um balde e uma bacia. Sem dinheiro, sem parentes, sem amigos, nem sequer um braseiro para esquentar os pés. Sem nada e sem ninguém, porque o canalha que me levara para lá tinha desaparecido, ele e a sua libré dourada. E Paris, para uma mulher que não tem dinheiro nem protetores, é um deserto total.

Assim eu chorava calada, toda encolhida na ponta do colchão de palha fedorento, lágrimas silenciosas que me molhavam o pulso. Até que escutei alguém subindo as escadas. Imediatamente reconheci seus passos.

Faltava menos de um mês para o parto, mas mesmo assim ela subiu, degrau por degrau, até o último lance, que tinha uma corda como corrimão e era íngreme e reto como se fosse furar as nuvens escuras de Paris. Mas ela veio mesmo assim e parou atrás da porta, chamando-me baixinho, esperando com paciência porque eu tinha vergonha e me recusava a abrir. Tapava meus ouvidos com os punhos para não escutar a voz da minha Babichette que dizia: venha, vamos voltar para casa, você é uma cabeça-dura, estou aqui para levá-la de volta para casa. *Ostal*, sussurrava atrás da porta em nossa velha fala local, *ostal*, e a sua língua estalava contra o palato.

— Entre — e, para tornar mais claro o convite, escancaro a porta. Não ficarei sozinha esta noite.

Mas Renée empacou na soleira, a boca semi-aberta numa expressão estúpida, mechas vermelhas e despenteadas que lhe saem de um lado da touca. No braço o filho pequeno, aquele de nome impossível: A Montanha. Uma coisinha que baba saliva no aventalzinho com uma abundância de fazer inveja ao general.

— Entre, está esperando o quê?

O dia já tinha terminado fazia um bom tempo e, para vir bater aqui a esta hora, atravessando meia cidade sem se assustar com o escuro e com as patrulhas, devia haver um motivo forte.

— Ele bateu em você?

Fecha a boca num impulso e, erguendo o queixo para cima, fixa meus olhos numa mirada altiva. É de novo a lavadeira batalhadora de pulsos fortes e porte enérgico.

— Não, senhora. Eu o avistei do outro lado da rua, caminhando atravessado e fazendo as pedras voarem com o bastão... Quando anda daquele jeito, sei o que isso significa.

Acordou os filhos maiores, levou-os para a casa de uma amiga que mora no mesmo andar e escapou com A Montanha, que é muito pequeno para ser deixado com estranhos no meio da noite, mesmo que fosse com uma irmã.

— Não é a primeira vez... — pergunto.

Renée enxuga com a ponta do xale uma quantidade de baba e catarro, enquanto o pequeno emite vigorosos grunhidos de protesto.

— Não é a primeira vez — confirma.

Já lhe aconteceu de ter que fugir no escuro para refugiar-se numa vizinha ou em alguma colega de trabalho. Mas agora ele já conhece todas e vai passando pelas casas, bate na porta dos outros sem respeito, posta-se nas escadas e grita e insulta e não deixa ninguém dormir, tanto que numa noite a cidadã Chartron, que é uma senhora compreensiva, mas não agüentava mais, atirou-lhe um ferro de passar daqueles bem pesados, de lençol, e quase lhe arrebentou a coluna, e ainda hoje, quando o tempo muda, ele sente dores.

— Aqui ele não virá. Entre.

Na cozinha não faz frio, mas Renée treme involuntariamente da cabeça aos pés. Em seus braços nus até os cotovelos, os pêlos estão eriçados como os dentes da escova usada para esfregar os panos à beira do rio. Uma mulher grande e robusta tremendo assim é de causar espanto, não parece natural.

— Como é pequena essa Montanha! — tento brincar, buscando tomar o menino nos braços. Renée o aperta contra o peito num gesto instintivo de proteção; depois, caindo em si, balbucia uma desculpa, levanta um pouco a touca e descobre, para meu exclusivo deleite, uma minúscula orelha com um lobo branco e redondo, uma gota fria de madrepérola.

— Se quiser se esquentar, tenho uma minestra.

Não um jantar verdadeiro, porque na casa não há mais nada, nem panelas nem comida nem lenha para a lareira, apenas um pouco de carvão para o fogareiro, o suficiente para ferver uma minestra de verduras no único caldeirão que sobrou.

Sopro as brasas que soltam fagulhas vermelhas sob o círculo de ferro. Não gosto de ficar de pé diante do fogareiro. Pode até ser moderna a postura ereta, talvez seja uma conquista da civilização, como afirma minha Babichette, mas gostaria de saber por que eu deveria mudar de hábito na minha idade. Ela, que fala de direitos... por que eu deveria renunciar ao direito de agachar-me em frente ao fogareiro e preparar a comida tranqüila, como sempre fiz, com o fogo que me sopra o seu maravilhoso calor no rosto?

— Nunca vou me acostumar com esta maneira de cozinhar — resmungo.

De fato a minestra pegou na panela, e o gosto ficou tão amargo quanto o tônico do doutor Tronchin, aquele que a senhora Hyacinthe usa para regular o intestino das crianças. Mas Renée não se importa. Come avidamente num canto da mesa, afundando a colher — a minha — no caldeirão. Olho as suas mãos de unhas lascadas até a carne, que certa vez vi sangrar em meio à roupa lavada. Esta mulher que parece um ferro de passar, uma caldeira viva, toda dedicada à causa jacobina, que na seção grita, esbraveja e mete medo em cem homens, depois não sabe enfrentar o marido em casa.

— Por que não se divorcia?

Conheço duas ou três mulheres nas redondezas que aproveitaram essa conquista da Revolução.

— Se for por isso, até minha patroa tirou proveito do divórcio. — Teve de fazê-lo, conta, porque o marido contraíra uma doença com uma daquelas desgraçadas que dormem na carroceria dos carros de Halles, e ela não queria mais se deitar com um homem que urina verde. O dever do matrimônio é o respeito, disse a cidadã Charton. Quando não há respeito... e não só se divorciou, mas também ofereceu sua aliança de casamento à pátria, como agradecimento por tê-la libertado daquele péssimo sujeito.

— O marido dela é ruim.

— E o seu, o que é? Farinha de hóstia? Ele bate em você.

— Só quando o vinho o transtorna.

Não bebe por vício, defende-o Renée, com a colher em riste no punho fechado, como uma bandeira erguida para demarcar uma fronteira.

— Ele fica sozinho na loja, de manhã até a noite. Eu pelo menos circulo levando as roupas aqui e ali. Já ele fica todo santo dia numa cadeira, martelando pregos e reparando botas. Posso criticá-lo se ele tem vontade de beber um trago em companhia?

— Mas depois bate em você.

— Quando consegue me pegar.

Balanço a cabeça. Minha bendita mãe não se cansava de repetir, mesmo quando eu ainda não tinha juízo e não podia compreender: melhor tornar-se serva de Deus do que de um homem, dizia, e eu não entendia, mas ainda me lembro.

Thérèse

No dia do meu aniversário o sol desapareceu.

No entanto, quando acordei e desci da cama correndo, escancarando as janelas sem a ajuda de Cécile, ele estava ali, em meio ao mais fantástico céu de setembro.

Esperei tanto os meus 8 anos! E finalmente o dia tinha chegado, e eu colocaria uma fita branca ao redor dos cabelos, igual àquela de mamãe, e poderia sentar-me à mesa de jantar. Durante um dia inteiro, no almoço e no jantar, teria tido o direito a uma cadeira ao lado do senhor Lasnier, que não é nada simpático, mas pelo menos me trata com consideração e não é prepotente como os filhos do diretor, que queriam me forçar a brincar com aquelas estúpidas madeirinhas, um jogo que me dá sono só de pensar.

Então o sol estava ali, no meio do céu, e eu ainda não sabia que ele desapareceria quando mamãe veio me dar bom-dia.

Talvez tivesse jogado cartas a noite toda, porque estava vestida dos pés à cabeça e tinha um aspecto bastante abatido. Sentou-se no banco ao fundo da cama e eu me sentei ao lado dela. Torcia um par de luvas, de cabeça baixa. Depois começou a balbuciar, sinal de que devia estar inventando uma desculpa que ela não gostaria de inventar, já aprendi a entendê-la, e de fato, ao final, confessou-me que não tinha conseguido de modo nenhum arranjar a fita que me havia prometido. Fiz um gesto para dizer: paciência!, apesar de não conseguir falar porque meu coração tinha partido por dentro. Mas de repente bateu as mãos, seu rosto se iluminou e ela deu um pulo: rápido, à toalete, porque hoje é um dia realmente muito especial! Assim fiquei sabendo que o sol sumiria. Justamente no dia dos meus 8 anos. Não para sempre e não de todo, mas pela metade e durante poucos minutos, em torno das 12 horas, e por isso era preciso preparar-se a tempo de usufruir a surpresa daqueles poucos minutos.

Era a minha festa, por isso tive a permissão de bisbilhotar tudo à vontade. Nunca tinha visto tanta animação, nem mesmo durante as leituras em voz alta da senhora Gerbaud. Todos já sabiam do prodígio e se preparavam para ele, porque não se pode olhar diretamente o disco do sol quando se apaga, e por isso Cécile e as outras estavam providenciando grandes bacias de água onde o sol se espelharia e nós poderíamos espiá-lo enquanto escureceria como um tição cansado. É um grande privilégio viver numa casa cheia de cientistas que mantêm sob controle até o céu.

No entanto, na cozinha, ouvi as ajudantes de cozinha debochando, convencidas de que se tratava de uma fraude, porque quem seria capaz de conhecer antecipadamente o que o sol fará? E a velha duquesa se recusava a descer, resmungando e investindo contra certos saltimbancos que, em vez de irem para a missa, dizia, pretendem saber o que vai pela cabeça do bom Deus, quando não chegam a propor que adoremos a natureza, como nas florestas da América. Lobos! Lobos que se divertem devorando almas.

Mas ninguém dava ouvidos aos resmungos dela, e guardas, camareiras, criados e damas iam para lá e para cá, mais excitados do que eu, transportando bacias e seguindo as orientações de um homenzinho de mãos amarelas como um limão enrugado, que eu considerava insignificante, e no entanto parece conhecer cada segredo do sol e a trajetória das estrelas.

A senhora De Gouges também estava com o rosto afogueado de tanta excitação. Agarrei-me a ela, ajudando-a a despejar água na bacia. A senhora De Gouges é extraordinária. Não tem duas línguas como todos os adultos, inclusive mamãe, e esse é infelizmente o defeito dela. Ela, não, tem uma língua só e fala do mesmo modo com adultos, crianças e criados. Por isso resolvi ajudá-la, porque estava contente de ver seus olhos alegres de novo, sem aquele monte de rugas que vem crescendo entre as sobrancelhas deles, coisa que me deixa muito triste. Cresce dia a dia e aos poucos vai se adensando, como se um exército de pensamentos tristes e feios se concentrasse em grumos na testa. E quanto mais cresce, mais o humor dela muda. Até as resposta que dá, sem ser rudes, tornam-se bruscas, e nem mesmo seu cavalheiro, o senhor Frazé, não tem sucesso com ela, esforçando-se inutilmente para arrancar-lhe um favor, uma atenção. Em suma, com essas rugas na testa, ela se torna igual a todos os outros, que estão infelizes porque odeiam este lugar.

No entanto, no início, o lugar lhe agradava quase tanto quanto a mim, sobretudo o jardim. Respirava profundamente, dava passadas largas e me contava belíssimas histórias de viagens à Lapônia ou à África dos negros. E, quando o senhor Frazé se juntava a nós, ela não parava para conversar com ele e me deixava de lado, como teria feito qualquer senhora, mas continuava suas histórias até que elas chegassem ao fim.

Portanto eu estava feliz por, pelo menos no dia do meu aniversário, ela ter voltado a ser como antes, com aquele sorriso no canto da boca que é melhor do que um abraço, e não me importava se continuava com um ar distraído, um pouco ausente. De qualquer modo, eu estava grudada nela porque queria ver em sua companhia o momento em que o sol iria se apagar na água. Mas depois aconteceu que chegaram os filhos do diretor e se colocaram, de sentinela, diante das bacias. Na frente dos sete aquele compridão, o mais velho, com suas intermináveis manchas de catarro nos pulsos. Então me afasto e, enquanto me distancio, vejo Jupin se retirando bem quietinho em direção ao depósito de lenha, e assim, sem me dar conta, vou atrás dele.

O depósito de lenha é um lugar que me agrada muito, talvez mais até do que o jardim. A poeira que emana dos troncos tem cheiro de fumaça e me dá comichões no nariz. Entre uma pilha e outra correm estranhos animaizinhos da cor das folhas secas e calangos pintados de verde, que param farejando o ar e desaparecem num raio. Acho que Cécile também gosta daqui, porque ela vem sempre conversar com o filho, e toda vez eu percebo sua presença por causa do rastro de fedor que ela deixa.

O contrário de Jupin, que tem um cheiro bom.

Então entramos lá dentro e ele tira fora cartõezinhos com imagens desenhadas do senhor Capeto e de Carlos IX. Presente do pai, não por devoção, mas, ao contrário, para que ele os jogue no chão, pise e cuspa sobre essas detestáveis e odiosas caras de tirano. Uma brincadeira divertida, mas mamãe não deve saber que eu brinco também. E assim pisoteamos com gosto aquelas caras gordas e depois nos escondemos atrás de uma pirâmide de gravetos empilhados.

O espaço é apertado e mal cabem dois, mas nós nos esprememos ali e eu respiro com força o cheiro dele, que lembra o da madeira. Por uma fresta observamos o sol, que agora envia uma luz desbotada. Jupin raspa meu tornozelo com o ferro de seus sapatos duros, e eu lhe respondo com uma mordidinha no pescoço. O gosto dele também é bom, de terra fértil, e, entre as orelhas e o cabelo, de grama áspera. Ele se livra, rindo com a mão na boca para que ninguém ouça. Dou-lhe outra mordida e lambo os lábios. Da fresta entra uma luz fraca. Deixo escapar um grito: ele está indo embora, está indo embora de verdade!

Arregalamos os olhos para não perdermos o espetáculo do sol que lentamente é devorado por uma sombra leve mas profunda, fantástica, cheia de movimentos e de formas, e também as minhas mãos, sim, eu as vejo despontar daquela sombra e se mover para tirar sons do teclado do cravinho. Oh, que pena, que nostalgia!

Esfrego o nariz no ombro de Jupin e, bem baixinho, para que não nos descubram, começo a cantar em seu ouvido uma canção atrás da outra. Dentro da fresta o sol se transforma numa pupila enorme, metade escura e metade incendiada como o olho do diabo, e eu canto todas as canções que mamãe me ensinou e as que os amigos de papai me faziam cantar no salão de jogos, entre uma partida e outra. E, enquanto canto, da lenha sobe um frio úmido e a luz se faz tênue como uma teia de aranha, e à medida que os fios dessa teia caem ao redor, sobre os cepos, as pás, sobre a terra escura que ficou colada à lâmina de uma enxada, cada coisa perde a cor e se torna melancólica.

Depois, lentamente, as cores retornam e o sol reaparece belo e grande, como sempre, mas eu vou me lembrar, ah, vou me lembrar em cada detalhe do seu presente de aniversário para mim!

O céu e a casa, tudo estava calmo de novo, quando o pai de Jupin nos trouxe uma bela notícia: mamãe obteve o perdão e seremos livres de novo. A carta oficial ainda não chegou, mas chegará rápido, rapidíssimo.

Mamãe chorou e me abraçou. Nunca tinha feito uma cena tão lacrimosa. Que alívio, dizia, minha pobre Thérèse, olho para você e experimento a mesma sensação incrível de leveza que senti no seu nascimento, como se me tornasse mãe pela segunda vez, minha menina. Eu me deixava abraçar, mas estava toda rígida e nem ousava mover um dedo de tanto constrangimento. Ela nunca me falara daquele modo, mas por suas lágrimas entendi que ela gosta de mim de verdade e que se preocupava muito por mim, e agora, de repente, também fiquei preocupada, em vez de participar da felicidade dela.

Mamãe estava radiante. Acabou, exultava, daqui a pouco tudo isto — e agitava a mão no ar — fará parte do passado. Mas eu estava com um nó na garganta e engolia seco quando sentia em meu rosto seus cílios úmidos. Ela recomeçava a me abraçar e a acarinhar, e me voltavam à memória os olhos de Jupin, brilhantes como laca chinesa, quando lhe mordi o pescoço. Vamos embora daqui, repetia mamãe, vamos embora e tudo isso será apenas uma lembrança ruim, e eu abaixava o queixo, pensava em Jupin, que continuaria brincando no depósito de lenha, e me perguntava: é este o "passado" a que mamãe se refere, este aperto no coração, tão parecido com a dor que senti quando o sol se encobriu e a sombra entrou pela fresta do nosso esconderijo?

Cécile tremia as pálpebras de emoção, parecia participar também. A carta de perdão, não parava de exclamar, erguendo as palmas das mãos para o alto. Mas aproveitou a ocasião para dizer que, quando não precisarmos mais dela, vai contentar o filho e procurará outra ocupação, porque o trabalho de camareira é de fato um ofício do *ancien régime*. Mamãe se refez imediatamente e lhe perguntou com secura se achava que fosse justo contratar uma criada ao acaso, segundo as necessidades. Uma moda desagradável e imoral.

Nesse meio tempo, o pai de Jupin não dava mostras de se despedir. Até que mamãe, suspirando, decidiu vasculhar uma gaveta e retirar um cheque, que lhe pôs nas mãos, agradecendo-lhe pelo incômodo. O cheque era de tamanho pequeno e os espaços brancos estavam cheios de rabiscos e escritas. Ele o pegou e resmungou que não entendia essa mania dos franceses de sujar o dinheiro de papel, e quis que mamãe lhe lesse o que estava escrito ali, porque nunca se sabe, não queria problemas.

Mamãe pegou de novo o cheque e leu: por que lamentar o ouro do momento, já que se pode dispensá-lo? Muito patriótica. Mas o pai de Jupin coçou a ponta do nariz e replicou: pelo menos o ouro não pode se sujar com essas besteiras que se escrevem.

Olympe

Qué val viure ses amor...

Uma voz de mulher canta na língua de minha juventude. O vento atiça cintilas, insuflando entre os ramos das oliveiras um sopro cálido e potente.

Acordo em sobressalto com o calor inesperado de um braço que me envolve a cintura. Preciso de um longo minuto para recordar onde estou e com quem e por que no travesseiro há um cheiro cítrico de sabão de barbear misturado àquele mais suave de minha maquiagem.

O braço de Claude me retém, impede que eu me movimente nesta caminha estreita que emana um vago odor de mofo. Será que ele sempre dormiu em camas assim tão espartanas? Observo-o com ternura.

Essas lindas mãos, que curam e acariciam, que sabem curar acariciando.

Reviro-me em seu abraço. O rapaz sorri no sono. Também sorrio intimamente: o costume se inverteu, não são mais os homens que em roupas de tafetá vão visitar os aposentos das senhoras.

Seus cabelos fazem cócegas em meu rosto. Curtos. Densos. Um pêlo de gato. Abrem-se dóceis sob o escorrer das minhas mãos e voltam a cerrar-se assim que os deixo. Uma sensação que é uma ilha de tranqüilidade.

Qué val viure ses amor...

Qué val... mas a pausa terminou. Meus ombros nus estão gelados. Meu corpo já escapou, deslizando para fora do abraço. Os cabelos dele no travesseiro, o longo arco da coluna que se perde debaixo do lençol, não têm mais a força para entreter o meu olhar.

Com o pensamento estou na rue de Harlay. Vejo meu escritório com as janelas abertas ao céu de Paris, a almofada verde de madame de Sévigné, o escritório já vazio dos meus objetos e das minhas palavras. Um mundo que não é mais meu. Que vive atrás do meu horizonte. Então retorno a este cárcere que simula normalidade, a estes dias que me presentearam uma delícia inesperada, um puro fluxo de vida.

Entretanto não serão estes dias que escorrem sem reter nada que me salvarão da inexistência. Dias esponjosos, que filtram meus pensamentos, os absorvem, os esvaziam do seu sumo. Onde está a concordância entre o que sou e o que digo, entre o que digo e o que faço? Vivo em um limbo. Que me parecerá mais próximo do inferno do que do paraíso, se nesse meio tempo eu tivesse que perder minha presunção. Isso que, diante de uma realidade despojada como uma montanha alpina, me faz pensar que possuo uma força capaz de movê-la e revolvê-la para encontrar, por baixo dela, a raiz dos sonhos.

O quarto está em desordem. Percebo isso de repente. Aquela típica desordem masculina que nem mesmo um batalhão de camareiros poderia eliminar totalmente. O pente e a escova fora dos estojos e, sobre a mesma mesinha, uma lâmina com cabo de nogueira, aberta pela metade e jogada com displicência num prato de latão, um belo recipiente largo, embranquecido nas bordas por espessas listras de espuma de barbear.

E aqui estou em terra estrangeira.

Levanto. Visto a roupa com cuidado para não fazer barulho. Mas o rapaz está perdido dentro do sono invencível dos jovens.

As meias, a jarreteira, o corpete que não consigo fechar, os laços que pendem atrás e me fazem cócegas nas costas. Tenho pressa de sair, de escapar deste lugar saturado de cheiros familiares e estranhos ao mesmo tempo.

Qué val viure...

Deslizo silenciosa por corredores vazios. A casa-prisão ainda está dormindo. O cão do vigia veio até mim e se pôs em meus calcanhares, grunhindo com cumplicidade e lambendo minhas mãos. Devastação!, o repreendo com um sussurro, é assim que você faz a guarda?

Das janelas que se abrem em seqüência, uma após a outra, entrevejo o alvorecer que brilha nas pontas agudas dos cacos em cima do muro. Ali está o limite de minha vida presente. Uma linha impalpável, que engana os olhos. Ágeis espinhas de luz que toda noite, ao pôr-do-sol, se transformam num estreito anel de fogo.

A História virá desencavá-la de qualquer jeito, me digo, passando rasante pelas janelas. Ela virá desencavá-la, se não, será você que fará a História.

Outubro de 1793

Hyacinthe

... meu amigo, meu amigo, quanta falta sinto de você! Como queria que estivesse aqui ao meu lado, e não num distante quartel-general, esperando sozinho e sem o conforto de sua Hyacinthe que alguém decida reintegrá-lo mais uma vez ou mantê-lo numa injusta e absurda suspensão. Se pelo menos eu pudesse escrever-lhe livremente! A censura afasta a minha vida da sua. Priva-nos do impulso espontâneo das palavras. Que maneira odiosa de dividir duas pessoas! Mais dura de suportar do que as infindáveis léguas que separam a minha cama do acampamento do seu general, plantado lá longe, em algum lugar às margens do Reno.

Essa ausência prolongada e o destino de sua mãe me esmagam o coração como pesos de quinhentas libras.

Estou mudada, meu amigo. De manhã, durante a toalete, apoio o cotovelo no mármore e interrogo a estranha que vejo do outro lado do espelho: agradará a Pierre? Ele vai gostar desta mulher com olheiras severas sob os olhos, tão diferente da menina de Tours, assustada mas sorridente?

Lá fora o outono se agita entre as folhas e o céu se escurece. Na poltrona em frente à lareira, com um marcador entre as páginas, repousa o volume que reúne os primeiros escritos patrióticos de sua mãe, aquele impresso em 90.

Sim, abri o baú onde eu tinha guardado todos os papéis e livros dela e comecei a lê-los sistematicamente. Ler faz a noite passar depressa, e a minha mente já não vagueia perdida, mas se enche de idéias, de imagens, de fantasias que abraçam minha alma com um calor diverso, mas não menos intenso, daquele com que o seu corpo abraça o meu.

Mas depois a manhã chega e com a manhã vêm os deveres do dia, e então me sento para a toalete, olho aquela estranha que na profundidade do espelho passa cansadamente o bálsamo branco nas maçãs do rosto e me pergunto se lhe agradará ou se lhe causará o mesmo efeito que causa em mim, aqui, em Paris.

Porque Paris também mudou. Corre, corre como sempre, é uma cidade que vive correndo, mas não se sabe mais para onde.

Num momento as ruas são um rio transbordante, os balcões sobre os bulevares estão apinhados de espectadores, passeatas, barulho, rapazotes com o barrete frígio lançando petardos entre as pernas dos burgueses, e no momento seguinte tudo desapareceu e não restou senão o grande vento sudoeste atormentando alamedas, lampiões e janelas. Nesta Paris que muda rapidamente, é difícil distinguir a festa da ameaça: a esta altura ambas seguem juntas, avançam lado a lado como as carroças que levam as senhoras ao teatro e as carretas que arrastam para a sepultura os clientes de Sanson, o carrasco travestido de cavalheiro.

Se Roma teve um Nero, meu amigo, Paris tem milhares.

E uma suscetibilidade contagiante serpenteia por toda parte, incendeia por um nada. Virou moda o duelo à inglesa, com pistola. Uma palavra um pouco mais áspera, um equívoco, um gesto ambíguo, e até os deputados que um instante atrás criticavam o duelo como "um resíduo do feudalismo" e atacavam os combatentes com o nome infame de "gladiadores", até eles marcam encontros no Bois de Boulogne.

Como se a guerra e a guilhotina não fossem suficientes.

Mortes demais, Pierre.

Guardo na memória uma frase de sua mãe, uma daquelas que pesquei no baú: *...bastaria eliminar os perigos do dia — a injustiça, a fome — para prevenir os perigos da noite...*

Aí está: a Revolução não conseguiu eliminar os perigos do dia e por isso aumentaram os delitos da noite. Se há quem grite "viva a Nação", há também os que não têm mais fôlego.

Poucas horas atrás, quando a viúva Capeto, que ainda no ano passado era rainha da França, desceu da carreta como uma cidadã qualquer para ser decapitada na praça da Revolução, nem todos tiveram a força de gritar "viva a República".

Mignonne me contou.

Ela tinha ido encontrar os parentes e buscar notícias do irmão, alistado em agosto, enviado às pressas para o assédio de Dunkerque e desaparecido naquele inferno. Assim, quando já estava voltando para casa, foi bloqueada pela multidão. Ela viu tudo.

Já eu não saí de casa nem vou sair. Não conseguiria suportar nesta noite o espetáculo do carro que atravessa, com a sua carga mortuária, as ruas da minha cidade.

— E não se vê o fim do túnel...

Meu pai está sentado ao lado do fogo, com um charuto apagado entre os lábios, girando entre os dedos a bengala de cana-da-índia. A corrente de ouro e o cordão de seda dos dois relógios amenizam a rigidez do seu colete de lã.

Colete pesado, peruca, cana-da-índia: seu modo de se vestir não mudou um milímetro, e sua figura familiar, sempre igual a si mesma, traz para dentro do quarto um sopro de tempos normais. Porém, vez ou outra, enquanto fala, noto que ele perde o fio da meada e o sopro de normalidade cessa, se interrompe. Não é a memória que lhe falta: meu pai está doente, tem uma doença que lhe incha os pulsos e os tornozelos, que torna cada movimento doloroso, mas deixa o pensamento lúcido. Portanto, se às vezes ele fala aos saltos, sem um rigor lógico, é apenas por causa do cansaço.

O seu presente é um trabalho ingrato. A polícia controla os documentos com uma perfídia inusitada, faz inspeções de surpresa, não tem consideração nem com proprietários nem com inquilinos. Além disso, os estrangeiros, que pagavam bem, desapareceram tangidos pela guerra e pelas leis sobre os suspeitos. Por todos os lados se vê o triste panorama de casas à venda, casas desalojadas, cartazes nos balcões e nas persianas fechadas.

Meu pai é um homem iluminado, mas nem todas as suas luzes bastam para que ele aplauda, por pura filosofia, as mudanças que só beneficiam os outros — e ele certamente não ganhou nada com a Revolução.

— Não se vê o fim do túnel — repete pela terceira ou quarta vez, deslocando o charuto da Martinica para o outro canto da boca.

Essa conversa noturna se tornou um hábito em casa. Esse solilóquio, melhor dizendo. Nosso encontro cotidiano desde que Pierre partiu para o front.

Toda noite, por volta desta hora, ouço o seu bastão que bate nos degraus de pedra, pára, torna a bater; golpes cansados, velhos, desiludidos, e cada golpe ressoa no meu peito.

Quase não se sustenta nesses pés com gota, mas mesmo assim todo dia ele os enfia com força dentro de sapatos brilhando a cera e vai supervisionar seus negócios, as casas, os inquilinos. Despacha as incumbências pessoalmente e, ao voltar para casa, passa para verificar se seus netos — netos homens, sangue do seu sangue — estão bem, se a lareira está acesa, se não falta leite para o dia seguinte.

Acho que Jean-Hélie e Anacharsis ocuparam no coração dele o lugar do meu único irmão, morto antes de eu nascer, cujos retratos em miniatura, espalhados em todos os cantos da casa e pintados até na tampa da tabaqueira, foram a obsessão da minha infância.

Meu pai se sente sozinho. Por isso vem supervisionar nossa vida e repousar na poltrona diante da lareira. Gira o bastão entre os nós dos dedos cobertos de uma pelugem branca e fala, fala... Com quem mais poderia falar senão comigo? Não há mais ninguém em Paris que se possa chamar de "amigo"; e com minha mãe, sobre o que ele poderia falar além das despesas domésticas e dos criados?

— É inútil assustá-la.

E, para não assustá-la, ele se apresenta aqui e faz, como nunca fizera antes, suas meditações sobre a guerra que parece não ter fim e sobre o governo, dominado por certos tribunos que parecem querer reinar sobre uma pirâmide de cadáveres. Os mesmos raciocínios, suponho, que ele teria feito com meu irmão, se fosse vivo: a guerra e o tráfico de armas que enriquece mercadores sem escrúpulos e as batalhas internas e os méritos e os defeitos da nova Constituição...

Que já era um arremedo de Constituição, resmunga, tirando e recolocando o charuto entre os dentes, escrita na mesa do Méot — grande restaurante, nada a objetar —, entre um copo de Chablis e uma língua de boi à moda da Mogúncia, preparada e discutida em 15 dias, a maioria dos artigos sem passar por um debate na Convenção... e agora chega Saint-Just e nos explica que, depois de tê-la aprovado em junho, não se pode aplicá-la.

Se fosse aplicada — e com o bastão dá um golpe seco no assoalho —, o governo não poderia mais usar a violência para reprimir os atentados contra a liberdade. E, sendo assim, é para garantir a liberdade que o governo proclama o dever de continuar necessariamente revolucionário — o que significa, em outros termos, que quer manter as mãos livres. Até a paz.

— A paz, como se fosse questão de dias.

Mignonne entra para reavivar o fogo, e meu pai se cala: não há criado, segundo ele, que não esteja a serviço de alguma facção. Por isso espera que Mignonne volte para a cozinha e, enquanto isso, continua em silêncio com os seus movimentos, o olhar fincado dentro das órbitas profundas.

Eu também me calo e retorço a borda do xale, porque esta noite não é como todas as outras.

O fogo na lareira é intenso, graças ao meu pai. Graças a ele meus joelhos estão aquecidos. Mas minhas costas estão frias, minhas mãos estão contraídas no colo, e só tenho uma idéia em mente: como interrompê-lo, como arrancá-lo de seu solilóquio e pedir-lhe ajuda.

Preciso da ajuda dele.

Pierre está no front, Reynard, em algum lugar perdido no interior; quem poderia me dar apoio senão meu pai? Entretanto hesito, o tempo vai passando, e não encontro nunca o momento, a ocasião, e lamento que, em minha nova vida, eu ainda tenha de recorrer a ele, agarrar-me a essas velhas mãos que viram e reviram a cana-da-índia. Mas preciso fazê-lo, mesmo que não quisesse.

Depois do relógio, Justine levou ao Monte de Pietà as últimas jóias de Olympe: um alfinete, um camafeu e dois brilhantes. Não temos mais nada. Devo dizer isso a ele.

Espero que Mignonne saia e lhe digo.

Esta é a situação, meu pai.

Deixe que lhe explique.

Justine conseguiu 423 francos com as jóias. Depois disso, acabou tudo: papel-moeda, moeda, ouro, dinheiro de qualquer espécie — Olympe não tem mais nada.

Talvez Lescourbiac lhe desse crédito por alguns meses, em nome da amizade com Reynard, mas ele só é o diretor; e a proprietária, a cidadã Mahaye, essa não dá crédito nem por dez minutos.

Dinheiro não há mais, mas se Olympe sair da casa de tratamento para a Petite-Force, a Abbaye ou qualquer outra prisão, mais cedo ou mais tarde com certeza a veremos subir na carreta de Sanson.

Meu pai mexe os lábios e o charuto, ruminando minhas palavras. Após digeri-las bem, empurra de lado a peruca com a empunhadura do bastão, massageia a testa e diz pacatamente, em tom afirmativo: não é só o dinheiro que preocupa você. Eu me surpreendo porque pensei que tivesse sido discreta, ocultando o meu temor num cantinho esquecido, como um trapo debaixo de uma despensa. Mas o longo olhar dele o desencavou, fazendo-me inclinar a cabeça e confessar:

— Não. — Não é só o dinheiro. É a atitude de Olympe, pronta mais uma vez para lançar-se a campo, frustrando as expectativas de Pierre e minhas, mais uma vez propensa a fazer ouvir sua voz, em vez de respeitar as regras da prudência.

— Não está errada — aprova meu pai, e eu me espanto pela segunda vez. — Pagar a mensalidade à cidadã Mahaye não significa assegurar uma imunidade. — Por quanto tempo ainda poderão "esquecê-la" numa casa de tratamento? Seis meses, um ano, dois?

— Até a paz? — e esboça um trejeito sarcástico.

Tanto melhor combater, quando se tem o temperamento dessa senhora.

Eu esperava tudo, menos essa dureza. Contenho-me para não deixar vazar um jorro de lágrimas que sinto perigosamente próximo. Mas ele ajeita a peruca sobre a cabeça, prende os grandes cachos que dançam sobre suas orelhas e continua:

– Além disso...

Além disso, há muitas maneiras de se livrar de um prisioneiro incômodo. Exibir no cadafalso de Sanson uma mulher famosa por suas batalhas patrióticas pode não ser oportuno. Por isso, primeiro se permite que ela seja transferida e em seguida, quando não houvesse mais rastros... haveria mais suspiros de alívio do que imprecações.

Enfim, só há uma solução, conveniente para ambas as partes: desaparecer.

— Não é impossível sumir da casa do doutor Lescourbiac, pelo que sei.

Minhas lágrimas recuam rapidamente.

Desaparecer, salvar a vida... E não só, reflito com aprovação, concatenando os fatos em voz alta: sem ela, o processo não pode seguir adiante, sem processo não pode haver condenação e sem condenação o terreno Figuier não pode ser confiscado e posto à venda como propriedade da nação.

Aí está um argumento ao qual meu pai é muito sensível. Não por cupidez ou interesse, mas porque perder uma casa, para ele, é uma desgraça tão grande quanto perder a vida, se não pior.

Sei como raciocina: salvar Olympe e ao mesmo tempo o terreno Figuier é um bom investimento, ainda que ele não ganhe nada com isso, ao contrário, perde e se arrisca sem proveito próprio.

— Ah — sorri apreciando minha argumentação –, se você fosse um homem, eu poderia deixar o trabalho e me aposentar!

— Se eu fosse um homem, a esta hora estaria longe, na guerra, como Pierre.

Justine

E quem mais poderia ir lá senão a velha Justine?

Eu, eu vou pegá-la. Não era nem preciso pedir. Excluíram-me até demais. E eu, durante todo esse tempo, nunca disse nada por respeito, não protestei nem quando a senhorinha meteu na cabeça que iria sozinha, sem nenhum criado ou camareira que a acompanhasse, até a casa-prisão do doutor Lescourbiac, plantando-me aqui de braços cruzados.

Ora!

Mas... mas não posso me lamentar: não falhou um dia! Partia com a cesta que eu lhe preparava — a roupa branca, um jornal — e com o xale de Mignonne sobre a cabeça, como se fosse uma capa mágica, o capuz que torna as senhoras invisíveis e as subtrai aos ataques dos salteadores, que nas ruas perambulam em grande variedade.

A cesta, o xale, e ia embora sozinha. Deve ter suas boas razões, eu me dizia, para não querer compartilhar esses encontros nem mesmo comigo. No final me resignei.

Mas quem a levou embora daquele lugar horrível fui eu, sem dúvida!

Desço as escadas e percebo que estou movendo as ancas com desenvoltura, como se tivessem esquecido a rigidez. Cada degrau me rejuvenesce mais de um ano de preocupações e chego lá embaixo com o passo ágil de quando servia de mensageira entre minha Babichette e o senhor Jacques, às escondidas, porque Montauban não é Paris, e uma viúva, lá, é realmente uma viúva.

Abro o portão pesado lutando contra o vento.

Um landô me espera com a capota coberta, para proteger do frio, verde como a viatura que conduziu Luís Capeto ao patíbulo. Uma cor que me irrita. Mas não tenho alternativa: esta é a carroça, este é o cocheiro, muito discreto graças à gorjeta que a senhorinha meteu-lhe no bolso, e que ele sopesou sem dar na vista, com um movimento da perna.

Dinheiro do senhor Mabille, que Deus o proteja. Um homem intratável como poucos, mas que tem espírito e educação e, pelo que entendi, transportaria o oceano com um dedal por sua filha. Mas ela sempre dizendo que não e não ao pai, que gostaria de ajudá-la, pobre homem, mas ela não se deixa ajudar, proíbe-lhe de pagar os fornecedores e não aceita regalias ou dinheiro. Embora depois se queixe que uma vela chegue a custar 7 soldos — e ela, que é uma notívaga, consome muitas. Se neste caso ela aceitou a ajuda é porque não podia evitar. Para salvar Olympe. De resto, é uma mula orgulhosa.

Então subo na carroça, retiro o estribo e não abro a boca, nem sequer uma palavra, porque o cocheiro já recebeu suas instruções.

É domingo. As estradas estão lotadas e as lojas abertas, por causa da novidade do calendário revolucionário, que entrou em vigor no início de outubro. Desde então os dias não se contam mais como deus manda, nem o domingo se chama domingo e, não se chamando domingo, trabalhar é uma obrigação. Belo achado! Um dia livre a cada dez, e não a cada sete — quem pode estar contente? Salvo, é claro, os proprietários das manufaturas ou quem negocia com pedreiros e carpinteiros, como o senhor Mabille. Para ele todo feriado é um crime de lesa-sociedade, porque os operários, quando não trabalham, enchem a goela de vinho e enfraquecem os braços; no dia seguinte, só vão ao canteiro de obras para descansar. Mas e os lojistas? Pelo menos eles, que ganham muito com isso, deveriam estar contentes. No entanto estão de cara comprida e, quando a carroça passa rente aos muros, os vendedores de especiarias, com a toalha na cintura, surgem nas portas prontos para brigar.

Indiferente, o cocheiro faz o chicote estalar e, às duas em ponto, como nos recomendou a senhorinha, estamos em frente à cancela da casa-prisão do doutor Lescourbiac.

Um sol incerto treme nos flancos dos cavalos que sopram de cabeça baixa e sacodem a crina com ar de indulgência. Há outras carroças em visita, e nós paramos um pouco afastados, últimos da fila. Peço que o cocheiro desça a capota, para poder ver melhor e me fazer ver. Mas nos primeiros instantes vejo apenas as mancha de sol que vão e vêm, se expandindo e retraindo nas garupas brilhantes.

Passa algum tempo. Ou talvez somente uns minutos. Um gongo ressoa atrás dos muros, chamando os hóspedes de Lescourbiac para o almoço e solicitando aos visitantes que se encaminhem para a saída.

Alguns minutos mais e o seu vulto aparece em meio às árvores. Eu a acompanho enquanto ela caminha com a graça habitual e displicente em direção à cancela. Um capuz escuro, baixado sobre o rosto e sobre os ombros, esconde-a aos olhos do mundo, mas não aos meus: ah, minha Babichette, os meus olhos poderiam reconhecê-la até sob a lona de um saco de farinha.

Não está sozinha. Vem acompanhada por aquele jovem que, até julho, fora seu secretário. E pensar que eu reprovava suas solicitudes de jovem quando trabalhava para ela! O que eu podia pensar diante daqueles constantes rubores? Desconcertantes em um homem, por mais jovem que seja. Não me inspirava confiança. Mas que seja bem-vinda essa devoção, se ele conseguir salvar minha Babichette! O dinheiro quem deu foi o senhor Mabille, mas o resto fica por conta dele. Com todos os amigos importantes que minha Babichette tem, nos vimos reduzidas a agradecer a um simples secretário. Ora!

Está se vendo que as coisas só poderiam ser assim, no fim das contas foi ele que conseguiu para ela um salvo-conduto ao portador, ou seja, sem nome e sem firma de identificação, um salvo-conduto autêntico, carimbado pela administração da polícia, que permite entrar e sair da casa de Lescourbiac. E será mérito dele se amanhã, no registro dos detentos, ao lado do nome Olympe de Gouges aparecerá a indicação: transferida. Será mérito do rapaz, embora eu não conheça todos os detalhes, já que a senhora Hyacinthe não é como Olympe, que discute tudo comigo. Ela não. Vai para cá e para lá, faz isto e aquilo... aprendeu depressa a dar ordens, a senhorinha.

Mas hoje, se Deus quiser, cabe a mim a responsabilidade, e eu posso ver minha Babichette enquanto caminha como se fosse uma visitante convidada a sair pelo gongo.

Já chegou à guarita.

Um dinamarquês de cabeça grande e focinho amassado, pior do que o general Alexandre, fareja-lhe a saia com interesse.

É a sua vez.

O guarda ajeita o fuzil a tiracolo. Pega o salvo-conduto.

Vai pedir que levante o véu? Minha boca está seca, a garganta, árida, e a língua engrossa contra o palato. Ergo a mão e faço um rápido sinal da cruz, me dou conta do gesto e ponho as mãos no colo: não gostaria de ofender os sentimentos de algum cocheiro nas vizinhanças.

O guarda lê atentamente, confere linha por linha esfregando o indicador no papel. Procede com lentidão. E, quase para adequar-se à sua fleuma, o jovem Frazé abre a tabaqueira e lhe oferece uma pitada. O homem segura a caixa de prata, a revira de todos os lados, fecha e, com grande desenvoltura, a faz desaparecer no bolso. Voilà. Em seguida, com um gesto da mesma mão que devolve o salvo-conduto, indica a saída. Ela se vira para o jovem, hesita um segundo como se dissesse "é tudo?", e atravessa a cancela.

Está fora.

Já me viu e vem na minha direção.

Não tenho mais forças nos braços quando pego sua bolsa leve de viagem, escondida dentro das dobras do casaco, e a ajudo a subir.

A carroça parte. Meus lábios tremem, e balbucio: como você está, sente frio? Ponho-lhe um cobertor sobre as pernas. Olho e olho para ela, o brilho de seus olhos, a respiração que move o véu sobre sua boca. Que tormento! Que castigo não poder conversar livremente! Mas os cocheiros têm ouvidos apurados.

Então seguimos como se nada fosse, falando do frio e dos buracos da estrada e da refeição que nos espera.

Depois de um tempo, ela ergue o véu e descobre o rosto.

É uma imprudência, reprovo-a num sussurro. Mas ela se abandona no estofamento do espaldar, analisa as costas do cocheiro e não me dá ouvidos. Nunca leva a sério esta velha criada cheia de temores.

— Não se lamente — diz com voz alegre, abrigada no fundo da viatura. — Se fizermos bem as contas, você só tem 6 anos a mais do que eu.

Sacrossanta verdade, mas seus brincos bailam sobre as faces lisas como seixos de rio e tem modos de uma jovem mulher caprichosa quando se queixa: dois meses, Justine, dois meses que não tomo um banho completo.

Dobrou uma luva sobre o dorso da mão e se pôs a coçar justo ali, como se naquele trecho de pele branca se concentrasse todo o fastio de uma sujeira nunca inteiramente lavada.

É nesse ponto que se inclina para a frente e grita: pare nos banhos de Pont Royal! E assim o cocheiro, quando chegamos à ponte, puxa as rédeas e pára no local das carroças. Olympe desce de novo o capuz escuro sobre o rosto. Enquanto apóia o pé no estribo, digo-lhe com certa dureza: lembre-se de que não temos muito tempo a desperdiçar com bobagens!

O senhor Pierre tem razão. É uma maluca. Minha Babichette é uma maluca.

Às 3h, numa estrada mais distante, um sino dá o sinal; às 3h15, o vento gélido dobra o pescoço exausto dos cavalos, exalando o vapor dos excrementos que caem com um baque cansado.

Três e meia.

O cocheiro passa o tempo mastigando a ponta do chicote. Escondo as mãos sob o cobertor e tento não contar os toques do relógio.

A cavalariça está lotada. Dezenas de carroças estão paradas lado a lado. A cidade, bloqueada numa calmaria de gelo. Os carroceiros bocejam e olham os passantes que caminham apressados, com as mãos sob as golas dos capotes e as echarpes sobre os queixos.

De repente nosso cocheiro pára de mastigar o couro do chicote e, do alto de onde está, solta um arroto que soa impetuoso como um chamado. Toda a cavalariça desperta. Os cavalos raspam a terra com os cascos. Os cocheiros interrompem o cochilo e voltam a discutir entre uma carroça e outra e, entre tantas conversas, num piscar de olhos aonde é que chegamos? Aos segredos das finanças. De segredo em segredo, agora estamos dentro dos mais recônditos mistérios do governo e da economia e, com renovado rigor, eis que enveredamos nos arcanos das taxações, a fim de descobrirmos os truques da lei que tanto agrada aos nossos *sans-culottes*, porque atinge muito além dos lojistas e, atingindo além, fixa o valor de todas as coisas, desde as velas até o trigo.

— E, quando o preço for o mesmo em toda a França, veremos, ah, veremos se a lei do *maximum* funciona ou não.

— Quando o preço for igual em todos os lugares — atalha um tipo com meia alna* de papada sob o queixo –, os preços com certeza vão cair.

* Medida de comprimento da época, correspondente mais ou menos a um côvado ou três palmos. *(N. da A.)*

Mas nosso cocheiro se mostra cético: o comércio sempre encontrará meios de escapar.

Um terceiro se pendura de uma carroça presa a um único pangaré.

— Quatro francos e 10 soldos por uma libra de açúcar!; e daqui a uma semana pagaremos 5, jurou o vendedor à minha mulher — viva a República!

Mas o amigo de antes incha o papo:

— Robespierre disse: os homens do 14 de julho não se batem por qualquer ninharia!

Vê-se que o cidadão Robespierre não tem intimidade com vendedores — eu gostaria de contestá-lo —, mas este não é certamente o momento de puxar briga com os cocheiros.

Penso na senhorinha que espera a nossa chegada do outro lado da cidade, em um cômodo distante, onde devemos nos esconder por algum tempo, posto que sair de Paris é mais difícil do que escapar da casa do doutor Lescourbiac. Caso não nos veja lá, ficará transtornada e a encontraremos com o rosto desfeito e aquelas poças escuras sob os olhos, que a fazem parecer doente.

O frio é insuportável, alcança minhas orelhas até debaixo da coberta. O vento revolve uma poeira semelhante a vidro gelado, que arranha os tornozelos. Se eu continuar imóvel mais um pouco, na certa morrerei congelada.

Desço da carroça, atravesso a rua e me aproximo da orla do rio. As ribeiras estão negras, o Sena, cheio de águas e vazio de barcos, exceto por duas barcaças bojudas que se distanciam em fila, uma atrás da outra. Meus olhos seguem o rastro que corta a corrente.

Quantas vezes, em anos passados, esperamos o pôr-do-sol apoiando o braço neste parapeito! E em quantos domingos viemos pegar embarcação naquele cais lá embaixo...

Um batel bem pequeno nos levava até Bellevue, lugar delicioso para um passeio, se não fosse a fumaça de uma vidraria que se avistava a grande distância. Mas depois desembarcávamos e nos esquecíamos da fumaça. Andávamos até uma taberna rural, o senhor Jacques na frente, com a menina, e ela atrás, com Pierre, que se portava como um cavalheiro. O senhor Jacques era um pai e um amigo atencioso, disposto a casar com ela, minha Babichette. E ela, por que não casou? Ora. Para não perder a liberdade de escrever comédias. Ou de ler as gazetas bebendo café no bar da Revolução. Maluca. Sempre foi uma maluca.

Já são 5h, e lá longe o relógio continua batendo as horas, 5h15.

Meu Deus, o que vou dizer à senhorinha?

Sophie

Em certo sentido, este é o meu ateliê.

É aqui que pinto e ganho a vida, em um estabelecimento com água aquecida, sobre um batel nas vizinhanças de Pont Royal, que tem mais de vinte casas de banho com banheiras individuais, duplas e triplas. Um estabelecimento de elegância renomada, com duas entradas, uma para homens, outra para mulheres, muito aristocrático, refinado, não uma dessas barracas ao ar livre que infelizmente andam em voga, com as estruturas afundadas na lama do Sena.

— Vou ao ateliê — brinco com o meu marido ao sair de casa, e quero vê-lo sorrir enquanto lhe ajeito um grande travesseiro atrás das costas e puxo o cobertor de lã sobre seus pés. Ele sabe que para mim não se trata de um sacrifício, ao contrário. Não existe no mundo ofício mais belo do que a pintura, e eu aprendi tudo sozinha, com a prática.

Aliás, não havia outra possibilidade. Sem um pai ou um irmão pintor que pudessem me assumir numa oficina, tive que inventar uma escola por minha própria conta. David e todos os seus alunos não param de gritar "abaixo a Bastilha das academias", mas que me importa a Academia? A minha Bastilha tem muros bem mais altos, já que impedem as mulheres até de freqüentar os ateliês; e eu, que sou mulher, me contentaria com isso, pelo menos. Portanto essas picuinhas não me dizem respeito, quer se trate da Academia ou do Prêmio Nacional das Artes, conferido por jurados que pretendem, além das gratificações, distribuir sabedoria a mancheias: na verdade, uma palhaçada.

O talento do artista — parece ter dito o presidente do júri — está em seu coração, e não nas mãos; aquilo que a mão consegue aprender é pouco...

Pode até ser pouco, mas é esse pouco que faz brotar o talento e que lhe permite não definhar. Sem escola não se cresce: foi isso que aprendi à minha custa, desenvolvendo uma experiência à força de prática e de desejo.

E é em virtude desse desejo, e não só por necessidade, que agora me vejo na sala perfumada de incenso de um estabelecimento de banhos quentes, em busca de modelos e de clientes.

— Vai fazer o retrato dela?

Valérie voltou da cozinha. Apresenta-me a bandeja com a taça de jerez que lhe pedi e me pergunta, abaixando a voz num murmúrio cúmplice.

— Não pode nos ouvir — a tranqüilizo.

Com dois passos a desconhecida some na penumbra do longo corredor úmido para o qual dão os quartos de banho. Mas, antes que desaparecesse, consegui observá-la da cabeça aos pés. É impossível uma senhora como essa passar despercebida. Sobretudo quando se tem olhos de pintor, e eu graças a Deus tenho esta sorte.

Surgiu no vão da porta externa, que se abriu para o vazio luminoso da orla fluvial, e se fechou ali, no primeiro dos quatro degraus de madeira que levam ao salão. Não desceu, mas levantou os braços, liberando o rosto do capuz escuro que lhe esvoaçava ao redor, movido por uma brisa que entrara com ela, um vento de rua que deu amplitude aos seus gestos e me franqueou a harmonia espontânea de uma pose.

Quem é essa senhora que me está presenteando com uma entrada assim tão teatral?, me perguntei, enquanto a observava com atenção, e exclamei: é a Razão! A estatura, o porte e, no rosto descoberto, a doçura um tanto severa que a idade confere a certas mulheres... poderia realmente encarnar a Razão nas próximas festas de novembro. Não posso deixá-la escapar, e esse pensamento me dá uma agonia repentina, a ânsia de lançar-me ao trabalho, de sentir o granulado macio do carvão na ponta dos dedos.

Mas ela marchou direto para o vestiário, sem se virar. Temo que capturá-la não vai ser fácil.

— O retrato? — digo a Valérie. — Não sei.

Porém levanto um toldo e começo a estudar a luz.

* * *

Foi a primeira regra que aprendi quando comecei a exercitar a mão, muitos anos atrás, pintando folhas e flores para o Gabinete de História Natural: estudar a luz.

Trabalhávamos sob a direção do senhor Martinet, que, além de ser um grande estudioso, é também gravador e conhece todos os segredos das disciplinas pictóricas; por isso era muito exigente e nos pedia a alma.

Éramos tantas fazendo esse trabalho que os mestres desprezavam: ofício muito humilde, muito anônimo. Mas esse trabalho foi a minha escola.

Eu era a melhor. Adorava o claro-escuro das folhas, a gama das cores, e percorria todos os matizes, desde a borda até o coração das pétalas, e com a mesma perícia traçava os caules dos arbustos venenosos e as nervuras mais sutis das ervas medicinais. Não para me gabar, mas o que seriam as obras do senhor Martinet, o que seria de sua história natural sem a precisão dos meus desenhos e a fidelidade das minhas cores?

Parei de pintar quando me casei, e meu marido quis que eu o ajudasse na loja. Desdobrar tecidos sob os narizes de senhoras blasés... eu era tão infeliz! Apesar do meu amor por Bernard, minha vida estava se esvaziando. Depois de ter gerado todo um mundo de plantas e flores, depois da exaltação das primeiras pinturas, sentia-me de novo no meio do nada.

Bernard, que é um homem sensível, não demorou muito a compreender minha situação e perguntou: quer voltar para o senhor Martinet? Não, respondi. Quero tentar fazer retratos. E comecei a fazer pinturas para vender nas igrejas e nos conventos.

Vendi uma infinidade de camareiras como Valérie e de costureiras sob a forma de Nossa Senhora. Fazia ótimos negócios, antes que começassem a fabricar canhões com os sinos.

Depois tudo se precipitou.

Hoje igrejas e conventos vendem o que podem e não compram absolutamente nada. Quem poderia imaginar uma mudança tão rápida e drástica? Os clientes desapareceram da noite para o dia e em poucos meses me vi sem encomendas, justamente no momento em que mais precisava, porque a loja de Bernard foi saqueada e logo em seguida... ainda não tínhamos nos recuperado daquele primeiro susto quando ele caiu no chão como fulminado e não se levantou mais: as pernas pararam de funcionar. Uma desgraça atrás da outra.

Foi há cinco anos, mais ou menos, mas agora, falando, parece que foi ontem.

Paris ainda não tinha escolhido os deputados do terceiro estado, e lembro que as assembléias dos eleitores se reuniam todos os dias. Foi numa dessas assembléias que Réveillon, o fabricante de papéis de parede, disse: os operários podem muito bem viver com 15 soldos ao dia; eu pago 20 e os vejo andando por aí com belos relógios no bolso! Nem tinha acabado de falar quando sua fábrica foi tomada de assalto e saqueada e, como a multidão desconhece obstáculos, as lojas vizinhas tiveram a mesma sorte, inclusive a de meu marido.

Naquela ocasião todos viram Bertin, uma velha ambulante muito conhecida naquela área, passando bastões para os assaltantes.

Então havia Bertin, havia os donos das lojas saqueadas que reclamavam uma indenização da prefeitura, e havia o delegado geral de polícia que, em troca da indenização, queria um nome. E qual foi o nome que veio à tona por unanimidade de votos? O de Bertin, claro.

Bernard não estava gostando dessa história, mas se deixou convencer a contragosto e também indicou a velha. Ela foi pendurada na forca da porta Saint-Antoine, e meu marido, quando a viu balançar com os malandros que olhavam suas partes por baixo da saia, perdeu todo amor pela loja e pelos negócios. Como se não bastasse, nem sequer lhe pagaram a indenização, e assim a comédia terminou perfeita.

A loja destruída, Bernard paralisado, e eu sem encomendas... Sobrara-me uma tela grande, inacabada, que estava ficando especialmente boa. Representava o triunfo da Virgem ascendendo aos céus. Tive a idéia de retocá-la um pouco e de completá-la transformando-a em uma Filosofia de pés nus e cabelos soltos. Depois de adaptá-la assim, vendi o quadro para a nossa seção.

Prodígios do pincel.

Mas não sou a única que faz esses prodígios: em setembro, na coletiva anual do Louvre, descobri um Apolo adormecido que se parecia incrivelmente com um Cristo deposto.

Para ser sincera, o Salão deste ano não foi grande coisa. O ingresso estava mais caro que a média e não valia a despesa. Embora a Revolução pretenda apresentar-se como a décima Musa, não via as grandes novidades anunciadas no Louvre. David não mandou nada. Tinha prometido uma "Morte de Marat", que no fim das contas foi apresentada por Hauer. Mas Hauer deve pedir perdão por ter pintado o retrato de Corday...

O salão de escultura era pior ainda, cheio de gessos patrióticos: nestes tempos, quem pode comprar bustos e estátuas senão o governo? Mediocridade. Tanto as esculturas quanto os quadros. Um patriotismo sem nenhum talento.

Minha tela, em comparação, é realmente boa, e digo isso com conhecimento de causa: sei julgar os outros e me julgar. Pena que o comissário de nossa seção seja um cretino e não saiba apreciar uma pintura pelo que ela vale. Lançou um olhar distraído à minha Filosofia triunfante, passeou nas cores macias de suas carnes e, se no final a comprou, foi só por piedade, porque é amigo do meu marido e conhece toda a história.

A luz é caprichosa e inventa sombras entre as mesinhas de pernas sinuosas, entre as poltronas e os canapés, deslizando ao longo das ranhuras das colunas e dos capitéis pintados na madeira das paredes. Em grande parte, obras minhas. O acordo é muito conveniente: algumas decorações, alguns retoques na pintura, quando necessário, e em troca um lugar onde trabalhar e conseguir clientes.

Levanto um pouco mais o toldo: esta poderia ser a luz certa, talvez eu tenha achado o ponto.

Abro o bloco e ajeito as folhas de desenho à espera de que a bela senhora de passos longos saia da cabine de banho. Gostaria de retratá-la com sanguina. A desenvoltura do busto, o impulso do pé: um desenho de traços vermelhos e firmes para uma Razão flamejante no branco da folha. Mas infelizmente não estou com o pastel. Tenho de me contentar com o lápis ou o carvão. Suspiro e me limito a fazer um esboço de memória.

Atrás de mim, Valérie contempla o milagre da imagem que vai surgindo no papel.

Valérie é uma das minhas admiradoras. Prometi que, num dia desses, também farei o retrato dela. A gente se conhece faz muito tempo, ela ainda nem trabalhava nos banhos, era uma garotinha que morava com a mãe e o irmão num quartinho que ficava nos fundos do térreo onde eu também morava, e, para pagar o aluguel, vendia a cabeça aos aprendizes de cabeleireiro. Voltava com as orelhas despeladas, engraçada de se ver: descalça, mas com três libras de pó-de-arroz nos cabelos.

Sob meus pés o batel oscila imperceptivelmente. Dentro do copo, o fundo do jerez tem a mesma tonalidade âmbar dos olhos da senhora que, fechada na cabine, está tomando um banho demorado, longo, interminável: está lá dentro há uma hora, se não me engano. Não há outros clientes, o salão está vazio.

— Os negócios não vão nada bem, hein?

Valérie se preocupa.

— Custa muito caro. Deveriam baixar os preços, agora que os esnobes não estão esbanjando como na época dos tiranos. Veja os 'banhos chineses' de Turquin: água fria do Sena, ingresso econômico, e as pessoas se estapeando para entrar.

Na semana passada, a Guarda Nacional teve de intervir para restabelecer a ordem.

Com a ponta do dedo esfumo o contorno das faces.

— Dizem que banho frio fortalece a saúde...

— Mas a estação já acabou, se Deus quiser já estão desmontando. — Valérie fixa ao longe o olhar absorto:

— Já vi os primeiros batéis subindo o rio.

Também os vi. Iam lentamente hibernar com suas cargas de carpinteiros e funcionários dos banhos, recrutados nas Halles. Afastavam-se do cais e, seguindo no meio do rio, desapareciam rumo à ilha dos Cisnes ou do canal de Ourcq, de onde voltarão na primavera, repintados e lustrosos.

Valérie bate as mãos, satisfeita.

— De agora em diante as coisas vão melhorar por aqui.

De fato os estabelecimentos de água quente têm uma vantagem: não precisam fechar no inverno. Quanto a mim, são duplamente vantajosos: posso trabalhar não só em qualquer estação, mas também em qualquer dia da semana ou época, porque não há turnos para homens e mulheres como nos "banhos chineses" de Turquin. Aqui os senhores ocupam o lado direito do batel, as senhoras, o lado esquerdo, e a decência está salva.

— Vai vir mais gente.

— Tomara.

Mas não compartilho o otimismo dela. São poucos os que ficaram em Paris, gozando a água quente dos estabelecimentos.

— Amanhã, se não vier ninguém, começo o seu retrato

Um brilho de alegria ilumina seu rosto.

— Diga — e o brilho já se transformou numa luz adulta, suspeitosa. — É verdade que os pintores pagam as modelos que posam para eles?

— Sim, os pintores dos ateliês.

Uma esperteza infantil, uma tentativa canhestra de me extorquir algum dinheiro. Mas eu entendo: Valérie também tem suas desgraças. Eu tenho Bernard, ela tem a mãe, com uma doença que lhe corrói as mamas. Todo dia Valérie a veste, toda noite tira suas roupas, enxuga-lhe o suor, cuida dela.

Levou-a a um número impressionante de curandeiros e até a um médico, que lhe prescreveu mercúrio misturado a miolo de pão.

— Pago 20 soldos a ele, nem mais nem menos. E minha mãe, com todo esse gasto, não quer saber dele porque se envergonha. Por que se envergonhar, meu Deus? O problema é que esse é o remédio que se dá às meretrizes internadas na Salpêtrière, e ela se envergonha.

Apóio o lápis na mesinha e examino o corredor: vazio. A senhora se faz esperar.

— Você a conhece? — pergunto. E faço um gesto em direção aos banhos.

— Nunca vi. Mas parece que ela tinha o hábito de vir aqui, até pediu toalha aquecida — reflete Valérie, perplexa. — Talvez freqüentasse um estabelecimento mais elegante, fecharam vários neste ano.

E se vira junto comigo, examinando mais uma vez o corredor deserto.

Olympe

E agora esta água.

Agora até Justine vai se convencer de que sou louca. Ela me disse isso com os olhos quando desci da carroça. E seu pobre nariz, cada vez mais proeminente no rosto afilado, antes vermelho pelo vento frio e de repente branco, depois que o cocheiro puxou as rédeas e parou a viatura em Pont Royal.

É longa a lista de provas que se poderiam aduzir em favor da minha loucura.

Para começar, esta água que cheira a magnólia, escorre e brilha nas minhas pernas numa iridescência de gotas minúsculas.

Um prazer simples. E, apesar de sua simplicidade, um prazer de gente rica. Quanto invejei, tempos atrás, a banheira inglesa da senhora Dupas, com a torneira modelada em pescoço de cisne e o jato d'água sempre límpido, sempre renovado, graças à bomba a carvão e aos tubos dos irmãos Perier!

Um banho quente...

Para mim, neste momento, é muito mais que um prazer. Dentro da suave tepidez desta banheira, o nó que há dias tortura meus ombros pouco a pouco se dissolve, e eu me esqueço do frio, me esqueço do mundo e logo me esquecerei também do seu olhar, minha querida Justine.

Devo ser louca, porém o meu corpo é grato por esta suspensão que o refaz de todas as noites passadas sem o despir.

A melhor vestimenta é a nudez, como dizia o duque d'Orléans, e seu espírito cínico não se enganava: ah, sim, só a nudez nos faz reentrar no próprio corpo.

* * *

Uma hora, duas? Quanto tempo passou desde que deixei os braços de Claude e saí para a rua passando pelo posto de guarda?

Fazia meses que eu não pisava o calçamento de Paris e, ao primeiro passo, de repente, percebi o frio. Uma ponta de estilete que me entrou no cérebro, congelando os pensamentos que ficaram pendentes como estalactites. Retorcidos. Rígidos. Faziam-me resistência. Depois o longo muro da casa-prisão desapareceu atrás de nós e Justine murmurou no meu ouvido: você está livre.

Não, pensei, não estou livre: estou salva.

Uma palavra que não me dá o alívio que deveria.

Desde o início meus inimigos sabiam que eu gozaria de muitos privilégios na casa de Lescourbiac e que não seria difícil fugir de lá. Era bem claro... e eles permitiram. Por que tanta indulgência em relação a mim? Talvez pela esperança de me verem fazer o que de fato fiz? Provavelmente não desiludi suas expectativas quando escondi o rosto na obscuridade anônima de um véu e subi na carroça que me esperava junto à cancela. Para eles é muito conveniente evitar o escândalo do meu processo... Motivo pelo qual nunca me cansei de solicitar um ato oficial de acusação, um julgamento presidido por juízes e com um debate público.

Mas há uma espécie de vaidade no impulso de buscar a própria salvação ou condenação no julgamento de um tribunal; Hyacinthe está convencida disso e quer que eu me convença também. Quando a violência se torna lei, a pretensão de defender-se fazendo recurso à lei equivale a um suicídio.

E nesse caso só resta fugir...

E, ao fugir, cobrir-me de uma aparência de culpa.

Mas me salvar.

E deixar a França, ir embora, eu, que não parti nem quando todos os teatros de Londres se ofereciam para encenar minhas comédias.

Na época eu estava bastante orgulhosa do meu sucesso. E deixei escapar um pouco desse entusiasmo em conversas atrás dos bastidores, nos cafés, no salão da senhora Montesson. De fato deixei escapar algo: entre outras coisas, que para compor uma obra dramática não é necessário ter barba no queixo, como afirma aquele brilhante crítico teatral que escreve na *Crônica de Paris*.

Mas hoje ele é um homem livre e pode falar como um cidadão da França, ao passo que eu, como cidadã, só posso me calar.

Meu joelho rompe o véu d'água. Pontudo, frágil, a pele branca riscada pelo desenho da cicatriz que me ficou como uma lembrança da queda.

Um joelho marcado. Um corpo inerme, que busca em vão a sua coragem...

...mas afinal gritei ao cocheiro: para os banhos de Pont Royal!

O vapor que sobe da banheira se deposita sobre os pássaros pintados nas paredes, esmaecendo suas formas e transformando-os num vórtice de cores de onde afloram a intervalos pescoços sinuosos e longos bicos. Na sala vi de soslaio uma pintora com o bloco de esboços e o porta-lápis: devem ser obras suas. A mão é audaciosa. Não parece uma diletante.

Fecho os olhos e escuto o farfalhar tépido de cem asas, o giro distante de um universo em vôo, a música da água próxima.

Mais alguns minutos...

Sim, me dêem tempo e daqui a pouco terei força de novo para dizer em voz alta o que nunca deixei de sussurrar a mim mesma. Algo que já não poderia dizer se me escondesse nas sombras de um retiro doméstico, como queriam meus inimigos, testemunhando com meu silêncio a fraqueza do sexo a que pertenço.

Passou pouco mais de um ano desde o dia em que os parisienses acreditaram que poderiam livrar-se do medo e das traições massacrando os detentos nas prisões. Aquele sangue continua embriagando as consciências, e eu preciso dizer isso. Devo dizer que a Revolução não é como o terremoto de Lisboa, que não pode ser cega, posto que é feita por homens que pretendem agir em nome da justiça. E onde posso dizer essas coisas senão no auditório de um tribunal?

Perdoe-me, Justine.

Mas não há questão de perdão entre nós duas. O problema é Pierre, Hyacinthe...

Mas ele pode entender: de algum modo, sou como sua mestra. Podia acontecer-me algo mais belo do que ter uma discípula? Eu, que não tive preceptores nem na escola, exceto as ursulinas de Montauban. No entanto creio que minha palavra, a palavra de uma mulher que se instruiu por si, pode valer tanto quanto a dos mestres do nosso século.

Tenho imaginação suficiente para acreditar nisso.

Rousseau me ensinou que é a imaginação que transforma os seres naturais em seres humanos e, malgrado os sarcasmos dele, isso vale tanto para os homens quanto para todo o sexo feminino.

A imaginação nos torna humanas. E, tornando-nos humanas, presenteia-nos o desejo. Que é inimigo da razão. Que põe em desordem o mundo e o espírito. Mas bendita seja a desordem, se a razão não nos traz justiça.

Sophie

A ostentação saiu de moda em Paris. As mãos que trabalham a seu serviço não são mãos do povo, ao que me dizem. E se Paris, que é o cérebro e a cozinha do mundo, está dizendo...

Mas onde está a ostentação, me pergunto, neste estabelecimento que transforma a água fria, turva e perigosa do rio em banho quente, exalando essências? Nenhum patriota de boa fé poderia acusar o cidadão Royer, seu proprietário, diretor e contador, de exibição ostensiva de riqueza: não há um objeto na sala que não se harmonize com a conjuntura atual, e até as cadeiras etruscas são feitas em madeira de acaju, que entre as madeiras, sem dúvida, representa o terceiro estado. Não, aqui dentro não vejo luxo, mas um sóbrio e comedido bem-estar, que é a condição essencial da vida.

Vapores que relaxam, incensos que queimam, meus pássaros fantásticos que alçam vôo num céu que conhece apenas os tons claros do dia: existe lugar mais adequado para criar uma relação de intimidade?

As mulheres gostam de imergir e sonhar. Sentem-se tão agradecidas por esses sonhos tépidos e perfumados que até consentem em posar nuas para mim, enquanto saem das banheiras. E eu venho aqui para isso, pois se não onde mais poderia estudar algum nu para as minhas telas?

Não sou mais uma menina. Perdi aquela impetuosidade que me impelia, nos verões, a ir aos bebedouros ao longo do Sena onde esperava, escondida atrás de uma mureta ou de um barco, que algum despudorado descesse para tomar um banho ao natural, desafiando as ordens que proíbem o espetáculo de si nas margens do rio. Com o coração na garganta e o carvão em punho, espiava os rapazes que prendiam os cavalos em suas estacas e perscrutavam com cuidado a orla antes de tirarem cada peça de roupa. Rapidamente, muito rapidamente. Meu carvão perseguia frenético as juntas dos ossos, o relevo dos músculos, a articulação dos membros, e só sossegava quando ossos e músculos, nádegas e costas e cada pequena parte do corpo desaparecia numa arrepio dentro da correnteza amarelada.

Já no estabelecimento de banhos tudo é regular, minha presença é aceita com tranqüila naturalidade, e eu não tremo de ansiedade porque não preciso me esconder, e as mulheres se viram de bom grado para se fazerem retratar com os cabelos soltos sobre os ombros, parecendo ninfas ou bacantes.

Ninfas e bacantes podem ser encontradas em larga medida, mas uma mulher que possa personificar a Razão, com um ar pensativo e tão suavemente austero...

Meus dedos correm com entusiasmo sobre a folha.

Trabalho forçando a memória, tentando recriar a angulosidade das faces, o corte da boca.

Até que, finalmente, minha modelo desconhecida sai da cabine de banho.

Agora posso examiná-la à vontade enquanto ela, estendida sobre o divã, ordena um café.

Valérie vacila, primeiro num pé e depois no outro. Tenta esconder o embaraço.

— Mas como, a senhora não sabe, mas se toda Paris está em agitação por medo de perder até o café com leite da manhã!

O café moca desapareceu das vendas da capital. Não é culpa de ninguém. São os desastres nas colônias.

Talvez uma bavaresa?, sugere timidamente. Quem sabe adoçada com xarope de ervas e feita, bem... feita com uma boa infusão de chá em vez de chocolate, porque o chocolate também...

Tudo bem, se é o que há — conforma-se a desconhecida.

Os cabelos úmidos se encaracolam sobre a fronte que, de vez em quando, se contrai num breve espasmo entre as sobrancelhas repuxadas em um grumo de cansaço, contrariedade ou relutância.

Concentro-me nessa inquietude que nem sequer os vapores e as essências conseguiram acalmar. Estou tão envolvida que nem penso em pedir permissão, estendo uma folha em branco e recomeço um esboço. Seus olhos seguem com interesse o movimento do carvão. Em seguida: espere — me interrompe com elegância, mas com um fio de ameaça na voz.

— Lamento, mas não tenho dinheiro — desculpa-se de modo direto, sem nenhuma vergonha aparente por uma confissão que qualquer senhora tentaria evitar. — Não o suficiente, temo.

Talvez seja verdade, talvez não. Porém ela é afável, curiosa, não se furta à minha atenção. Os pés de dedos longos e magros ainda estão nus e despontam das dobras das vestes.

Continuo o meu esboço com traços velozes.

— Não importa. Incomoda-se se eu continuar? Talvez um dia, se quisesse um retrato...

— Posso ver?

— Por favor.

Seus pés me contornaram deixando marcas de água sobre o tapete. Quando se inclina para olhar sobre os meus ombros, espalha ao meu redor um intenso aroma de magnólia. Sobre o rosto, muito próximo ao meu, percebo um espanto. E também prazer, aprovação, elogio.

— Muito bem feito. Permitem-lhe exercitar-se em um ateliê?

— Não — rio. — Oh, não, sou uma discípula da natureza.

Que mestre se dignaria me aceitar em seu ateliê? As mulheres servem para desenhar as gravuras do senhor Martinet ou os papéis de parede do senhor Réveillon. Minhas mãos deveriam contentar-se em traçar caules e nervuras de folhas. Não que eu não goste...

— ...mas não lhe satisfaz.

Não me satisfaz, não. Por que deveria esconder-me sob o véu da modéstia? O orgulho pode ser um pecado, mas estou pronta a expiá-lo com todos os meus pecados, já que não tenho saída: gosto de pincéis sujos de óleo e de grandes palhetas, gosto de pintar em pé respirando cola, terebintina e verniz... E de esboçar colossos, ah, como eu gostaria de esboçar colossos de carne como aqueles de David! No entanto, veja onde estou. Impelida a conseguir modelos de qualquer jeito, à força, habituar-me ao furto, por assim dizer, como os pivetes que esbarram nos passantes para furtar à americana.

Ela balança a cabeça e volta com os pés descalços para o canapé. Cruza as longas pernas sob a saia numa pose desenvolta e não diz mais nada, mas dentro do seu silêncio percebo um núcleo candente de compreensão.

Valérie, com o bule na mão, esqueceu-se de pôr a bavaresa na taça de maiólica e ficou a nos olhar encantada, fixando ora uma, ora outra. Um filete líquido goteja do bule inclinado e se perde no tapete.

— Tenho a impressão de tê-la encontrado antes — escapa-me de repente, e a desconhecida recompõe as vestes sobre os joelhos e abaixa os pés nus sobre o pavimento, num alarme involuntário. Faço-me de tola: não vivemos numa época em que se possa pecar por indiscrição. Mas a essa altura é inútil recuar.

— É verdade, já nos vimos... no hotel d'Aligre, rue Saint-Honoré. No inverno passado. Exibiam a tela de um inglês, uma pequena composição...

— Tenho o olho adestrado do pintor — me justifico.

— E a senhora — o enevoado de sua voz se dissolveu e as pernas voltaram a se alongar com franca desenvoltura sobre o canapé –, a senhora ganha o suficiente com a pintura?

— Alguma coisa, sim.

De fato não posso me queixar, porque hoje até pintores e escultores da Academia se vêem constrangidos a desenhar para os tapeceiros.

— Em certo sentido, os tempos são favoráveis a mim — admito. — Ninguém se espanta por eu tentar ganhar dinheiro com o meu talento.

Especialmente depois da desgraça de Bernard. Mas essas não são confidências que se possam fazer na atmosfera ilusoriamente afável de um estabelecimento de banhos quentes.

O pêndulo na parede bate as 5h em ponto. A desconhecida se sobressalta, leva a mão à testa, ajeita um cacho de cabelo atrás da orelha e de repente se mostra apressada, desce do canapé e entra no vestiário deixando a porta semi-aberta. Enfia as pernas num par de meias de seda, põe os pés dentro de duas botinhas de ponta arredondada, dá uma meia-volta com a saia e desaparece. Sobre a mesinha, intacta, sua bavaresa.

Cécile

Meu Deus! Quando foi que aconteceu? Meu Deus, meu filho! Meu filho eleito para o Comitê de Vigilância Revolucionária! Se estou contente? Nem tenho palavras, Michel. Como posso expressar minha alegria? Orgulhosa, estou imensamente orgulhosa por ter gerado um filho que se tornou voz e braço do povo. Você sabe, eu lhe dediquei cada fibra do meu coração desde quando você ainda estava aqui, na minha barriga. Você sempre esteve acima de qualquer coisa, até de mim mesma, em cada momento da vida. Mas com essa notícia, Michel, você me recompensou como eu nunca poderia imaginar.

Mas... me explique melhor — a mim, que não entendo direito essas coisas —, o que esse cargo significa *concretamente*?

Responsabilidade, prestígio, de tudo isso eu me dou conta. Fui a primeira a incentivá-lo: vá em frente, dizia, quem sabe não o elegem para algum Comitê?

Mas na prática, cá entre nós, qual vai ser a recompensa por essa eleição? Dinheiro? E quanto? Três francos por dia! Quer dizer, meu Deus, quer dizer que você não precisa mais trabalhar no arsenal de Pont-au-Change. Conseguimos, Michel! Que grande notícia!

Agora estou realmente feliz, e minha patroa ficará também, porque sempre me pergunta de você, como tem passado, o que está fazendo, não se esquece nem um dia, com todas as preocupações que ela tem.

Meu filho, comissário! Ah, está vendo que fiz bem em insistir? Ouça sua mãe, meu filho, aprenda, aprenda a ler e a escrever! Eu parecia um verdugo, e no entanto...

Não?

Eu entendo.

O que você está dizendo é sensato, não questiono que o nosso governo precisa mais de militantes ousados do que de escrivães. Militantes devotados. Para depurar as seções, varrer os moderados, os sem fibra e os indiferentes, que são a ruína da pátria. E quem é mais devotado do que você? Assembléias, reuniões, passeatas e a marcha sobre a Convenção para pôr o Terror na ordem do dia. Sempre exausto, mas nunca recuou. Você é fiel e dedicado, do contrário não teria sido eleito para o Comitê de Vigilância, que é o olho da revolução. Mas saber ler e escrever, isso também conta. É uma bagagem que você pode levar para qualquer lugar. Um bem inestimável. Se não lhe serviu até agora, lhe servirá mais tarde, confie em sua mãe.

Aliás, eu também tenho uma novidade.

Escute, Michel.

Escute!

Garanto que desta vez há material suficiente para um excelente relatório, e você pode fazer uma bela figura diante do cidadão Fouquier-Tinville.

Foi ontem, no fim da tarde, por isso não pude avisar antes.

Não lembro exatamente o horário. Agora que repenso o episódio, o sol já tinha baixado atrás do carvalho, mas o reflexo do crepúsculo durava entre os galhos. Temos tido dias esplêndidos, muito frios, mas com uma luz que tarda a se apagar — já notou? Quase como se o tempo também estivesse confundido, coitado, com este novo calendário e se divertisse misturando as estações que se sucedem umas após as outras.

Sim, é verdade, já vou concluir, mas antes preciso explicar... Tenha paciência. E não estale os dedos, detesto esse seu hábito.

Onde eu estava? Ah, sim. Então, eu estava nas cozinhas e girava a manivela do moedor de café, bem atenta para não perder nem um grão, porque os mantimentos terminaram e temos dificuldade de renová-los, todos fazem os maiores esforços, até o senhor Lasnier já está tendo problemas.

O sol tinha se posto, mas o escuro ainda não se instalara, e as cozinhas, como você pode ver, dão para a alameda que leva à cancela e ao corpo externo da guarda. Assim, enquanto eu girava a manivela e ouvia o bom barulho dos grãos sendo triturados, com o rabo do olho notei um movimento estranho. Os visitantes já tinham ido embora havia um tempo, e nenhum som de gongo ressoara na portaria anunciando uma chegada imprevista. No entanto, na cancela havia uma carroça, um landô com a capota erguida, e o cocheiro cofiava os bigodes, em pé diante do corpo de guarda, e pela alameda se apressavam o diretor e seu ajudante, que é aquele jovem que magnetiza minha patroa.

Fiquei ali, moendo e triturando o café com o aparelho bem próximo do peito, continuando o meu trabalho enquanto a manivela girava macia e os grãos já estavam transformados num belo pó negro. Enquanto isso, seguia com o olhar as pernas esqueléticas de Lescourbiac nas meias brancas e me perguntava como, com aquela cintura fina e os ombros mirrados, ele tinha tido forças para procriar sete filhos.

Nesse meio tempo, ele chega à guarita e ordena alguma coisa aos guardas, provavelmente que abrissem a cancela, que de fato foi aberta. E, enquanto os batentes se abrem, uma senhora com véus apeia do landô. Ela desce sem ajuda e se vira para cumprimentar alguém que está escondido ali, debaixo da capota.

Nem lhe digo em que estado fiquei! Quem era? Era a senhora De Gouges. Não tenho dúvida por causa da altura. Era aquela figura alongada, descendo de uma carroça parada na rua que margeava a cancela. Ela, uma prisioneira.

A cena era das mais curiosas, lhe garanto. De um lado o diretor, que estava negociando com o cocheiro, como se fosse um serviçal qualquer; do outro, seu ajudante, que fazia o papel de cavalheiro e dava o braço à dama a fim de acompanhá-la para dentro. Entraram não pela portaria, mas pelo apartamento privado de Lescourbiac. Que afinal de contas facilita os complôs dos detentos, não importa quais sejam — o que você acha?

Não, ela não, não vi o seu rosto.

Tinha um véu que a cobria até os ombros, e àquela altura até as últimas luzes do crepúsculo se haviam dissipado entre os ramos do carvalho e o escuro começava a descer rapidamente, quase para recuperar o tempo perdido, adensando-se na moldura da janela. Como podia ver seu rosto? Mas o porte, a estatura, aquele modo inconfundível de se mover... Se lhe disse que a reconheci, deve acreditar em mim.

Muito bem, também pensei nisso. Quem já ouviu falar de um detento que sai e volta em carroças a seu bel-prazer? Que vai e vem como se tivesse saído para um passeio ou para tomar um pouco de ar fresco antes de ir para a cama?

Estou lhe dizendo, esse negócio é estranho. E o que nós sabemos das intrigas dessa mulher?

Como não basta? Mas se basta uma suspeita para meter as pessoas na cadeia, trancafiá-las e processá-las, por que esse fato não bastaria para redigir um bom relatório?

De qualquer modo, você decide, Michel. Deixo a você a tarefa de optar se vai ou não vai redigir o que eu vi; você está por dentro das coisas, quem melhor do que você para entender o que é conveniente ou não?

Além disso, não tenho nada contra a De Gouges. Se quer saber, ela me parece mais uma exaltada do que uma criminosa. Mas eu assumi um compromisso e, se lhe contei sobre a carroça em frente à cancela e a senhora com o véu cobrindo o rosto e a estranheza de toda essa história, enfim, se lhe falei das minhas suspeitas foi para honrar a missão que assumi perante o cidadão Fouquier-Tinville, e também por um desejo de justiça.

Sim, Michel, de justiça.

Quero dizer que não acho nada justo que a De Gouges possa entrar e sair desta casa como se fosse uma visitante, e enquanto isso minha patroa não tem direito nem de ir buscar sua carta de perdão.

Está completamente acabada, pobre senhora.

Parecia que as coisas estivessem arranjadas, que todo equívoco estivesse esclarecido, e a inocência de suas intenções, reconhecida. Questão de dias, pensávamos, e depois... Depois o tempo passa e a carta não chega. Está lá, Michel, no tribunal, pronta, com todas as assinaturas necessárias, mas não a entregam, e ela tem medo de que possa ser revogada. Bastaria ir retirá-la pessoalmente e resolver o impasse. E, como você sabe, geralmente não é difícil obter uma permissão nesses casos. Por que então negá-la justo a ela? Uma permissão de algumas horas...

Posso estar enganada, mas acho que, de algum modo, nessa gangorra de sins e nãos deve estar envolvido o tal Lasnier, de quem gosto cada vez menos, para ser sincera. Talvez o prezado cidadão Lasnier não queira perder a companhia, ele, que passa dias inteiros em robe de chambre, com um diamante no dedo médio a lançar reflexos de luz como um farol enquanto ele assina uma infinidade de papéis. Mais tarde ele aparece todo elegante para o jantar e toca de leve a mão de minha pobre senhora com seus lábios de Judas: a carta ainda não chegou? Lamento muito. Mas vejo que lá no fundo ele está contente. Ele se regozija e também a senhorita Thérèse... Uma criança? Uma figurinha endiabrada que escapa de dia e de noite para brincar com o filho do vigia, comportando-se como se estivesse passando férias de verão numa vila. Mas o verão já acabou faz muito tempo, e a senhora deveria ser menos indulgente com essa criatura que nasceu loura e açucarada e está se tornando mais selvagem que uma negrinha de além-mar.

Não, Michel, não estou exagerando. É um verdadeiro perigo, essa menina. Para si mesma e para a mãe também.

Mas não é com ela que eu me preocupo neste momento. O pior é o cidadão Lasnier. Um homem sub-reptício... Paga as nossas contas, o que não é ruim, mas isso não o autoriza a insistir com a história do magnetismo. Um tratamento prodigioso, diz, que faz muito bem para as ondas de calor e também para os espasmos. Para mim, é uma indecência. Entrei no aposento durante uma sessão, pediram-me chá, e por pouco não caí no chão, com bandeja e tudo, ao ver as mãos daquele jovem passeando-lhe por todo o corpo... o corpo todo, acredite. E o cidadão Lasnier acariciava o próprio queixo e gozava a cena com olhos cintilantes, que rivalizavam com o diamante na penumbra.

Fui prudente, mas dei a entender à senhora minha desaprovação: não creio que essas sessões a ajudem muito. Mas de nada adiantou. Ela está convencida de que Mesmer é um grande homem. Eu lhe disse: Mesmer é um austríaco, assim como a *ci-devant* rainha da França. Ainda é permitido se tratar com os métodos de um austríaco? Não é algo antipatriótico? Por que você não se informa, Michel?

Meu querido, talvez eu esteja enganada, mas acho que o cidadão Lasnier gosta de olhar coisas indecentes. Um passatempo bastante agradável, que ele com certeza quer prolongar. Lá fora está o inferno? Ele não precisa temer nem chamas nem demônios. Encontrou aqui um excelente refúgio, tranqüilo, de onde continua seus negócios em meio a todo tipo de comodidades. Quem garante que não é ele que está maquinando em surdina, em conluio com seus camaradas trapaceiros, um modo de impedir que a carta de perdão saia do tribunal?

Mas claro, já terminei, já terminei. Michel, por que tanta impaciência? Eu é que deveria ter pressa, já que larguei o serviço para falar com você.

E não me venha com essa história, que isso são outros quinhentos.

Não insista, por favor.

Sim, vou procurar um trabalho mais apropriado à mãe de um comissário, mas só quando a senhora sair daqui e estiver fora de perigo. Depois, pense bem: sou uma criada, ou melhor, uma camareira, mas quantos relatórios eu mandei para o Tribunal? Você sabe melhor do que eu, já que você os escreve. Por isso, é verdade: sou uma camareira, mas também exerço uma função de republicana coerente e só posso fazer isso justamente porque não abandonei o meu trabalho. E lhe garanto que não é uma tarefa simples, porque agora, aqui dentro, todos farejam os espiões — tudo bem, os informantes, se você prefere. Até o cachorro do vigia vive farejando meus sapatos e rosnando. Até fico espantada de ver como minha patroa não percebe nada — mas ela anda tão angustiada com essa bendita carta!

Fique tranqüilo, Michel, vou deixar o serviço. Mas antes quero ver se o cidadão Lescourbiac vai ter a coragem de negar uma permissão à minha patroa enquanto a De Gouges entra e sai quando bem quer, com aquelas maneiras afetadas, de quem se acha melhor do que as outras mulheres e até dos homens, a senhora filósofa. Agora há pouco a ouvi gritar com o advogado: *o senhor não vai conseguir me intimidar! Homens da sua espécie se encontram em qualquer canto da rua, mas para forjar uma mulher da minha têmpera, meu caro, são necessários séculos!* E olha que é o advogado dela. Embora, de fato, pelo que pude entender, ele só sirva para arrancar dinheiro. Com aquele focinho de rato, de bicho subterrâneo, bilioso. Mas ela também! *São necessários séculos*... Responder assim a um advogado, que arrogância, Michel!

Thérèse

Árvores escuras, céu azul. Azul republicano, especifica Cécile. As cores hoje não têm gradações, o sol é um disco brilhante e frio, e eu não posso descer ao jardim. Mamãe me proibiu porque, diz ela, agora só falta você adoecer. Então eu brinco de contar as cores, vibrantes e nítidas lá fora, opacas e apagadas no nosso quarto, porque até a luz, ao entrar aqui dentro, se entristece.

O fato é que tenho tossido, mas não — como pensa mamãe — por culpa do sol que não aquece, do ar gelado ou da grama úmida do jardim, e sim por causa da estufa que solta fumaça e um cheiro de ferro queimado que me irrita a garganta e me deixa tonta. Se pelo menos a gente tivesse uma lareira! Mas devemos nos contentar com esse fogareiro cinzento, já que nos transferiram para este quarto menor, porque não podemos continuar pagando aquele de antes. Não é tão ruim assim, porque, se a carta chegar, vamos logo embora daqui. A carta, a carta, só se ouve falar disso neste quarto. Mas a carta não chega, já não temos nem sequer a lareira, e meus olhos lacrimejam de tanta fumaça e tédio, porque não posso descer ao jardim, não posso brincar no depósito de lenha com Jupin e, além disso, ainda preciso ouvir as histórias de Cécile.

Eu choro e tusso, e ela, para me acalmar, ajeita uma almofada ao seu lado e ordena: sente-se e escute. As histórias de Cécile nunca são muito animadas, mas desde que o filho dela se tornou comissário se tornaram ainda piores. Sente-se e escute, e eu devo sentar e escutar enquanto ela me conta histórias de Jesus, que foi o primeiro *sans-culotte*, e de Robespierre, que é a bússola do patriotismo, e do povo e do poder que emana do povo e, ao chegar a este ponto, ela se sacode de um lado para o outro e desliza até a borda da cadeira, como se alguém a estivesse empurrando por trás, e eu não entendo mais nenhuma palavra do que ela diz.

Enfim, essas são as histórias que tenho de ouvir. Se mamãe soubesse! Mas não vou bancar a espiã, não vou fazer que nem a cara Cécile, que desembucha tudo para o filho, tudo mesmo. Eles acham que estão sozinhos quando conversam no depósito de lenha, mas eu sempre estou a dois passos de distância, atrás dos feixes de gravetos, com as mãos apertadas no peito para segurar a angústia.

Não é que eu me esconda por birra. Ao contrário, o falatório deles me assusta. Eu queria escapar, mas Jupin me agarra pela fita da cintura e me faz um sinal com o dedo sobre a boca. Então eu fecho os olhos para não ver Cécile ajeitando o peitilho com ar grave e parecendo outra pessoa diante daquele homem de casaco curto, com uma echarpe de lã áspera enrolada no pescoço e bigodes de bandoleiro, que cresceram tanto que já lhe cobrem os lábios. Ela diz certas coisas que só entendo pela metade, às vezes tenho a impressão de compreender, outras, sinto apenas uma grande raiva, mas não sei contra quem, se é contra Jupin que me prende ali ou contra o inverno e as desgraças de mamãe ou simplesmente contra Cécile e seu filho.

Ontem estavam implicando com a senhora De Gouges, e eu não gosto quando implicam com ela. Apesar de não passearmos mais juntas, porque mamãe diz que não devo importuná-la, eu me lembro de todas as suas histórias, que não são sem pé nem cabeça como as de Cécile, mas alegres e cheias de aventura, e eu, para fixá-las bem na memória, depois as recontava a Jupin. O que você prefere — lhe perguntava —, que eu conte uma história sobre a Lapônia ou sobre a África dos negros? Ou então sobre as ilhas de além-mar, onde os macaquinhos pulam livres de um galho para o outro? E cagam nas cabeças das pessoas — completava ele, cortante.

Não sei por que mamãe me proibiu de escutar as histórias da senhora De Gouges. Não são adequadas para uma senhorita, ela diz. E Cécile: ela é uma arrogante que se pretende filósofa. Ontem disse a mesma coisa ao filho, acrescentando que é preciso denunciá-la antes que desapareça de vez, e eu tive medo, muito medo mesmo, não sei se pela denúncia ou pelo temor de não tornar a ver a senhora De Gouges, e à noite eu tive o sonho de sempre, que eu não sonhava fazia mais ou menos um mês.

Toda vez começa do mesmo modo, com uma sensação de barriga inchada e de coceira atrás das coxas, e eu quero acordar e não consigo, por mais que me esforce. E enquanto me esforço algo se abre e a minha pequena fontezinha lá embaixo esguicha e nesse ponto eu acordo e me dou conta de que os lençóis estão de fato molhados. Nesta noite, no sonho, aparecia também Cécile. Ela se aproximava da minha cama e, ao chegar perto, tornava-se alta, imensa, com uma carona larga, raivosa e solene, como quando fala com o filho. Eu puxava os lençóis até debaixo do nariz, mas ela erguia com força as cobertas e gritava, me arremedando: quem é que fede, minha senhorita?

É verdade, estão acontecendo coisas realmente horríveis, e este lugar, que apesar de tudo me agradava, agora está se tornando de uma tristeza assustadora e não me agrada mais.

A senhora Gerbaud também adoeceu, de noite não há mais música, e mamãe soluça o tempo todo, de tanto esperar a carta da liberdade que não chega, e nem se sabe quando vai chegar. Assim ela se perfuma toda e vai jogar baralho no quarto do senhor Lasnier, que não é um simples quarto, mas um autêntico apartamento com grandes lareiras acesas a qualquer hora. Posso ir também?, perguntei dias atrás. E ela: não banque a chata...

Mas, quando precisa de mim, então não sou mais chata.

Agora, por exemplo.

Venha cá, me chama com a voz de quando me pede um favor, como levar um bilhete ao senhor Lasnier, uma voz mais doce do que um bombom de cereja.

Venha, e me penteia com as próprias mãos, enrola meus cachos, ajeita minhas meias. Desta vez não é nada com o senhor Lasnier, eu preciso fazer uma missão muito, muito mais importante. Devo ir solicitar a famosa carta de perdão ao tribunal. Para evitar uma anulação, explica mamãe.

Dou um pulo e meu coração se enche de orgulho e tremo da cabeça aos pés de tanta emoção, mas logo em seguida, num cantinho da minha cabeça, lentamente desponta um terrível pensamento.

Olho desconfiada os seus dedos finos, que se esmeram em apertar bem a minha cintura.

Por que justamente eu? — pergunto com um fio de voz. Até um momento atrás não podia nem mesmo descer para o jardim, e agora quer me mandar para fora, ela, que vive dizendo que as ruas de Paris são perigosas porque Paris é a capital do mundo e, por isso mesmo, é nas ruas de Paris que se concentram todos os males do mundo. E de novo tremo, não mais de orgulho, e sim de terror, enquanto retornam à minha mente as feias histórias de Cécile, não aquelas que falam de Jesus e de Robespierre, mas as outras, as que falam de meninas desaparecidas e de órfãs abandonadas no hospital da Piedade.

Por que justamente eu? — suplico, agarrando-me ao pescoço de mamãe. Ela me abraça forte e, aproximando os lábios do meu ouvido, sussurra que agora estamos sozinhas, que papai está longe e só eu tive a permissão para sair, por isso eu devo ir e buscar a carta.

Afasta-se de mim e, sempre me segurando com firmeza, fixa o olhar no meu.

— Não tenha medo. Cécile vai acompanhá-la e trazê-la de volta.

Abaixo a cabeça. Cécile, sempre Cécile.

— Não estou com medo.

— Entendeu o que você deve dizer?

— Sim, mamãe.

— Então, coragem, repita para mim.

— Vim solicitar a carta de perdão de mamãe.

— Cidadão... Quando se dirigir a alguém, deve chamá-lo assim: cidadão. Vamos, tente de novo.

— Cidadão, vim solicitar a carta de perdão de mamãe...

— ... que é a cidadã Charlotte Narbonne. Você precisa especificar meu nome, não se esqueça disso.

— Não, não vou esquecer.

O pai de Jupin está tomando o café da manhã na mesa da portaria. Molha o pão em um caneco e o mastiga estalando os lábios. Traz as meias arriadas sobre os sapatos e não veste nenhuma camisa sob o casaco desabotoado no alto. Não sei como ele pode ser o pai de Jupin. Eles se parecem, mas o que o filho tem de bonito o pai tem de feio. É verdade que Jupin não tem um dente da frente, mas é um buraquinho que mal se vê, não uma cratera.

— Ei, cidadã.

Enxuga a boca e me ameaça com um dedo, mas sorri todo desdentado: é evidente que não está falando sério.

— Cidadã, vou lhe deixar sair, mas você vai me cantar uma bela canção; deixe-me ouvir essa voz de anjo que você tem.

Mamãe me observa. Cécile me observa. O pai de Jupin me observa. Penso rapidamente na canção mais bonita que conheço. Aperto os cotovelos nos flancos, prendo a respiração e canto.

Messieurs d'la Revolution

*Vous moquez-vous d'la Nation...**

Mamãe ficou muito pálida. Cécile me pega pela mão, aperta até machucar e sibila: fique calada! Ah, cidadão — diz, dirigindo-se ao pai de Jupin —, que educação detestável essas crianças recebem! Ele se coça por baixo do casaco, entre um botão e outro, e pára de sorrir. Esses pobres filhos de fanáticos realistas! — insiste Cécile. É quase uma sorte que o pai tenha escapado, pelo menos parou de ensinar certas blasfêmias à menina. Ele termina de se coçar e me esquadrinha com um olhar maldoso. Depois dá de ombros e se encaminha para o posto de guarda.

Agora sou eu que agarro a mão de Cécile, ela é a minha guia, não posso me desgrudar dela — e paciência, se fede. Através da lã de minhas luvas sinto a autoridade dura e calosa de seus dedos.

Do lado de fora faz um frio estranho, que parece chover do disco nítido do sol. Um frio feito de luminosidade e de cores que cortam os olhos. O jardim está silencioso, a verdureira e o ambulante com o cesto de ovos se apressam rumo às cozinhas, ninguém passeia pelas alamedas, exceto a senhora De Gouges. Ela não se importa com o gelo e caminha ao lado de uma senhora mais jovem, a companheira do filho dela, disse mamãe uma vez, e eu corrigi: a esposa; e mamãe olhou para o lado e disse: sim, a esposa — e eu entendi que não era verdade.

Dou um puxão em Cécile e a forço a parar. A senhora De Gouges se aproxima, acaricia meu rosto, pergunta-me aonde estou indo com todo este frio e, enquanto lhe respondo, sinto novamente um estremecimento de orgulho. Com ela seria diferente, eu sairia sem medo e, a caminho do Tribunal, pediria que ela me contasse mais uma vez as histórias das viagens à Lapônia e dos macaquinhos nas ilhas quentes, com todos os detalhes. Quem sabe, me pergunto com uma pontinha de inveja, que histórias ela está contando à senhora jovem, a essa esposa que não é esposa.

---

* Senhores da Revolução/ Vocês debocham da Nação... *(N. da A.)*

Mas o pai de Jupin está nos chamando, lá embaixo, na cancela. Despeço-me com tristeza e sigo Cécile. Saio agarrada à sua mão e ao seu fedor, como puxada por coleira.

Debaixo da touca, minhas orelhas formigam por causa do vento gelado, e num segundo já estou em Paris, no meio das lojas, das carroças, do tilintar dos guizos pendurados nas mangas dos aguadeiros.

Não penso mais no meu medo nem nas histórias da senhora De Gouges ou no mistério da esposa de seu filho que não é esposa, a julgar pela expressão de mamãe, não penso nem mesmo no depósito de lenha, somente um pouco em Jupin e em seu olhar que saltita alegre: não acredito que, quando crescer, se tornará maldoso como o de seu pai.

Hyacinthe

O muro surge áspero e amarelo entre um galho e outro. As árvores do bosque perderam as folhas, desmascarando o confinamento. A terra se endureceu com a geada branca que geme, trinca e se despedaça sob os nossos tacos.

Pensei que nunca mais fosse rever este jardim. E no entanto aqui estamos, caminhando ao longo da alameda animada exclusivamente pelos afazeres cotidianos dos fornecedores. Apenas nós pisamos folhas e orvalho. O frio espanta os hóspedes de Lescourbiac, que mantêm as janelas fechadas e não vão sair de seus aposentos até a noite, diz Olympe.

Somente uma menina vem ao nosso encontro, levada pela mão de uma criada. Veste um mantelete azul, impróprio para esta estação, tem os lábios lívidos e as bochechas vermelhas. Uma bela menina, loura e cheia de vida, que eu já havia notado em visitas anteriores. Várias vezes troquei um sorriso de reconhecimento com ela. Mas agora ela vem agarrada à mão da criada, lançando-me olhares estranhos, como se me visse pela primeira vez. Os olhos dela, mais claros que o mantelete, soltam faíscas inquisidoras, fixam-se em mim e se arregalam maravilhados, como se topassem de frente com um cão bailarino ou o urso amestrado de um saltimbanco. Não é uma curiosidade natural: alguém deve ter falado de mim para ela. E não de modo lisonjeiro. Sei bem, desde que sou mãe, como as conversas dos adultos se refletem no olhar das crianças.

Olympe se inclina para amarrar a fita da touca. *Aonde você está indo?*, se informa, a interroga de novo, a elogia, *uma tarefa realmente importante, Thérèse, tenha muito orgulho disso, vocês ganharão a liberdade, e por mérito seu*, depois se dirige para a mulher que a acompanha, pede esclarecimentos, detalhes, e a outra responde com secura, de cara amarrada, fazendo-se de ofendida e inutilmente importuna. Nossa companhia não é de seu agrado, claro.

Olympe parece não se importar. Detém-se numa carícia, toca as bochechas avermelhadas da menina, e o laço da touca se afrouxa lentamente entre os seus dedos, que o sustentam para deixá-lo desfazer-se, enfim, com uma espécie de lamento.

Menina e criada desaparecem além da cancela.

O frio recrudesceu. Cores de cristal. Palavras que se tornam frágeis e se quebram assim que saem do ninho da garganta, perguntas que permanecem abrigadas num canto da minha mente.

Vai me explicar? Mas não ouso dizer nada, por medo de que aflore na minha voz algum tom incômodo, de protesto ou, pior, de reprovação.

Então passo a falar dos meninos e de Pierre, de sua situação sempre indefinida, das cartas que a censura torna ilegíveis. E falo de Mignonne, que recebeu pela condução pública de Calais — 3 francos de taxa portuária — um pacote contendo os objetos pessoais do irmão, as roupas, os sapatos... mas nem sequer um bilhete ou um comunicado oficial, e por isso ela ainda se ilude e não acredita na morte dele. Em seguida, é Olympe quem quer saber sobre os últimos decretos da Convenção, e eu, além disso, informo-lhe sobre as comerciantes das Halles, que arrancaram o barrete frígio da cabeça das Cidadãs Republicanas e solicitaram que sua sociedade fosse desfeita, porque o barrete cabe aos homens, e as mulheres que o usaram só podem ser mulherezinhas a soldo de aristocratas.

Falo muito e não consigo concluir.

Suas pernas se movem com a inquietude habitual, deslocando o forro volumoso que lhe dificulta o passo. Mas sua sombra se arrasta pálida, de lado. Também o busto e os flancos, a um olhar mais atento, se mostram mais descarnados que esguios sob o pesado manto. O corpo aparece e desaparece entre os panos, semelhante a uma folha pronta para destacar-se e seguir voando. Mas a fronte está limpa. Calma.

Vai me explicar... terei a coragem de perguntar-lhe algum dia?

Hoje à noite havia um belo clarão de lua, branco e frio como o terreno que estamos pisando, quando ergui a cortina para examinar a estrada e pensei em todo o trabalho que tive, a angústia, os esforços para levá-la a salvo, o cansaço inútil, mas não experimentei desilusão nem ressentimento, apenas dor.

Não uma dor abstrata, mas uma dor da carne, da garganta, do peito, ali, ali e sempre ali.

Não posso fazer mais nada por ela, pensava.

— Quanto ao dinheiro, não se preocupe; a cada mês encontrarei um meio...

Seu colo emerge em calafrios acima da gola de veludo. Está distraída, não presta atenção, e toda a minha eficiência, minhas conversas práticas, caem no vazio.

O perfil absorto se ergue contrastando o vento.

— Acreditava... — e hesita alguns segundos –, acreditava que a Revolução restituiria ao nosso sexo tudo o que o nosso sexo fez pelo outro.

Não perguntei nada, mas ela, a seu modo, me respondeu.

Olympe

Vieram segunda-feira, 28 de outubro, à noite.

O gongo rompeu o silêncio e o som reboou de quarto em quarto, uma vibração que se dilatava para depois retardar-se, debatendo-se encurralada entre janelas e paredes.

O exemplar do *Moniteur* que eu estava lendo caiu no assoalho. Dentro da lâmpada a chama lampejou.

Pus-me a escutar.

O eco do gongo se apagou.

Em poucos segundos, ouvi ao longo de todo o corredor um murmúrio vozerio confuso, um arrastar de pantufas, o vaivém precipitoso de calçados leves, batidas sufocadas e alternadas de portas que se abriam e fechavam pondo fim às visitas noturnas. Uma pederneira era raspada em algum lugar, como se alguém tentasse acender um fogo ou uma luz.

Um novo, brevíssimo silêncio.

De repente, do fundo das escadas, começou a subir um estrondo cadenciado de passos graves, de pés calçados em botas ou coturnos militares.

Os passos se aproximaram, parando diante da minha porta.

— Abram!

Três guardas encasacados até o queixo. Um oficial de justiça com uma grande medalha dourada, presa por um cocar tricolor na lapela do capote de ordenança, deu a ordem:

– Prepare suas bagagens. Vamos levá-la à *Conciergerie*.

E pôs em minha mão um papel cinzento, escrito em letras miúdas com uma tinta ferruginosa e mal absorvida: o ato oficial de acusação que eu esperava havia três meses e dez dias.

* * *

Uma porta dupla de pelo menos cinco polegadas de espessura, revestida de ferro, me separa dos outros reclusos. Estou em isolamento, um isolamento total, sem guardas me vigiando o tempo todo, como me aconteceu em julho na cela da prefeitura. Mas em julho eu não passava de uma aprendiz. Uma detida que podia solicitar papel e tinta para escrever: *previ tudo, sei que a minha morte é inevitável.* Passaram-se três meses e dez dias, minha aprendizagem terminou, e penso com horror nesse adjetivo: *inevitável.* Como posso tê-lo escrito? — me pergunto.

A *Conciergerie*...

Sentada na cama, com a cabeça entre as mãos, olho a tapeçaria mofada, o pavimento de lajotas que exsuda em manchas largas a umidade invernal. Posso sentir o inverno que avança. Da planta dos pés me sobe até os joelhos e desperta o tormento da fratura, que esperava superado para sempre.

A *Conciergerie* não é a cela estreita da prefeitura nem a Abbaye ou a Petite-Force, mas algo que tem pouco a ver com um cárcere, apesar do seu rigor. Algo de radicalmente distinto: é a última etapa. Daqui não haverá futuras transferências. Ou a condenação ou a liberdade.

No espasmo incontrolável das vísceras compreendo de chofre a diferença.

Puxo sobre os ombros o cobertor de lã herdado dos prisioneiros que me precederam. A temperatura deve ter caído abaixo de zero, e a noite é terrivelmente fria. Depois de um verão excessivo só poderia suceder um inverno igualmente excessivo: nem sequer o tempo se conforma com a normalidade.

O cobertor me arranha a pele. É áspero, descosido pelo uso prolongado, e ao movê-lo expele um sopro fétido de hospital. Entre fio e fio meu nariz reconhece o cheiro agudo da febre, aquele mais denso da desolação e o odor noturno dos pesadelos que o cobertor transmitiu de prisioneiro a prisioneiro, que passou de um a outro e de todos para mim, um contágio inoculado por mil filamentos espinhosos. Mil histórias, mil espinhos que me espetam o pescoço.

* * *

Duas janelas: uma está murada, a outra se abre numa fresta alta e inalcançável. Supina, afundo a mirada na luz daquele olho compassivo que me fala de noitadas claras e de manhãs extraordinariamente luminosas.

Luminosidades distantes. Invernais.

As luminosidades do meu primeiro inverno parisiense, o mais cruel de que tenho memória.

As fontes estavam congeladas, a água custava 20 soldos o balde, e os carregadores iam buscá-la nos bebedouros do Sena, rompendo o gelo a golpes de bastão. Lavar-se era uma proeza. Justine tinha frieiras nas mãos e nos pés. Pierre tinha febre e, para distrair-se, brincava com as figuras chinesas desenhadas em seu biombo. Eu me aquecia debaixo das cobertas, olhando a luz do meu primeiro inverno em Paris. Imóvel, para não desencadear as náuseas. A gravidez tinha modificado meus sentidos, o olfato, o paladar. Dava-me alívio descascar amêndoas secas, de manhã.

Ainda trago na boca aquele sabor de 25 anos atrás. Puro, amargoso. O sabor das amêndoas do sul. Minha saliva não se esqueceu e ainda me salva desta impressão de vertigem, da ânsia de vômito que parece subir do emaranhado das cobertas apertadas contra o estômago, dos terrores dos mil detentos que aqui se enrodilharam antes de mim.

Porém, à diferença deles, eu não tenho medo, eu, que não renunciei a imaginar um mundo em que todos possam falar e ser ouvidos.

Eles vão me escutar, digo ao distante olho de luz que clareia de minuto em minuto. Não poderão furtar-se a isso quando eu reconstituir os fatos no espaço cênico do meu julgamento.

Novembro de 1793

Agnès

Aqui, Manette, deste lado, estou aqui! Você está bem atrasada, minha cara! Olha que multidão, o Tribunal está tão lotado que nem se consegue respirar, e precisei lutar como uma loba da montanha para conseguir este lugar para você. Deveria me agradecer, porque graças a mim hoje não perderemos nenhuma palavra; estamos num ótimo lugar, não acha? Uma posição invejável. Mas se você demorasse mais um pouco...

Imagine que um jovem queria comprar de mim o seu lugar. Quem era? Um fanático! Ou talvez um parente, a julgar pela insistência. Bem vestido, redingote escuro, mas dois olhos exorbitados com uma linha vermelho sangue no canto e a mandíbula contraída. E insistia, insistia, chegou a me oferecer 25 francos.

Francos, isso mesmo.

Ri na cara dele.

— Como o senhor disse que se chama, cidadão? Bem... cidadão Frazé, o senhor está brincando comigo? — Mas ele, hum, sacou imediatamente um bilhete de 25 francos e queria metê-lo em minha mão à força.

Meu caro, lhe disse, dê-me um escudo e o negócio está fechado. Por um escudo, pensei, Manette não se ofenderá comigo quando lhe mostrasse um escudo caído do céu — seria o caso de dizer. Mas ele tinha apenas um ar desesperado e um pouco de papel-moeda, e eu não quero saber dessas coisas, dinheiro por escrito!, se rasga, se suja, pode pegar fogo, pfff... e num segundo desapareceu. E depois vai que é falso, hoje falsificam tudo, até bilhetes da loteria nacional, e se me denunciam por posse de dinheiro falso, o que vou dizer? Que recebi de um desconhecido no Tribunal? Um tipo com umas mãos brancas de cavalheiro e uns olhos vermelhos de desgraçado? Não, nada disso. Melhor não arranjar problemas.

Ei, fique atenta, mas onde você está com a cabeça? Não se sente no meu trabalho. Assim, muito bem, dobre tudo e coloque no cesto. Nem sei quantas camisas ainda tenho pela frente; e, se não fizer depressa, adeus entrega. Pensava nisso hoje de manhã, ao alvorecer, enquanto vinha ao Tribunal com o cesto debaixo do braço: no interior se trabalha feito mula, mas não há essa obsessão da entrega, esse contar e recontar as peças e, depois de ter contado, recomeçar tudo de novo, todos os dias de Deus.

Não estou ouvindo, Manette, o que você quer saber? Todos estão gritando, grite você também, que tem voz para isso, quando precisa!

Quem está sendo processado? E eu sei lá? Parece que é uma amiga daqueles deputados da Gironda que foram degolados dias atrás, aqueles que caluniavam os parisienses e queriam que as províncias marchassem contra a capital. Eram muitos, e, para degolar todos eles, Sanson precisou de cinco carretas, cinco equipes e dez ajudantes lá em cima, no cadafalso. Você perdeu o espetáculo, mas eu não. Subiam… e zás, lá ia um, zás, lá ia outro, e todos os senhores com o colarinho sujo de pó-de-arroz foram servidos. Mas depois do sexto eu fui embora.

A de hoje?

Sim, é uma mulher.

Não sei, não posso saber tudo. Talvez fosse a mulher ou a amante — mais provável a amante — de um dos degolados; tenha paciência e daqui a pouco vamos saber. Chama-se De Gouges, já ouviu esse nome? Lembra-me alguma coisa, lembra-me…

Espere! Mas é claro! É uma que trabalha para o teatro.

Não, não uma atriz. Escrevia. É verdade, não é de morrer de rir?

É por isso que o nome não me era estranho. Eu a conheci pessoalmente e, certa noite, até a acompanhei ao lugar dela: eu também trabalhava para o teatro, sabe? Já lhe contei isso? Era encarregada da abertura dos palcos, e aquilo sim é que era trabalho, minha cara! Embora eu não tenha tido tempo de me habituar a ele, porque inauguraram e fecharam o teatro num piscar de olhos. Exibia espetáculos contra-revolucionários, e fizeram bem em fechá-lo, mas eu confesso que não gostei, porque o trabalho me agradava e nunca mais encontrei um que pudesse ser comparado a ele.

Encontrei-o por acaso, como se diz, por sorte... Tinha chegado fazia pouco tempo à capital, e imagine que eu trazia ainda os tamancos forrados de feno e de mato.

Uma viagem de três semanas, Manette, em companhia do meu irmão, ele e eu sozinhos. A estrada é longa, e fazê-la como nós a fizemos leva um bom tempo. Um trecho numa carreta, um outro a pé e um outro ainda numa diligência para o transporte de água. Finalmente chegamos, e meu irmão vai morar numa pensão: uma cama num quarto com 11 desconhecidos, e fim de papo. Eu, que preferia viver em companhia, entrei em acordo com uma conterrânea que queria dividir um quartinho num sexto andar. É ainda lá que estou.

É verdade, você foi lá uma vez... Não se pode dizer que é uma habitação de luxo, mas cada uma tem sua própria cadeira e o próprio urinol; quanto ao resto, é como em todas as pensões: paga-se metade do mês adiantado e se faz uma cruz no registro.

Enfim, eu tinha acabado de chegar e começava a vender esponjas no Palais Royal quando me surgiu a ocasião: trabalhar no teatro! Um presente da Providência, bondade dela, e de um conhecido nosso que já é quase um parisiense. Foi ele quem nos encantou com as comodidades de Paris, três anos atrás, em 90, quando retornara ao interior. Quantos, na época, voltaram da capital! Aproveitavam os subsídios, você com certeza se lembra... A Comuna dava subsídios aos provinciais que tinham perdido o trabalho e prometiam deixar a cidade. Mas esse nosso conterrâneo não se adaptava mais lá e, depois de umas conversas, uma saudação e um copo de tinto, meteu de novo a trouxa nos ombros e retomou a estrada para Paris. Não passa nem um mês, e cá estamos nós batendo à sua porta, na rue Beaubourg.

O que teríamos feito sem ele! Sabia tudo o que é preciso saber: onde procurar trabalho ou em que tavernas comprar bons restos de carne com pedaços inteiros. Era a nossa Providência, realmente. E me fez conhecer o teatro, os palácios, os fogos de artifício...

Paris, ah, Paris! Parecia uma festa contínua, para mim e para o meu irmão. Imagine que à noite, na nossa terra, a única diversão é fiar a juta, todos juntos.

Bem, não só isso, você tem razão.

Também no campo não é difícil achar um cantinho escuro, levantar a saia e deixar que o gato avance no peixe. Mas é uma diversão que, se no início não custa nada, depois lhe faz chorar lágrimas amargas; você que tem três filhos, sabe melhor do que eu.

Como não, Manette, logo percebi que, querendo, o remédio nunca lhe falta, já que em Paris você conhece coisas do arco da velha. É por isso que vem gente de todo o mundo para cá, e talvez eu mesma tenha vindo por isso.

Mas é verdade que Paris é imensa, e no início nós nos perdíamos o tempo todo. Em parte não estávamos acostumados a todas estas avenidas, ruas e vielas que se dobram, se redobram e voltam a se dobrar umas sobre as outras, uma dentro da outra, e em parte era o período em que a prefeitura mudava continuamente os nomes das ruas e das praças. Meu irmão tinha conseguido não sei como um Guia para o Estrangeiro, que tinham editado justamente depois daquelas mudanças, e ia procurando alguém que lesse para ele...

O que você entendeu... eu não queria criticar: os nomes também devem ser revolucionários, e por isso é correto substituí-los. Mas um pouco a cada vez, só para não confundir mais ainda as pessoas que vêm das províncias.

De qualquer modo, se os nomes mudavam, graças aos céus havia as casas, os mercados, as pontes e os jardins que não podiam ser modificados sem mais nem menos, da noite para o dia. A rua de casa, depois de muito girar, depois se encontrava.

E num belo dia encontrei você, Manette. Nós nos conhecemos nos jacobinos, lembra?, e agora aqui estamos, defendendo com todas as nossas forças o verdadeiro patriotismo e trabalhando pelos nossos soldados. Inclusive pelo meu irmão, coitado.

Partiu ontem de manhã e, pensando bem, foi conveniente para ele. Pelo menos está ganhando uma soma razoável para substituir as tropas do cidadão Boucher, o ebanista da rue de la Verrerie; em todo caso, é melhor se alistar no exército do que correr todas as manhã à place de Grève em busca de emprego. De qualquer tipo. Tirar terra de um canteiro de obras ou numa mina... E, quando acha um, às vezes até um bom emprego público, aí chega o encarregado e diz que a Comuna está de cofres vazios: faz meses que não paga os operários, a gente sabe disso, e ai de quem protestar. Melhor então virar soldado. De resto, não vai durar para sempre. Robespierre já disse: quando a guerra se prolonga, o povo se cansa.

O fato é que lhe deram um casaco, duas calças, uma mochila, uma velha espingarda de caça adaptada para prender a baioneta, e meu bom irmão já está alistado.

Mas não disseram a ele que o barbeiro não teria piedade de seus belos cabelos.

Cabelos louros, Manette, ondulados, mais cheios do que os meus: nunca vi um homem com tantos cabelos na cabeça. Chorava feito criança quando veio se despedir de mim. Fique tranqüilo, lhe disse, logo, logo eles crescem, pense na Revolução, o que é um corte de cabelo comparado à Revolução? Não se pode nem mesmo dizer que é um sacrifício. Mas ele chorava e chorava e a certa altura me deu até inveja, porque eu não consigo espremer nem uma gota, nem se me baterem na cabeça, como meu pai fazia.

Ei, mas o que está dizendo aquele sujeita lá na frente?

Muito bem, estou de acordo: isso é uma vergonha. A gente não veio ao Tribunal só para jogar conversa fora! Queremos ver essa De Gouges. Será que estão com medo de acordar a senhora muito cedo? Se a trouxerem aqui, pode deixar que a gente cuida disso.

Ah, eu vou querer alguma compensação! Quem sabe o julgamento da Neuvéglise... me garantiram que vai ser daqui a alguns dias, e esse, Manette, não podemos perder de jeito nenhum. Mas é claro que você conhece Neuvéglise, a diretora das fábricas têxteis dos jacobinos. Ela resolveu dispensar as mães de família que pediam uma ração de pão a mais; não imaginava que agora há uma justiça que vale também para ela, ah, se vale!

Enquanto isso, olha aqui, tinha certeza de que ia quebrar a ponta da agulha... o cesto está cheio, não vou acabar nunca.

Manette, você me faria uma cortesia? Eu guardei o lugar para você, um favor pelo outro.. Você poderia me ajudar na costura? Tenho medo de não dar conta, o dia passa depressa, tão depressa que a gente nem percebe, e, se eu não terminar até hoje à noite, não vou receber mais nenhuma encomenda da seção.

Se você não cumprir os prazos, me disseram...

Já faz tempo que ocorrem coisas estranhas nas seções. Deveríamos entender melhor o que acontece lá dentro, minha cara Manette. Por exemplo, como é que os nossos soldados precisam de roupa e, por outro lado, nosso trabalho diminui? Os soldados vão para os campos de batalha com camisas novas, e quem é que costura os uniformes deles, hein? Somos nós que temos direito a esse trabalho, e nas seções deveriam estar mais atentos e distribuir o trabalho de acordo com regras, que existem justamente para que os cidadãos as cumpram.

Ah, se as mulheres não fossem tão velhacas! Bastariam umas 12 como eu e você para recebermos, não digo o mesmo que os homens, mas 15 soldos ao dia, pelo menos 15 a gente conseguiria.

Mas que horas são?

Chega, estão exagerando. Esse julgamento vai acontecer ou não? Já estou cansada de aturar a lerdeza deles.

Não que eu esteja com pressa, não é isso! Aqui pelo menos posso trabalhar economizando, sem consumir lenha e luz. Ah, não podemos nos permitir janelas iluminadas. Bem diferente de escrever, minha cara De Gouges! Capricho de madame: velas, candelabros, quem sabe a lareira acesa... E nós, que dormimos quando escurece, no frio.

Mas aprendi a fazer que nem você, Manette. De noite, arranco dos muros os boletins da Convenção Nacional, peço que o porteiro leia para mim — porque são palavras santas, papéis que saem da Convenção —, então antes o porteiro lê tudo para mim e depois eu queimo. Fazem um fogo que é uma maravilha. Que mal há? De noite não servem para nada, quem lê aquilo? E, na manhã seguinte, aparecem os coladores da prefeitura com os papéis novos. Se eu descolo os velhos, pelo menos não são desperdiçados e servem duplamente ao povo.

Com esses boletins, pelo menos consigo fazer um calorzinho durante a noite, e de dia venho esquentar os pés e reforçar o espírito patriótico no Tribunal ou na Convenção.

Mas, quando posso escolher, prefiro o Tribunal; e você?

A Convenção é mais instrutiva, com certeza: grandes nomes, grandes oradores, grandes discursos. Ouviu Saint-Just na terça-feira? *A miséria gerou a Revolução, a miséria poderá derrotá-la...* Onde se pode ouvir um discurso desse tipo senão na Convenção? Mas o Tribunal tem uma vantagem; aqui não se fazem discussões muito complicadas para os nossos ouvidos e, no final, há sempre uma decisão clara, sem equívocos: culpado ou inocente, disso não se escapa.

Além disso, a Convenção tem o defeito das tribunas, que são muito distantes, e por isso se ouve mal; e, a depender de onde você se sentar, nem dá para saber qual é o deputado que está falando. E isso era pior até recentemente, quando os melhores lugares eram reservados aos amigos e amigas dos girondinos, *aristocruches*[*] que chegavam com chapéus altos, saias armadas e binóculos. Mas nós protestamos, montamos guarda na entrada e rasgamos os ingressos de cortesia — éramos cinqüenta mulheres raivosas. A Assembléia teve de interromper a sessão, e os girondinos se puseram de pé, gritando que queriam enxovalhar a Convenção. Éramos nós, segundo eles, que enxovalhávamos a Convenção.

Mas finalmente deram um fim às suas provocações e aos seus privilégios.

E também essa De Gouges, ela também não escreve mais nem faz teatro.

Oh, Manette, mas eu continuo falando e o julgamento ainda não começou. Que diabo está acontecendo? Vão nos deixar ver essa girondina ou não?

---

* Jogo de palavras que une de forma depreciativa as palavras "aristocrate" e "cruche" ("ganso", em linguagem informal). *(N. da A.)*

Olympe

Sábado, 12 brumário. Dois de novembro, *vieux style*: para os cristãos, dia dos mortos.

Escassas lanternas amenizam nossos passos na sombra do corredor. As luzes das lamparinas se sucedem nas pedras dos muros e de tanto em tanto reverberam, revelando pulsos magros que saem das mangas dos uniformes.

Dois de novembro, feriado cristão.

O partido de Robespierre, que aboliu os feriados religiosos, deveria conservar este. É seu de direito. Mas não penso em mim enquanto caminho, escoltada por três guardas, numa penumbra atravessada por correntes de ar que sopram do coração subterrâneo da Conciergerie. Penso em Vergniaud na carreta que passou para buscá-lo dois dias atrás.

Soube disso por acaso. Ontem, à meia-noite, quando o oficial de justiça me entregou, como determina a lei, a lista dos jurados que acompanharão o meu julgamento e depois se deteve para contar de que modo os deputados da Gironda enfrentaram a guilhotina.

Eu segurava nas mãos aquele rol de nomes do qual dependia a minha vida e o balançava com um gesto de autômato, incapaz de ler. Meus olhos estavam vendo o amigo que subia o estrado de Sanson, meneando a grande cabeça afetuosa.

Durante toda a noite eu o vi percorrendo o breve trajeto que vai da carreta ao cadafalso, sempre com a mesma andadura bamboleante e a mesma indolência meridional com que costumava subir as escadas de minha casa. Subia e imediatamente afundava numa poltrona, alongando as pernas para discutir sobre o assunto do dia na Convenção ou sobre suas penas de amor pela daminha Candeille, que fazia toda Paris chorar quando estava em cena e, depois, apenas ele, quando o pano caía.

Nesta noite pude vê-lo indo e vindo não sei quantas vezes, meu amigo Vergniaud, e agora sua grande cabeça despenteada me precede enquanto escalo os estreitos degraus da torre Bonbec. Avanço com dificuldade, cada vez mais alto, seguindo seu fantasma. São 7 da manhã, e só o frio me parece vivo.

Alcanço o último degrau. Entro na sala de audiências e a minha vista, os meus ouvidos, o meu olfato, todos os meus sentidos, sedados pelo mundo emparedado da prisão, me explodem na cabeça. Sons, luzes, cheiros, todos juntos se precipitam sobre o meu corpo e o confundem.

E Vergniaud, Pierre-Victorin Vergniaud, com seu coração leonino e a passada preguiçosa, a este ponto já não está mais, sua imagem dissipou-se e eu vacilo, aturdida pelas vozes da multidão que pressiona, se impacienta, reclama seu espetáculo em meio a um odor penetrante de vinagre, de ervas que maceram dentro de grandes vasos para espantar o ar corrompido e as febres que arrastamos como um fardo das celas da Conciergerie. Febres que poderiam alastrar-se mais rapidamente que o fogo nesta sala dita da Igualdade e rebatizada pelos detentos com um nome bem mais apropriado: fábrica de Fouquier-Tinville.

Constance

É por ela que pus luvas e chapéu e vim até aqui.

Vim apesar dos meus princípios, porque não costumo lotar as tribunas como se fosse uma *grisette* qualquer, que não pode ostentar nem nascimento nem bens, ou uma operária que costura para as tropas. Ninguém, digo, ninguém pode vangloriar-se de me ter visto na Convenção ou nos Jacobinos; e muito menos me apresentaria no Tribunal, caso não tivesse lido o nome dela na gazeta.

As aglomerações, as discussões não são de meu interesse; de resto, estou assoberbada de trabalho, eis o fato. A tipografia me rouba todo o tempo do dia e também da noite, desde que passei a dirigi-la sozinha, e entre meus nove sobrinhos não há nenhum disposto a trabalhar para mim, afora Christine.

Mas ontem de manhã a cabeleireira me chega com o jornal que costumo folhear para aproveitar o tempo enquanto ela trata dos meus cabelos... Minha cabeleireira é bem lenta e velha, mas nada no mundo me faria trocá-la por um desses jovens de poses delicadas que andam tão na moda ultimamente. Nunca permiti que esses poltrões se aproximassem dos meus cabelos! Então, eu estava lendo e comentando as notícias enquanto ela me empoava com uma camada levíssima de pó-de-arroz — não há nada como um toque de pó-de-arroz para manter o penteado em ordem; por que eu deveria renunciar a isso, por medo de parecer antiga? —, quando, na lista dos julgamentos, vejo o nome da De Gouges.

Bem, disse para mim, Constance, desta vez você não pode escapar, mesmo com todas as suas preocupações, mesmo tendo o dia cheio de trabalho para gastar tempo em assembléias ou no Tribunal: trata-se de uma antiga cliente, vá dar uma olhadinha.

E, *fiat voluntas*, aqui estou.

Conheço bem a De Gouges. Não há nada que consiga fechar-lhe a boca. A Revolução divide os ânimos? Todo o universo se incendeia? Não importa: lá está ela intensificando sua guerra com a pena — do meu ponto de vista, uma ótima cliente. Além disso, nunca deixou de me pagar, embora freqüentemente com atraso. Há anos imprimo suas obras, não todas, mas boa parte delas, e justamente no ano passado tirei várias cópias de seus manifestos, quase não passava dia sem que me trouxesse um novo. É verdade, uma ótima cliente.

Pena o caráter excêntrico, intimidador. Demasiado impetuosa, demasiado arrebatada. Sem contar os prejuízos decorrentes da ambição... Não adianta, uma mulher que conquiste por si o título de "autor", e ela o conquistou, perde na realidade muito mais do que ganha: se suas obras são ruins, tripudiam dela; se são boas, a odeiam. Onde está a vantagem? Abandonar a leveza da sedução, renunciar aos recursos da astúcia feminina pelo esforço severo da escrita... não é uma ambição excessiva?

Por isso não tenho intimidade com a De Gouges, mas a respeito: em certo sentido, também trabalho com as palavras, e por isso estou do lado dela.

De resto, é preciso que se diga, ela não escreve tolices.

No ano passado mesmo, em 28 de junho, quando Luís Capeto foi forçado a beber à saúde da Nação com o barrete frígio na cabeça diante da multidão que havia invadido as Tulherias, ela não se eximiu de emitir seu parecer e o fez ouvir da maneira de sempre: escrevendo. Escreveu que estava errado humilhar os tiranos e ao mesmo tempo mantê-los no poder, porque isso significa conservar uma monstruosidade, ou seja, um governo sem autoridade e inepto. É hora, escreveu, de declarar o divórcio entre o princípio monárquico e o novo direito, haja vista que não há mais aliança ou reconciliação possível. E em dez de agosto, quando a monarquia caiu, ela exultava com o manifesto que me trouxe naquela mesma noite: finalmente o nó górdio foi cortado. Mas o sangue, dizia, não será nunca o sangue que decidirá sobre a salvação de uma idéia.

Há coerência em seu pensamento, creio. Ainda que meu sobrinho Léon, juiz de paz, tenha dito naquela ocasião: em que ela está se metendo? Melhor seria que se preocupasse em costurar calças para os nossos bravos *sans-culottes*. Ele é assim mesmo. Está convencido, aliás como todos os homens, de que as mulheres foram criadas para transviar a razão, e não para falar e sentir segundo a razão. Inútil discutir com ele.

De acordo, que ela é excêntrica não há nenhuma dúvida, mas aprecio o seu trabalho, feito de palavras diretas, sem pomposidades inúteis, e não pude me conter. Quando vi o nome dela no jornal, pus as luvas, apoiei o chapéu sobre o penteado fresco e vim até aqui dar uma olhada, mesmo não tendo tempo para fervores patrióticos ou outros espetáculos do gênero — já me bastam minhas preocupações.

Que não são poucas.

Por sorte Christine convenceu-se — não foi uma decisão rápida, mas a história terminou como o bom senso recomendava — e fez as bagagens, transferindo-se de Belleville a Paris para me dar uma ajuda. A única sobrinha mulher, sempre nutri um especial afeto por ela. Quantas vezes, quando era pequena, trouxe-a para Paris!

Mas agora é uma mulher, e, para dizer a verdade, não estou habituada a outra mulher em casa, que quer dar seus palpites até na cozinha, torcendo o nariz diante de molhos e especiarias. Infelizmente Christine se alimenta apenas de leite, ovos, frutas e verduras: uma verdadeira pitagórica. No máximo uma meia xícara de café de vez em quando. Estamos numa quaresma permanente.

Mas é excelente no trabalho. Se ela não estivesse aqui, organizando, agilizando... Principalmente depois que precisei dispensar as mulheres que trabalhavam para mim. Com o coração na mão, mas não tive outra alternativa após a visita daquele energúmeno, que girava o bastão sob o meu nariz e debochava na minha cara, gritando sem tantos rodeios: basta com essas putas que tiram o pão da boca dos homens! Tive que me dobrar à força. Dispensei-as e contratei operários.

Fiat voluntas.

Mas que tristeza! Que pena ver certos rapagões robustos trancados por horas numa sala, com as mãos grandes e grossas empenhadas em fazer um trabalho delicado, de precisão, que não é adequado a eles. Os homens se cansam na composição tipográfica. E minha sobrinha Christine dá ordens a torto e a direita, como se fosse a patroa... Mas é competente, devo reconhecer, e enquanto agir como mãe de família ou irmã mais velha em relação aos trabalhadores... O problema é que ela se comporta da mesma maneira com todos os homens, jovens ou velhos, casados ou solteiros, trata-os como irmãos, indistintamente e sem a mínima coqueteria. Será que algum dia ela encontra um marido?

Pois é verdade, já tenho os meus problemas e não deveria imiscuir-me em assuntos que não me dizem respeito, muito menos nas controvérsias de uma mulher com idéias demais na cabeça.

Mas a questão é exatamente esta: a De Gouges tem ou não tem direito a manifestar suas idéias, a dizer em público sua opinião, não importa qual seja?

Em 89 pensávamos que sim. Achávamos que éramos livres depois de termos sepultado a censura real. Imprimia-se à vontade e de tudo. A liberdade de pensamento e de expressão nos parecia a conquista mais preciosa... Depois até a inserimos na Declaração dos Direitos do Homem e do Cidadão, que é o texto sagrado da República e não por acaso está exposto em pompa magna sobre aquele pedestal, entre bandeiras e estandartes.

E então? A De Gouges tem ou não tem o direito de ter opiniões? Este é o ponto. E é justo que se discuta esse ponto no salão do Tribunal?

Para ser sincera, não tenho assistido a debates e sei bem pouco de processos e tribunais. Para mim, esta é a primeira vez. Sinto-me uma noviça em comparação a essas bisbilhoteiras com ar de especialistas, que trocam cotoveladas, sussurram, apontam e chamam pelo nome este e aquele, desde os guardas até o oficial, os juízes e os substitutos dos juízes. Eu peno para distinguir uns dos outros, vestidos como estão com as mesmas roupas pretas sob o manto e o capuz erguido sobre a fronte, encimado pelo mesmo penacho negro; mas, entre tantas conversas, num piscar de olhos eu também chegarei a alcançar alguma competência! Já sei uma quantidade de coisas, graças às minhas vizinhas, que movimentam as línguas com a mesma rapidez das agulhas. Por exemplo, aprendi que o presidente Herman é um protegido de Robespierre, que o Grande Inquisidor enviou um substituto, e que o banco de defesa, à direita da mesa recoberta por um pano verde, atrás da qual está o presidente, está vazio porque o advogado de defesa não se apresentou.

Mas então, me pergunto com espanto, quem defenderá a acusada?

A acusada se senta diante do júri.

Uma espécie de pódio elevado põe em evidência sua palidez e a submete ao exame das tribunas. Também a examino. Não com o meu habitual olhar de tipógrafa acostumada a decompor e a recompor seus escritos, mas com o da multidão, que muda e multiplica as perspectivas.

Olhando-a como estou fazendo neste momento, não se pode dizer que ela seja bem feita de corpo. Tronco e pescoço longos, seios escassos, mais do que eu imaginava. Austera. Mas de uma austeridade luminosa como esta límpida e fria manhã de inverno que brilha no alto das vidraças.

O presidente Herman soa a sineta, o oficial se ergue e dá início à leitura do ato de acusação: Marie Olympe de Gouges, viúva Aubry, mulher de letras, é formalmente acusada de ter redigido uma obra, intitulada *As três urnas*, contrária ao desejo manifestado pelos franceses de ter um governo republicano. Uma obra que não leva em conta, ao que parece, as leis emanadas contra qualquer um que proponha uma diferente forma de governo.

A minha vizinha — Agnès é o nome que sua colega usa para interpelá-la — aponta a agulha para o avental e pergunta a ninguém especificamente: O que isso significa? Que ela é uma monarquista?

Após a leitura do ato, prestam juramento as três testemunhas de acusação. Jura o cidadão Cressot, fabricante de papel e fornecedor da De Gouges. Jura o tipógrafo Longuet (eis a quem ela levava seus escritos quando estava em dívida com a minha tipografia). Jura Françoise-Modeste Meunier, a jovem que apresentou a denúncia ao Comitê de Salvação Pública.

Estranha, esta Françoise-Modeste. É a principal testemunha, e no entanto responde por monossílabos, esquiva, recalcitrante. Talvez porque é muito jovem e o público a intimida, deve ser por isso.

Depois de Cressot, Longuet e Meunier, deveriam prestar juramento as testemunhas de defesa, mas não há nenhuma. Ou nunca são chamadas a depor.

É o momento de Naulin, o substituto de Fouquier-Tinville. Antes de dirigir-se a De Gouges, passa e repassa dois olhinhos irados sobre o mar de toucas que ondula nas tribunas.

— Quando redigiu este texto?

— Durante maio.

— E por qual motivo?

Ela se lembra das agitações de Bordeaux, de Lion e de Marselha, da reviravolta que estava se espalhando nos departamentos, do mau humor em relação a Paris.

— Pensei que seria prudente, e útil, deixar a cada um a escolha do governo que considerasse mais adequado à sua região.

A cabeça de Naulin se lança para trás, num movimento de cavalo nervoso.

— Cidadã... — E cita a lei de 17 de setembro, que modifica e precisa a de 29 de março. Segundo esta lei, devem ser considerados suspeitos todos aqueles que demonstrarem — com a conduta, as amizades, os propósitos e os escritos — ser partidários do federalismo.

Oh!, exclama minha vizinha Agnès, então se trata de uma federalista. Mas a lei saiu em setembro, o escrito é anterior. Não entendo. Além disso, se fosse mesmo o caso... Que espécie de lei é essa que considera "suspeito", e por isso mesmo merecedor de prisão e de morte, o "potencial" autor de uma "provável" infração? O resultado é que você será suspeito em qualquer caso, tenha ou não tenha opiniões, porque aí você é suspeito de indiferença, e a indiferença é também uma infração.

Naulin se inclina sobre a massa de papéis que tem diante de si e o folheia com ímpeto exagerado. É um desses homens que compensa a compleição débil com uma aparência de irascibilidade.

— Reconhece também — ele pergunta — que é a autora deste texto teatral, encontrado entre os seus papéis, intitulado *A França salva ou o tirano destronado*?

— Reconheço.

— Por que então pôs na boca de uma personagem, que nesta obra representa a Capeto, declamações injuriosas contra os mais ardentes defensores dos direitos do povo?

Que absurdo, penso. O que isso tem a ver com a acusação? De resto, teatro é teatro. Ou não?

— Atribuí à Capeto a linguagem que convém ao seu papel na peça — responde De Gouges, enquanto Naulin continua folheando uma pilha de papéis.

— Em outras obras a senhora também injuriou e caluniou alguns representantes do povo.

— Quanto a isso, não mudei meus sentimentos. Sobre eles, sempre mantive a mesma opinião: considero-os homens sedentos de poder. Insetos sem alma e sem gênio político.

Meu Deus! Isso não são palavras, são golpes de sabre e feridas abertas: essa mulher quer se perder. A testa de Naulin assume uma coloração raivosa. Minhas vizinhas param o movimento das agulhas e contemplam a cena, boquiabertas.

E ela prossegue, lá no alto do estrado, com um ar de oradora:

— A lei me dá direitos...

— Desde o momento em que me foi notificado o ato de acusação, a lei me permite encontrar meu defensor e conhecer a lista dos jurados. A lista me foi entregue ontem, à meia-noite, e não tive meios nem tempo de estudá-la. Quanto ao meu defensor, nunca o encontrei e não o vejo sequer agora.

— Seu advogado não aceitou defendê-la.

— A lei me faculta o direito de solicitar um outro.

— Quer um defensor? A senhora, que se ofereceu para defender Luís Capeto? Cidadã, a senhora possui bastante espírito para defender-se sozinha.

Olympe

– A senhora? A senhora possui bastante espírito para defender-se sozinha — escarnece de mim o cidadão Naulin.

De fato não é isso o que me assusta, cidadão: que outra coisa fiz em toda a minha vida? Precisei defender-me como mulher. Precisei defender minhas opiniões. Não só. Como mulher, tive que defender o próprio fato de ter uma opinião. Por isso não me assusta a tarefa de defender-me sozinha.

A questão é onde encontrarei forças para enfrentar, sem advogado e apenas com testemunhas de acusação, um processo que não prevê recurso nem anulação?

Sinto que perdi a minha arte, a língua está muda: de repente me esqueci de como se faz para falar em público. Sinto, como dizia Rousseau, junto de todas as minhas virtudes, todas as minhas deficiências.

Onde posso encontrar uma força que não tenho?

Os assentos dos jurados se opõem a mim em linha reta. Tento dissimular a ansiedade enquanto escruto esses homens, um após o outro, e tento associar seus vultos à lista de nomes que a guarda me entregou ontem à noite.

Um mercador, um proprietário de diligências, um tipógrafo, um joalheiro... será ele aquele tipo na segunda fila com as sobrancelhas como asas de morcego? E o médico, será aquele velho que cultiva, em reserva, a sua solitária impaciência? Doze homens para julgar uma mulher. A lei me daria o direito de recusá-los. Mas não faz sentido uma recusa, já que mais uma vez me caberia enfrentar 12 homens: apenas a eles cabe o privilégio da liberdade e, portanto, da lei.

Se me viro para a esquerda, encontro o olhar insolente das testemunhas de acusação, Cressot e Longuet. Saíram de sua rotina para testemunhar que eu comprava muito papel, que eu imprimia muitos textos. Não sabem como me fazer pagar pelo fato de eu ter sido sua cliente, de ter pretendido que emprestassem suas habilidades ao serviço de uma mulher que escreve para a França, e não para um amante.

No meio dos dois, a filha de Meunier.

Poucos meses se passaram desde nosso primeiro confronto, mas nesse breve intervalo a garotinha cresceu, perdeu a imaturidade. As linhas redondas da infância desapareceram de seu jovem rosto obstinado, que não palpita mais, como se algo ou alguém tivesse apagado seus impulsos, afogando-os num caldeirão de pez. Uma pequena amazona ferida.

Mas onde encontrar a força?

Os jurados, as testemunhas de acusação... e depois este banco. Mais que um banco, um pódio. Sobrelevado, mas não muito: dois degraus. Suficientes, porém, para me deixar sem nenhum anteparo, altos o bastante a fim de permitir à acusação indigitar-me ao júri e ao público das tribunas, satisfazendo sua curiosidade. Um público composto em sua maioria por mulheres, muitas de touca, pouquíssimas de chapéu. Mas que diferença faz? Umas e outras, temo, me farão pagar bem caro a audácia de lhes ter dado conselhos. Não sabem nem podem saber, aliás, que ao dá-los a elas eu também recebia a minha parte.

Apóio as mãos geladas na barra que me separa das tribunas.

Mil olhos me devoram enquanto me ponho de pé.

Lembre-se, advirto a mim mesma: você quis assim. Este é o seu julgamento. Está sobre o seu palco, atriz de sua própria récita.

Françoise-Modeste

Sim, afirmei, a reconheço. É ela, a mulher que em 19 de julho e também no dia seguinte propôs a meu pai que ele afixasse o texto denominado *As três urnas*. Lembro que chovia, um daqueles dilúvios de verão que inundam a alma, um tempo horrível, e ela mancava por causa de uma queda.

Não acrescentei mais nada porque meu testemunho devia limitar-se ao reconhecimento.

O cidadão Naulin, que representa a promotoria pública, pareceu-me decepcionado com a exigüidade do meu depoimento. Raspou a garganta, pressionou um lenço nos lábios, apertou a gravata sob o queixo e por fim, no instante seguinte, passeou a manga esquerda sobre a fila de botões. Ganhava tempo antes de resolver me dispensar.

Mas eu disse aquilo que sabia. Aquilo que sei com certeza. A verdade, e nenhuma palavra a mais. O que pretende de mim o cidadão Naulin? Esperei este processo por mais de três meses e, se é verdade que a lei é a foice da Revolução, então quero que o Tribunal julgue segundo a lei, e não os desejos da acusação pública. Quero que vença a justiça: sou uma patriota, não uma delatora.

Sou mais patriota do que certos deputados que agora só fazem se arrastar em seus bancos. Ou do que certos heróis nacionais que, numa mulher, preferem a obediência ao sentimento e que se contentam, sim, se contentam no fundo no fundo com uma idéia reduzida de mulher.

É ela, repeti, e voltei ao meu lugar.

* * *

Não abandonei o orgulho de ser uma jacobina e uma patriota. No entanto houve um momento, no final do verão, em que eu já não entendia o que significava ser patriota e talvez nem quisesse mais ser. Tinha explodido uma grande confusão na minha cabeça, e meu coração se contraíra.

Não por culpa de Nicolas. Ele sempre se comportou de um modo mais que correto. Nunca esboçou um gesto que pudesse ser mal interpretado ou uma proposta desrespeitosa. Mas era comigo que entabulava discussões e se animava e me prendia no visgo daqueles seus olhos tão escuros que não se chega ao fundo.

Eu esperava que mais cedo ou mais tarde ele falasse com meu pai.

Quando se apresentou com uma camisa de batista fina sob o uniforme, batista de Saint-Quentin, porque ele só compra tecidos e objetos fabricados na França, intuí num instante que ele viera fazer seu pedido, e minha garganta se fechou e nem consegui lhe dizer bom dia.

Para falar com tranqüilidade, ele e meu pai se retiraram para a loja, entre caixas de cola, rolos de linha e pilhas de cartazes. Papai devia ter acendido um daqueles charutos que o velho sócio do tio lhe dá de presente, porque por baixo do portão me chegava um cheiro adocicado misturado ao som da voz de Nicolas que dizia: na prefeitura ou mesmo na igreja, se sua esposa considerar mais adequado.

Então eles saíram, e meu pai tinha uma expressão dividida entre o desconcerto e a irritação, mas ele passou ao meu lado, bem perto, e sobre seus lábios percebi uma secreta dobra de ternura. Sim, era a mim que ele havia pedido.

E meu pai talvez viesse a consentir, ainda que o negócio não fosse de seu agrado e ele tenha se tornado muito rude em relação a mim, quase como se quisesse punir-me por alguma falta, e se lamentava, fixando-me intencionalmente: ah, estas meninas beberam demais na taça da Revolução.

Mas quem sabe, talvez ele acabasse se convencendo se minha mãe não começasse a atormentá-lo, a sibilar-lhe: nunca darei minha permissão, não aceitarei nunca que a menor se case primeiro. Não se importava que eu a escutasse, e muito menos se importava com meus sentimentos. De noite, quando meu pai voltava cansado após o turno voluntário de guarda na barreira ou no cárcere de Saint-Lazare, um trabalho patriótico que, acredito, não é menos patriótico agora, que é pago com uma indenização de 40 soldos, ela se aproveitava daquele momento de cansaço para desfiar suas razões: Suzanne já tem 24 anos, Françoise pode esperar.

Pode esperar... uma cantilena que durou todo o mês de setembro. E, quando Nicolas batia na porta de casa, pontual como sempre, ela me mandava para outro lado com uma desculpa qualquer: vá lavar as panelas!

Por fim ela venceu. E Nicolas se contentou com Suzanne, que não tem o menor senso cívico e, desde que está prometida, veste-se com um simples casaco, um vestido solto e uma fita vermelha nos cabelos, para agradar um pouco mais a um patriota como Nicolas. Mas só coloca o cocar quando não pode fazer de outro modo, porque é obrigatório. Para ela, o cocar não quer dizer nada.

Vai ser uma boa esposa, mamãe se anima, e que importância pode ter, acrescento eu, se o que seduz Suzanne é o matrimônio, e não o marido? E Nicolas não tem culpa, não, porém eu acreditava que, para um revolucionário, o sentimento viesse à frente de tudo. Mas o sentimento também se tornou um *ci-devant*, por assim dizer. Foi isso, mais do que qualquer outra coisa, que fez meu coração se fechar.

Fiquei tão desolada que até tive febre. Passei três dias na cama e, quando levantei, meu ânimo era uma tábula rasa, onde pensamentos, palavras e fantasias deslizavam sem se fixar nem deixar vestígios. Eu, que corro sempre para cá e para lá, ficava o tempo todo sentada roendo as unhas, irritando-me com qualquer um que me aparecesse na frente, até com a minha amiga Martine.

Um dia ela desceu para me ver, querendo que eu lesse umas folhas assinadas por Mére Duchesne, porque eu a habituara a essas leituras vespertinas.

Martine, coitada, tem a permissão de sair não mais que duas vezes por semana: uma para encontrar os avôs maternos e outra para visitar os paternos. Sendo assim, para se distrair um pouco, vem me ver e ouvir as novidades da rua e dos jornais.

Foi aí que ela apareceu com o último discurso de Mére Duchesne, e eu comecei a ler, mas, depois de algumas linhas, comecei a me irritar com o que estava lendo e joguei as folhas desencadernadas num canto.

Muito boa a nossa Mére Duchesne, comecei a imprecar com voz trêmula, escreva, escreva que finalmente as coisas mudaram, que as mulheres cresceram, aleluia! Escreva, escreva que a liberdade nos deu asas, que hoje voamos como águias. Aleluia!

Martine me olhava espantada, com olhos grandes, de onde algumas lágrimas despontavam.

Para que eu me recuperasse, mamãe pensou em me mandar por algumas semanas a Meudon, na casa da tia, embora eu tenha protestado imediatamente: o ar do campo não me serve. E ela: goste ou não goste...

Um bate-boca que teria durado uma eternidade se naquele momento não tivessem batido na porta.

Pensávamos que fosse o aviso habitual para o meu pai, o bilhete no qual lhe comunicam a hora de turno. No entanto era o oficial de justiça do Tribunal, com uma convocação para mim.

— Para Françoise? — surpreendeu-se mamãe, que no meio daquela agitação já não se lembrava da De Gouges. Mas eu me lembrava, e como.

Seja como for, não se falou mais em ir para o campo. Nisso pelo menos venci, embora não me cause nem prazer nem desprazer, por causa do coração contraído.

Minha mãe não se lembrava, mas eu, sim; eu vivi, apesar das minhas penas, na espera espasmódica desse processo.

Esperei-o muito, muito. Por meses e meses. E durante o verão e no transcorrer do outono, quando me atormentava tentando decifrar o olhar escuro de Nicolas, mesmo então a espera estava ali, fixa num cantinho da minha mente, e produzia mudos debates, disputas imaginárias e sonhos, sonhos grandiosos.

Sonhava que estava no salão, que ia com passo firme à mesa do presidente e me dirigia às tribunas explicando, com a eloqüência de uma romana antiga, por que a pátria se defende antes com a verdade do que com o respeito às leis.

E agora que o processo foi aberto e que cada um tenta fazer valer o seu juízo, porque descobri que a justiça não é nada mais do que isso, um juízo que prevalece sobre os outros, não importa como nem por quê, eu digo apenas: é ela. Não explico as minhas razões, mas espero ansiosamente as dela, para entender como se reconhece a verdade e se o reconhecimento da verdade significa também o fim de toda incerteza e de todo sofrimento.

Porque estou sofrendo.

Pela massa enorme e confusa das minhas dúvidas e pelo olhar imenso e debochado das tribunas que se pousa, sem nenhum pudor, sobre a acusada atrás da barra. Uma mulher que tem mais ou menos a idade da minha mãe: 38 anos, segundo declarou ao presidente Herman. Mas os seus cachos mostram largas estrias grisalhas, mal ocultadas pelo chapéu, à diferença de minha mãe, que tem um coque negro e luzidio, mas uma autoridade ínfima, que só se desafoga comigo e com mais ninguém.

Sofro, sim, e me espanto com este sofrimento que não consigo combater, que aumenta e se torna mais intenso diante da multidão que ondeia como uma chusma embriagada.

Mal consigo ouvir o oficial que lê o ato de acusação e chama:

– Olympe de Gouges, mulher de letras.

Pôs-se de pé. Não como uma acusada, mas como alguém que está recebendo um reconhecimento na aula magna de uma universidade.

Pode até ser anarquista, mas tem coragem.

Calada, grito a uma vizinha que puxa a agulha e grita e continua sem parar cuspindo montes de palavras, não se cansa nunca, uma vespa enfurecida. Como posso acompanhar o debate se há gente que continua despejando rios de tolices em meus ouvidos?

Até o promotor público pede silêncio. Mas o zumbido não se acalma, não é mais zumbido, é gritaria, e o cidadão Naulin se vê constrangido a gritar que nem as fúrias das tribunas, se não pior.

— *As três urnas* é um manifesto indigno de uma pena republicana — esbraveja –, e nunca se viu uma mulher que pretendesse indicar o caminho certo para os homens de governo.

A acusada não lhe responde diretamente. Sua atenção — uma atenção que calcula e sopesa — está toda voltada para o público. E, depois de ter ponderado e avaliado bem, replica:

– Sou uma mulher, não há dúvida, mas servi a pátria como se fosse um homem. Aliás, como se fosse um grande homem.

Sua voz sobrepuja a confusão, enquanto o longo busto gira e seu olhar, inesperadamente, encontra o meu e se detém. E eu me vejo coberta de vergonha da cabeça aos pés.

Não, eu gostaria de gritar a ela e aos milhares de olhos que se acendem em cada canto do salão, deslocando-se da sua figura à minha, não, eu não sou uma delatora, embora não tenha dito propriamente toda a verdade.

A verdade é que tenho 14 anos, e não 18. Catorze anos e um coração contraído.

Agnès

Que história, Manette, que história! Ah, não, eu daqui não saio. Você vá, se precisa ir, mas eu não quero perder a sentença.

O almoço? Mas está muito cedo, você não é parisiense? Não tem os mesmos horários que nós temos no interior. E olha que o meu estômago penou para se habituar aos seus horários! E não me venha com essa história do seu marido; quer dizer que ele se aborrece se, por uma única vez, volta para casa e não encontra você?

Ah, é assim.

Em Paris também exigem que a mulher esteja à disposição. Exatamente como na província. Por acaso não sei dessas coisas? Sei até de memória: *você é minha mulher? então quero vê-la de pé, mexendo nas panelas, enquanto eu como... você é minha mulher? então quando eu for deitar você também se deita*. Tal e qual. Mas ainda há tempo. Pode até parar em um ambulante e comprar algum resto de cantina, nestas bandas há muitos convenientes. Depois é só esquentar tudo bem rápido. Ontem comprei uma sobra muito boa por 7 soldos, três ou quatro pedaços de carne e uma bela quantidade de legumes, uma delícia.

Vamos, fique mais um pouco. Não acho que vá demorar muito, o júri já se retirou para a câmara de conselho faz tempo, e aqui já começaram as apostas, cada um quer dizer a sua e todos têm razão, até que os jurados voltem. Em certo sentido, o Tribunal funciona como um teatro. Entre um ato e outro os atores tomam fôlego, se concentram, e o público pode conversar e fazer comentários, ninguém o impede. Seria um pecado, Manette, sair a esta altura.

Não lhe interessa saber como vai acabar? Ah, eu não vou embora sem saber o final, porque, com toda a sinceridade, quanto mais eu escutava menos gostava das perguntas que faziam à tal De Gouges.

Por favor, não quero afirmar que a acusada não tenha suas culpas e que, se for o caso de castigá-la, o júri não deva fazê-lo. Mas maligna como a pintou o cidadão Naulin... Que comparado a ela...

A mim ninguém prende a língua: se entendemos alguma coisa desse processo, e digo isso alto, forte e sem medo, foi graças à acusada. Porque, se tivesse dependido da acusação pública...

O cidadão Naulin fez realmente um belo papel. Bilioso, irascível, começava uma frase e a esquecia no meio do caminho; quando devia dizer pão, pão, queijo, queijo, não ia direto à padaria, mas começava a debulhar o grão e a ordenhar a vaca, e puxa daqui, aperta dali, nem pão nem queijo saía. Se fosse o cidadão Fouquier-Tinville, o raciocínio seguiria um fio seguro. No entanto, esse bode do Naulin desonrou sua bela peruca cortada curta, à moda da Revolução: justamente como ele deveria cortar os seus discursos. Chegamos ao final do interrogatório... e você entendeu alguma coisa? Não, ninguém entendeu se a De Gouges é uma realista, uma defensora do federalismo ou uma republicana. Ora! Deve ter suas fases, como a lua. Por isso, pelo que entendi, ora se trata de estabelecer em que fase se encontra neste exato momento. É o júri que deve estabelecer essa questão, e o veredicto vai depender da sua convicção.

E eu deveria ir embora justo agora? Não, eu fico, e você também deveria ficar.

Aliás, me diga: o que o filho dela tem a ver com isso? Parece-lhe um procedimento correto lançar mão do filho depois que ela explicou detalhadamente como a coisa se passou? Sim, admitiu, enviei-lhe uma cópia das *Três urnas*, mas com o exclusivo objetivo de fazê-lo conhecer a causa da minha prisão, a causa material. Não é um impulso espontâneo? Você também não teria feito o mesmo? Se seu filho soubesse ler e escrever e você fosse uma mulher de letras, ah, ah...

Não, sem ofensas... não quero zombar de você. Mas foi a De Gouges quem pegou pelos fundilhos aquele imprestável do Naulin. A cada cretinice que lhe saía da boca, viu como ela alargava os braços, como erguia os olhos aos céus com paciência, enquanto todos riam e ele não sabia mais como dominá-la?

Mas não se engane, Manette, essa mulher não é uma fanfarrona, não teve pudor de dizer: temo a morte e o seu suplício. Com um sotaque que não me enganou. Não, senhora. Essa mulher não é parisiense. Tenho certeza de que é do sul, justamente como eu. O mesmo sotaque, a mesma alma de fogo.

— Gostaria de poder abrir meu coração aos jurados...

De que modo ela disse isso! Notou? Com as mãos que pareciam mesmo abrir a cortina do peito.

Tem a eloqüência no corpo, essa De Gouges.

Na minha terra se costuma dizer: quem é avaro de gestos é pobre de palavras e frio de coração. Você não pode entender, nasceu em Paris. Mas eu, eu entendo um pouco disso. Os gestos, Manette, são a alma de todos os discursos. São a comunhão da carne com as palavras. Por isso, quando falava do filho com as mãos juntas, eu sentia no peito um sofrimento, uma pena, e no ventre, aqui, em meu ventre eu sentia as dores do parto e... mas você ainda não conhece essa história, qualquer dia desses lhe conto.

Enfim, o que eu quero dizer é que ela, a De Gouges, falou como uma mãe. Como uma mulher. Falou bem. E aquele bode do Naulin só fez interrompê-la e cortar-lhe o discurso da boca. Não é justo. Não é justo com ela, que tem o direito de se defender, nem com a gente. O que viemos fazer no Tribunal? Ouvir apenas as baboseiras da acusação pública? Também estamos aqui para escutar os acusados, para entender o que eles estão pensando, e essa De Gouges tem muita coisa na cabeça. Se a impedem de falar, que julgamento é este?

Mas eu entendi.

Como não? Percebi muito bem que queriam calá-la a todo custo e que terminaria assim. Quando ela disse: morrer pelo próprio dever, é isto que prolonga a maternidade para além do túmulo!, e das tribunas se levantou um aplauso... até você, Manette, até você... foi naquele momento que compreendi como terminaria. E, dito e feito, ainda nem tínhamos terminado de aplaudir quando Herman, do pódio da presidência, encerrou o assunto:

– O júri já está suficientemente informado, e boa noite — com essa frase cortou o debate tirando-nos o prazer do processo.

O júri se retirou depressa para deliberar, enquanto os guardas se dirigiram para a acusada, porque ela também precisa isolar-se naquilo que se chama de sala dos réus. E quando estavam justamente conduzindo a ré, um guarda na frente e outro atrás, explodiu aquele pandemônio.

Uma correria, uma confusão, o que foi, o que não foi...

De início não me dei conta. Depois olho melhor. É ele!, grito. É ele, Manette, o jovem que queria me dar um cheque em troca do seu lugar. Foi ele quem provocou toda a confusão, jogando-se contra as barreiras durante a passagem da escolta e deixando cair nas mãos da acusada, estendidas em direção às dele, alguma coisa branca.

O que será? Uma arma, um papel, uma declaração de amor?

Rapidamente o guarda que caminha atrás da De Gouges dá um passo para o lado e lhe bloqueia o pulso, mas ela agarra firme seu butim, não o larga por nada. Poderia quebrar os dedos! É tão frágil, ossos longos e frágeis, e aquele brutamontes... um pescoço de estivador, um tronco de carvalho, de cascas grossas. Mas ela não cede, e então ele solta a presa, a deixa ir, ergue os ombros e ordena: avante! A acusada obedece e, enquanto retoma o caminho ao longo do estreito corredor que margeia as tribunas, abre o punho e mostra...

— Deixe-me ver — eu disse –, se afaste, Manette!

Um buquê. Um minúsculo buquê de rosinhas brancas. Sabe quanto custam nesta estação?

E ela o olha, o leva aos lábios, gira-o entre as mãos e, antes de desaparecer atrás da porta da sala dos réus onde esperará o retorno dos jurados, prende-o na cintura. Entretanto o jovem continua agarrado às barras, no redingote que o faz parecer um gavião negro com o bico branco.

Que rapaz! Muito jovem para ser um amante, não acha? Mas essas grandes damas — sabe como é... Embora ela não seja propriamente uma grande dama, mas uma mulher extravagante, se for verdade que pretendia viver das letras, como a acusou aquele bode raivoso do Naulin.

Ah, que história, Manette! E você, que queria ir embora!

Sophie

Estou com os braços carregados com os utensílios do ofício, folhas, álbum, estojo, e nem sei onde colocá-los: o espaço é apertado na sala dos réus. Das seteiras desce uma poeira densa como névoa, que amalgama as cores, empasta os contornos, envolve a figura da mulher que já se senta em pose e me interroga com uma ansiedade que contrasta com a voz que há poucos instantes, no salão, era forte e sem vacilações:

— A senhora conseguirá trabalhar?

— Farei o meu melhor.

Estou habituada a lugares desconfortáveis. Às mesas de cozinha. Às mesinhas baixas do estabelecimento de banhos quentes. Às vezes até ao dorso de barcos emborcados na beira do Sena.

— Sim, farei o meu melhor — prometo, fixando-a com um interesse em que se misturam embaraço e intimidade. Embaraço que se sente diante de uma desconhecida, e a intimidade que sinto toda vez que minhas mãos se apoderam das linhas de um corpo e de seu equilíbrio secreto, uma familiaridade sem camaradagem.

Nesta manhã ainda não sabia seu nome quando ela passou ao meu lado, no meio dos guardas, a multidão que pressionava contra as barreiras das tribunas, rumo a um estrado muito parecido a uma berlinda. Mas ela, minha modelo desconhecida, subiu e ocupou seu lugar com uma gravidade suave, como se estivesse ocupando um camarote da Ópera ou se preparasse para guiar uma festa cívica. No entanto, sobre seus cabelos notei uma tonalidade cinzenta que não havia semanas atrás, quando esbocei seu retrato no salão do estabelecimento de Pont Royal.

Como se tivesse captado meu pensamento, ela, sobre o estrado, levou uma mão à têmpora e escondeu um cacho, enfiando-o para dentro de um pequeno chapéu azul. Talvez não me tivesse visto, talvez nem sequer se lembrasse de mim, mas tive a impressão de que o fio de um discurso ininterrupto estivesse sendo reatado, que pudesse de algum modo prosseguir.

Ajeitei o bloco sobre os joelhos — não havia outra possibilidade — e comecei a esboçar um fundo: roupas escuras, mantas negras, penachos negros. Para onde quer que eu me virasse, via um preto lutuoso. No meu primeiro dia de trabalho no Tribunal, já odiava suas cores escuras com a mesma intensidade com que odiara os tons pastéis da monarquia.

Vim até aqui, me disse, mas não vou além disso. Não sou, nem absolutamente gostaria de ser, um desses artistas que perseguem seus modelos até o patíbulo, que buscam a verdade da morte na contração de um músculo ou no esgar de uma boca. E não me importa se são os próprios condenados que querem, se muitos preferem um retrato, a prova mais segura de sua passagem pela terra, à bênção de um padre, talvez até constitucional, e por isso mesmo com cheiro de enxofre. Não, nem mesmo a compaixão me fará ir além da Conciergerie, até os pés da guilhotina.

E ainda não sabia o nome dela.

Mas não me parecia indispensável, até que o presidente Herman a interpelou: Marie Olympe de Gouges. Viúva Aubry.

Agora não era mais uma desconhecida: tinha um nome, uma história, e eu não podia mais vê-la como a tinha visto até aquele momento.

Interrompi o trabalho para escutar.

O interrogatório, o debate... Defendeu-se sozinha. Com muita energia. A cidadã De Gouges, viúva Aubry, prendeu o público nos bancos das tribunas e o amansou, o comoveu, seduziu. Não houve o vaivém de sempre, o costumeiro aglomerado nas portas. Todos queriam ouvir, e o julgamento talvez tenha durado mais do que era conveniente à promotoria pública ou aos próprios juízes.

Depois de algum tempo recomecei a desenhar, mas rapidamente meu lápis deixou de acompanhar as dobras dos mantos e a agitação de borlas franjadas para se concentrar naquela única figura: o fulcro da cena.

Trabalhava com prazer e ao mesmo tempo com relutância, ainda que o modelo fosse digno de David e merecesse entrar numa pintura histórica. A única, dizem, que permite ao artista cumprir adequadamente sua tarefa: exprimir sentimentos nobres em formas ideais. E eu não tinha diante de mim uma acusada, mas a forma ideal da Razão. Uma Razão apaixonada, se é que isso é possível.

No entanto eu continuava a desenhar com relutância.

Para mim não foi fácil passar dos vapores perfumados dos banhos de Pont Royal ao cheiro pungente das ervas que queimam nos quatro cantos do salão de um tribunal. Uma mudança que me aflige e ofusca o prazer do ofício, que altera meu engenho e até minha destreza em colher perspectivas e proporções.

Assim prossegui lentamente, concentrando-me em alguns detalhes daquela figura que ocupava com tanta imperiosidade o centro da cena, como a mão que não apertava a barra divisória, mas se apoiava sobre ela com uma pressão calculada: um apoio para controlar os impulsos involuntários do corpo, para conferir uma medida de peso à tensão interior.

Essa mesma mão agora brinca com um maço de rosas brancas, preso à cintura pelo laço da cinta. Alguém lhe deu as flores enquanto ela passava rente às tribunas, antes de entrar nesta sala de fato muito incômoda e escura para um bom trabalho de pintura.

Mas foi ela quem me procurou. Solicitou a um guarda que voltasse ao salão e me perguntasse se eu gostaria de encontrá-la, e o guarda se apressou em me trazer a mensagem porque o tempo poderia não ser suficiente para uma sessão completa.

— Não pinta mais nos banhos?

— O trabalho é pouco — explico, curvando a cabeça para desatar a fita que amarra meu álbum.

Os clientes estão escasseando, e o ganho não vale o tempo perdido. Do contrário eu não procuraria encomendas nos tribunais, trabalhando ao lado do banco dos réus. Não é um trabalho animador, confesso em voz baixa, embora o salão de justiça não seja tão opressivo quanto a cela de uma prisão. Infelizmente hoje são as prisões que dão trabalho, e é lá que é preciso ir para encontrar clientes. Muitos fazem isso. Mas eu não, digo, erguendo bruscamente a cabeça. Nem por dinheiro nem por amor à pintura. Não tenho a índole nem o lápis firme de David, que em 2 de setembro de 91, na Force, pretendia capturar o sublime na expressão dos prisioneiros que iam sendo paulatinamente degolados. Não que eu pretenda julgar... Não tenho méritos suficientes para julgar David, o pintor da Revolução.

— A senhora se engana — me corrige minha modelo com tranqüilidade. — David não é o pintor, mas o coveiro da Revolução. Aquele que organiza as grandes pompas fúnebres, a começar pelas de Marat.

— As pompas fúnebres e as festas.

— É verdade. Estava me esquecendo das festas.

Não cai mais pó da seteira, a luz se distendeu mais clara, e meus olhos vão e vêm da folha à sua figura, da sua figura à folha e mais uma vez às mãos que brincam com as rosinhas brancas do buquê, ao rosto sensível que se abre e, de modo totalmente inesperado, sorri em cada parte.

Eu também, ela conta, um ano atrás, para as festas do 3 de junho, organizei uma passeata de mulheres vestidas de branco.

Um espetáculo tão insólito e curioso que até o céu se abriu de tanta surpresa, despejando montanhas de água sobre o pequeno cortejo de branco.

— Éramos oitenta, talvez cem.

Mulheres que não queriam suportar somente o peso da família, mas também o da República.

— Por que — me surpreendo — acrescentar mais esse fardo sobre os nossos ombros? Não vejo a utilidade.

— A senhora ama a pintura — replica –, eu amo a arte do bom governo.

E se eu não me contento em pintar folhas e pétalas, ela não se contenta em reinar sobre a fraqueza dos homens. A administração noturna das mulheres: um modo de comandar o crime e a virtude que não serve para mudar costumes e usos contrários à liberdade.

— Se até os atores... se até Arlequim conseguiu seus direitos constitucionais depois de 89, por que nós não deveríamos obtê-los? Há de acontecer, mais cedo ou mais tarde.

— Quando? — pergunto.

— Quando aprendermos a aplaudir a obra de outra mulher. A sermos menos ingratas umas com as outras. — No olhar que me vigia atentamente cintilam fagulhas de ironia. — São palavras de uma personagem minha. Quando a senhorita Chavignot as pronunciou na Comédie Italienne, nenhuma nas mulheres presentes bateu palmas.

Seu raciocínio me desorientou, não sei o que responder. Entre seus dedos irrequietos o buquê se foi desfazendo, e algumas pétalas caíram sobre as dobras da saia.

Dirijo novamente o olhar para o meu esboço e retomo o trabalho. Retoco, reforço, atenuo, corrijo. Estas são as coisas que sei fazer, e não me confundem.

O roçar macio do lápis ocupa todo o espaço à nossa volta e arrasta o tempo consigo: é o interminável mastigar de um cupim que prosseguirá pela eternidade.

O toque da campainha nos colhe de surpresa. Chega do salão adjacente, agudo, despudorado, anunciando o retorno do jurado.

Dos lábios me escapa uma exclamação, ela bate as pálpebras. Um breve tremor lhe descompõe o queixo quando os guardas surgem na soleira. Antes de se levantar, recolhe uma a uma as pétalas caídas sobre a saia e as aperta no punho, levando-o ao nariz. Aspira profundamente. Quando abre a palma, pequenas escamas brancas deslizam de seus dedos. Pára diante do meu desenho para perguntar, com a mesma ânsia com que me acolhera, uma ansiedade desproporcional, mas comum, como bem sei, a todos os que se espelham no último retrato:

— Poderia reproduzi-lo em miniatura? Para meu filho e sua companheira.

Aquiesço.

Cumprimenta-me à inglesa, apertando-me a mão.

Justine

Que erro, minha Babichette, que erro! Para que dizer uma coisa dessas... Você, uma viúva. Mãe de um general. É como se tivesse descido do pódio para se afirmar como mulher. Ninguém lhe perdoará.

E pensar que até este momento o processo avançava tranqüilo e eu me iludia imaginando que, talvez...

Mas quem sabe é você quem tem razão, e a errada sou eu.

Já estava errada esta manhã, quando cheguei e o salão já estava superlotado; parecia que queriam fechar os portões e me deixar do lado de fora, batendo os pés. Mas de tanto empurrar de um lado e de outro, consegui entrar e, aí está, pensei, de fora o Tribunal parece um monumento à impassibilidade, e dentro é um grande mercado, cheio da gentalha que continua os seus afazeres sem o mínimo respeito pelo lugar onde se encontram. Os homens se aproveitam do empurra-empurra para puxar conversa, e as mulheres costuram, remendam e fazem meias debaixo das luzes, à custa da Comuna.

Por sorte achei um lugarzinho num canto e fiquei ali. Mais adiante, bem ao lado das barreiras que separam o público dos bancos dos juízes e dos acusados, entrevi o jovem Frazé. Depois alguém se meteu no meio, e o chapéu dele desapareceu entre cem outros chapéus e o perdi de vista.

Estava de novo sozinha.

Mas não tinha medo, porque podia olhá-la e escutar sua voz quando era sua vez de responder ou explicar algo.

Eu estava de ouvidos bem abertos, muito atenta a não perder nem uma frase sequer. A senhorinha — me dizia — vai querer saber de tudo, e se eu me perder dentro do meu medo, o que vou contar a ela?

Pobre senhora, encontrei-a caída no chão, diante da porta de entrada, vestida impecavelmente com o xale e a sombrinha: desmaiada. Chamei Mignonne, aquela sua camareirinha que não serve para nada, tiramos a roupa dela e a colocamos debaixo das cobertas. Estava fervendo e não conseguia abrir os olhos, como se o sono de toda uma vida tivesse tombado em seus ombros de uma vez só. Mas mesmo assim, com os olhos fechados e a língua travada, conseguiu dizer:

— Vá. Vá, Justine. — E como eu poderia — respondi dentro de mim — não ir ao julgamento da minha Babichette? Nem se Deus nosso Senhor em pessoa me proibisse.

Então chego ao salão do Tribunal e a vejo lá no alto, combatendo feito uma guerreira. Como Guillemette. Com certeza ela também pensou nisso. Desde meninas ouvíamos juntas a história de Guillemette, que, quando tudo parecia perdido, pegou em armas e salvou Montauban do ataque dos papistas.

Não, não tive medo ao vê-la combater feito uma guerreira. Apertava as mãos no colo: se o senhor Pierre estivesse aqui, como não poderia estar orgulhoso da mãe? De minha parte, com a saia enlameada e os pés nadando nos sapatos, me sentia a serva de uma rainha. E durante todo o debate não tirei os olhos de cima dela: pensava no que contaria à senhorinha, no modo como lhe contaria.

Fez uma de suas grandes cenas... aí está, vou começar assim. A senhora a conhece, direi, começa a falar e fala e fala até que no final é preciso por força lhe dar razão, não há outro jeito, ainda que você quisesse dizer que ela estava errada.

No Tribunal, expondo suas razões, ela confundiu o público e pouco faltou para que confundisse também os senhores jurados. Aquelas caras gordas, aquelas casacas lustrosas, se não se deixaram confundir, pelo menos tiveram de escutá-la.

Havia um à esquerda com o colorido aceso de quem não deixa faltar um bom trago patriótico no almoço e no jantar, nem mesmo, suponho, nos intervalos entre um e outro.

Quando o presidente do Tribunal ou a acusação pública falava, o senhor jurado abaixava o queixo, a boca se afrouxava e os olhos desapareciam sob uma dobra de gordura. Mas depois era a vez da minha Babichette e, assim que a voz dela ganhava volume, o bom homem sacudia o pêlo como um vira-lata e seus olhos despontavam espantados, enquanto os lábios se apertavam para absorver um fio de saliva. Todos na corte se deram conta, e as jovens o apontavam, rindo.

Enfim, bem ou mal, por prazer ou por necessidade, o júri escutava minha Babichette. Mas nas tribunas, ah, nas tribunas suas palavras eram música.

Ela se erguia e falava: querer inquirir a produção do espírito humano não é um arbítrio? Não é um abuso extrapolar frases das minhas comédias para me colocar sob acusação, esquecendo aquilo que de grande e de útil eu fiz pela França? E a corja lá, aplaudindo.

A liberdade de opinião, continuava, é por acaso uma utopia, um nome vazio de substância? Ou não é, ao contrário, o mais precioso patrimônio do homem, consagrado como direito no artigo sétimo da Constituição? E de acusada se tornava acusadora.

É muito boa, eu me entusiasmava, é muito boa. Quem pode calá-la? Aquele Naulin? Um homenzinho que nem lhe chega ao umbigo? Eu não podia ter medo.

Então o júri se retirou e ela desceu do estrado para desaparecer na sala dos réus.

Passa meia hora, passa uma hora e pouco a pouco meu pescoço se enrijece, meus ouvidos se fecham para não ouvir os comentários e os prognósticos da audiência. Tenho vontade apenas de afundar dentro do peso de um corpo surdo e cego, com esse sofrimento que o escava por dentro, mudo e furioso como um caruncho de pele.

E eis que um raio de sol surge inesperado em meio à brancura das toucas. Um clamor mais forte. Cotovelos que se plantam nos flancos e espetam as costelas: o júri voltou e ela também está voltando.

As bocas se calam: todas juntas, todas ao mesmo tempo.

Do estardalhaço ao silêncio: como mergulhar as mãos num balde de água gelada.

O presidente consulta em voz baixa os jurados. Uma rápida troca de palavras. Finalmente ele se volta e pergunta:

— Tem alguma coisa a acrescentar em sua defesa?

É o procedimento de praxe. O presidente a essa altura já conhece a sentença, mas a lei o obriga a perguntar uma última vez ao acusado se ele tem algo a dizer.

E ela:

— Meus inimigos não terão a satisfação de ver meu sangue escorrer.

— Estou esperando um filho — diz.

Ah, que erro, minha Babichette, que erro!

Você, uma senhora, expor-se assim, sem pudor, como uma dessas *grisettes* que apinham as tribunas e que são piores do que a pia de água benta, onde todos metem a mão. Mas essas não são mulheres, são povo. Populacho de Paris. Já você... e justamente você, que nunca se deixou enganar pelos homens! Esta velha serva sabe muito bem quantos passaram por sua ante-sala, homens do antigo e do novo regime, prontos a oferecer-lhe devoção e carteiras abertas. Quando eu insinuava: fez conquistas na Assembléia, você dava de ombros: pode ser que eu tenha feito conquistas, mas, *pécaï**, não vejo nenhum capaz de me conquistar.

E agora, um filho!

Um filho...

Nove meses de esperança, afinal.

Nove meses a mais.

Entendi: é um presente para quem lhe quer bem e para a sua pobre Justine, que a conhece melhor do que qualquer um e, por isso mesmo, se você disse, estou certa de que é verdade, você não mentiria para escapar no último minuto, depois de ter recusado a salvação quando ela estava disponível.

— Como pode esperar um filho se está no cárcere desde 20 de julho? — pergunta o presidente com um sarcasmo que lhe espuma a maldade nos lábios.

— De fato, aconteceu no cárcere.

Ninguém dá um pio nas tribunas. Mas o jurado das faces cor de Borgonha bate na coxa e começa a rir, uma risada que não acaba nunca e que contamina todo o júri. Agora ri também a promotoria pública, e ri o presidente, o inflexível Herman. Sob o manto vejo agitar-se seu corpo escuro, torto como uma oliveira raivosa golpeada pelo vento.

— Isso não é possível, não pode ocorrer nos cárceres da República. Mas será verificado — assegura, recompondo os lineamentos numa expressão severa.

Ordena ao oficial que transcreva a declaração de gravidez, põe-se de pé e lê o veredicto.

---

* *Coitados*: interjeição típica da França meridional. *(N. da A.)*

Martial Joseph Armand Herman

O Tribunal extraordinário, sediado em Paris por decreto da Convenção em 10 de março de 1793, ano II da República, torna público o ato de declaração do júri que deliberou no processo de Marie Olympe de Gouges, declarada viúva Aubry, na data de hoje, 12 brumário, ano II da República.

O júri declara:

— é manifesto que existem, depositados nos autos, escritos que visam a restabelecer um poder que atenta contra a soberania do povo;

— é manifesto que Marie Olympe de Gouges, declarada viúva Aubry, é a autora destes escritos.

Após ter lido esta declaração, votada unanimemente pelo júri, o Tribunal acolhe as conclusões do promotor público e condena a supracitada Marie Olympe de Gouges, declarada viúva Aubry, à pena de morte a ser executada dentro de 24 horas, conforme o artigo primeiro da lei de 29 de março último, e declara todos os seus bens propriedade da República.

Louison

É fácil dizer: cidadã, examine a De Gouges e dite ao oficial de justiça um relatório a ser registrado em ata. O que custa dizer? E eu examino e dito e poderia até encerrar o caso ali mesmo, porque meu parecer, o parecer de uma parteira, conta muito pouco ou quase nada, como eu bem sei, e quem decide mesmo, no fim da feira, são como sempre os dois ilustríssimos cidadãos, os senhores médicos nomeados pelo Tribunal.

Mas exerço meu ofício há quarenta anos e até hoje nunca me vi diante de uma complicação desse tipo, não sei se é o caso de me manter calada.

Quarenta anos. Aliás, muito mais tempo, se contarmos todas as bacias de água quente que levei para minha mãe, que me ensinou o ofício na época em que eu ainda ria com dentes de leite. Santa ingenuidade, Ainda ignorava que Deus nos dotou de um fluxo mensal e eu era bem capaz de lavar um recém-nascido nele.

Com isso quero dizer que não sou nenhuma novata, tenho experiência de partos, parturientes e gravidez. E de muitas outras coisas, tenho experiência.

Para ser breve, também posso me enganar, mas é difícil, acredite em mim, disse ao cidadão oficial. Se digo "talvez" significa "talvez", e não outra coisa, tipo "improvável" ou sei lá o quê. Significa que talvez a condenada esteja grávida, mais sim do que não, mas é muito cedo, não estamos nem no segundo mês, se as contas dela estão certas, uma data muito recente, não é possível jurar um sim ou um não, pode-se sugerir, pode-se supor, mas jurar... somente Deus pode saber com aquela certeza absoluta que o senhor pretende de uma parteira.

Mas o que não me agrada nem um pouco é que eu ainda nem tinha terminado de dizer o "talvez", e já os dois médicos ilustríssimos se adiantam e expressam seu parecer, apenas um parecer, e não um diagnóstico, que fique bem claro, enfim, dizem o que bem querem e num piscar de olhos, pronto, já desapareceram. E eu fico na chancelaria e presto a minha declaração, sem poder trocar com aqueles dois uma palavra que é única, além do "talvez" inicial. Assim, digo "talvez" e eles sentenciam "não", baseando-se no meu "talvez". Não me agrada.

O doutor Naury e o doutor Théry são, como já disse, médicos famosos, já trabalhei outras vezes para eles, por isso entendo que, diante do juízo autorizado de dois doutores, minha opinião seja pouca coisa. Mas que pelo menos fosse discutida. Afinal de contas, fui eu que auscultei e apalpei ali onde devia auscultar e apalpar.

Que o céu seja testemunha: a competência do doutor Naury, que tem até barbas brancas, e de seu colega está fora de discussão. Quem sou eu para meter o bico? De resto, eu mesma fui a primeira a afirmar que estamos muito no início, que o diagnóstico é difícil, melhor não contar com a certeza. De sua parte, a condenada sustenta que está certa, certíssima de sua gravidez: já passou por isso duas vezes, sente e reconhece os mesmos sintomas das situações anteriores. Pode ser, mas pode não ser. Vai saber. Pode ser a pura verdade ou então um pretexto para retardar a cerimônia das cerimônias no cadafalso do carrasco; não seria algo novo, conheço pelo menos quatro ou cinco que tentaram o mesmo e algumas até conseguiram e escaparam. Enquanto isso, serão nove meses, e daqui a nove meses vamos ver — é o que pensam.

Mas os médicos podem, num caso como este, exigir uma prova indiscutível? E, mais que isso, por que insistir em um "não" sem nem esperar o final do exame?

No que me diz respeito, tentei ser objetiva na medida do possível.

Sempre tento ser objetiva e fazer meu melhor, tantos nos casos desesperados quanto nos normais, de todos os dias. Porque uma boa parteira sabe que seu ofício exige consciência e deve ser exercido com a devida piedade. Não é só o ganho venal, embora seja justo não esquecermos nossa remuneração. É um trabalho, e precisamos viver do nosso trabalho. Mas uma parteira tem tantas obrigações... deveres, eu diria. Mais do que um médico.

Para começar, deveres em relação às crianças que nascem e gritam e reclamam uma nutriz, ainda que sejam bastardos. E quem levaria os bastardinhos aos orfanatos se não estivéssemos ali?

Deveres em relação às mulheres que dão à luz, mas também àquelas que... O fato é que uma parteira tem a tarefa de auxiliar os nascimentos, mas também a de impedir, se possível, que certas desgraçadas façam mal a si mesmas usando meios perigosos, arriscando a própria pele, não sei se me explico bem.

É verdade que a mulher foi feita para suportar, em sua própria cama, a injustiça do homem; mas que pelo menos não morra por essa injustiça! Não é possível, não me conformo. Existem meios suaves, mais seguros que uma infusão de zimbro. Aprendi-os com uma parteira que veio da Itália, onde elas são mais experientes do que nós em certas coisas.

Mas quando falo destas coisas me deixo levar pelo entusiasmo. A paixão pelo meu trabalho me arrasta para fora dos trilhos. No entanto, não devo me distrair, aqui houve uma sentença!, por isso voltemos à De Gouges.

Tentei ser objetiva, repito. Ao contrário dos juízes. Assisti ao julgamento, e não me venham dizer que foram imparciais como deveriam ser, visto que eles têm uma tarefa terrível e deveriam seguir a consciência com mais escrúpulos do que uma parteira.

Bem, eles agiam seguramente de caso pensado e queriam pôr a acusada em maus lençóis, a qualquer custo. Do contrário, no início do processo não a teriam designado de "viúva" e, após a condenação, lá estava ela sendo nomeada, sem nenhum motivo, de viúva "declarada". Escutei com os meus ouvidos quando o presidente Herman leu a sentença: Marie Olympe de Gouges, "declarada" viúva Aubry. Deveriam explicar melhor essa mudança, porque eu não entendi.

Se eu me baseasse nesse exemplo...!

Ao contrário, durante o exame, que era minha obrigação, eu procedi com imparcialidade. E com toda a cautela, naturalmente.

Primeiramente descartei todos os sintomas que poderiam ser atribuídos aos efeitos da detenção: irregularidade das funções intestinais, nervo ciático irritado, fraqueza e até prurido vaginal, vômitos e desmaios. Não levei em conta esses sintomas no diagnóstico final, baseando-me exclusivamente naquilo que pude observar.

Claro, esses exames feitos nos bancos de uma sala do Tribunal, com guardas na porta! Um pouco de discrição não faria mal, que coisa!

Mas o doutor Naury e o doutor Théry estavam com pressa. Os senhores médicos sempre têm pressa. E daí? Eu também não deveria ter pressa, com a casa cheia de parturientes hospedadas?

Para quem não sabe, estamos em um período fecundo, excessivamente fecundo, exagerado. O que posso dizer? Deve ser mérito da Revolução. Demasiado entusiasmo, demasiado fervor. Deve ser por toda essa efervescência que se respira nas ruas, mas nem sei quantas eu tenho de recusar por dia, mulheres que batem à minha porta com a barriga inchada. Partos aos montes. E também outras coisas aos montes. Que precisam ser escondidas, praticadas com discrição. E é possível manter a discrição se somos obrigadas a pregar na porta uma lista de todos os inquilinos da casa?

Não bastassem o documento para o pão, o documento para a carne, o documento de segurança, o documento de fé cívica, agora querem também o documento dos inquilinos. Vivemos na República dos documentos. O copista me custou uma bela soma, maior do que a habitual, porque eu disse a ele: não se esforce para escrever os nomes das minhas inquilinas muito legíveis. E ele usou uma tinta rala, que foi lavada com a primeira chuva.

Mas para voltar à questão: os guardas me entregam a condenada, eu a faço deitar em um banco e ordeno que afaste as pernas.

Ela empalideceu. Pelo constrangimento ou talvez pela raiva. Mas obedeceu. Abriu as coxas afastando-as apenas um pouco, e eu tive de abri-las ainda mais. Tentando não ser brusca nem usar de violência, porque sei que nem todas conseguem ficar naquela posição com facilidade, e ela estava petrificada, os músculos contraídos, foi um verdadeiro corpo a corpo. Disse-lhe que respirasse profundamente, relaxasse o abdome, e aos poucos ela se acalmou. E meus dedos, estes dois dedos que em quarenta anos de trabalho já tocaram centenas e milhares de úteros, estes meus dois dedos sentiram um útero espessado. Sim, podia estar grávida.

Mas o doutor Naury e seu colega tinham pressa, e eu, miseravelmente, disse "talvez", e eles, simplificando, disseram "não". Por quê? — me pergunto. Porque, na incerteza, condenar a mãe e também o filho? E, mesmo analisando por outro ponto de vista, a perda de um futuro cidadão não significaria uma perda para o Estado? Mas há quem insinue... Devo acreditar neles? Devo acreditar que a guilhotina se tornou o primeiro-ministro da República?

Olympe

Era 2 de novembro quando os guardas me fizeram subir e depois descer novamente uma cascata de degraus carcomidos, quando me jogaram da penumbra das lamparinas para a luz do dia e de novo para as sombras das lamparinas, quando, do silêncio de minha cela, passei ao ritmo obsessivo das perguntas e respostas, aos insultos, aos aplausos, às aclamações, às palavras oferecidas, trocadas e furtadas à distração voluntária ou fortuita dos seguranças na sala do Tribunal. Tudo isso acabou e ainda é 2 de novembro.

Neste interminável 2 de novembro, aqui estou mais uma vez sentada num colchão de palha, no velho coração da Conciergerie, ouvindo a chuva que enche o rio e alaga as ruas baixas da cidade, submergindo os atracadouros e cacimbas, arrastando cavalos e aguadeiros.

Gotas caem de uma fresta da janela murada, se alargam ao lado dos meus pés e transformam a poeira terrosa do pavimento num lodo que fede a latrina.

Escuto.

Tenho tempo: toda esta noite e o alvorecer de amanhã, e, depois do alvorecer, toda a manhã e então o meio-dia e a tarde. Parte da tarde.

O que é isso em comparação ao tempo de minha vida passada? Quarenta e cinco anos: consigo atravessá-los com um único olhar, mantê-los no punho de uma só mão; tenho-os aqui, encerrados neste corpo diminuído e disperso em um imenso presente que o envolve, o abisma e o faz voltar à tona.

O corpo com suas contrações nervosas, palpitações, cólicas. Que desabrocha e segue adiante com ousadia para consumir gota a gota estas 24 horas mais vastas que um oceano, que uma estepe batida dia e noite pelos cascos do cavalo do Grão-Mongol.

Todo este tempo. E apenas este.

Um trovão reboa distante, arrastando consigo a lembrança de um leito macio, de um chá escaldante, de um sopro de ar fresco no rosto quando se abre a janela.

E é sempre 2 de novembro.

Mergulho a ponta da pena no tinteiro redondo, posto sobre o forro de palha da cadeira. Não tenho serragem nem cinzas para enxugar a tinta que permanece viva sobre a folha. Escrevo devagar, parando freqüentemente, o papel sobre os joelhos e a tabaqueira fina que me serve de apoio, porque na Conciergerie não tenho direito a uma mesa.

Dei ao guarda algum dinheiro para que me conseguisse um cobertor suplementar e algumas velas a mais. Achava-me pobre, e no entanto estou rica: não vou conseguir gastar nem sequer estes poucos francos que constituem meu exclusivo patrimônio de condenada. Por isso estou rica e posso permitir-me o reverberar de uma luz quente que dure toda a noite e um cobertor que abrace minhas pernas.

A vela ilumina minha mão, reflete-se nos botões brilhantes das vestes, revela as curvas fechadas e suaves das flores que ainda trago na cintura.

Meia-noite.

Um dia terminou, e outro começa.

Começa com um choque imperceptível, com algo que salta dentro do meu ventre e palpita antes de aquietar-se.

Já? Impossível. E no entanto...

Você também, murmuro, tem pressa de se fazer sentir, de bater pelo menos uma vez reclamando minha atenção. Mas não há necessidade disso, sei quem você é. Já fui mãe. Reconheço esta tensão do corpo, a mesma que muitos anos atrás me deixava orgulhosa. Esta sensação de náusea também é a mesma da primeira gravidez e da segunda, quando eu esperava Julie numa Paris estrangeira e amenizava o mal-estar com as amêndoas que comprava de uma ambulante vinda do sul. Rompia com as unhas a fina casca acobreada e o invólucro se abria, exibindo o fruto cândido, limpo como uma tarde primaveril às margens do Tarn.

Não, não estou enganada: posso senti-lo. E não erraria nem se você fosse um sonho ou uma invenção minha, como decretou o Tribunal. A invenção de uma "declarada" viúva. Basta um adjetivo para aniquilar a autoridade de uma mulher.

Depois a parteira me escancarou, procurou, explorou, enxaguou-se numa bacia e não quis dizer nem sim nem não. E assim eu também renunciei a qualquer certeza.

Mas se de fato se tratasse de uma invenção do meu corpo, então sei o momento exato em que aconteceu: quando prendi na cintura este buquê e o defendi com a força da nostalgia, por um lamento de mãos que apenas se tocam, de olhares que se buscam, de faces dadas ao rubor.

A alvorada afunda seu primeiro raio na tina de excrementos, do outro lado da cela.

O cheiro da tinta se sobrepõe ao bafio ácido que emana do pavimento e o neutraliza.

Agora a haste da pena está tépida, não se encrespa na página, e, ainda que o gelo continue entorpecendo-me os dedos, eu escrevo, escrevo... Aliás, há dez anos não faço outra coisa, por que deveria parar justamente agora? Sim, escrevo apesar dos preconceitos, do destino e até dos amigos, que escondiam seu desprezo na galanteria de um verso... *d'être savante abhorrez la manie — le ciel vous fit pour n'être que jolie...*

Sébastien foi o único que me encorajou, essa é a verdade. Mas ele soube narrar a queda da Bastilha vinte anos antes que ocorresse: tem visão longa, de filho de mercadores. Não é daqueles que se deixam surpreender, ainda que às vezes me reprovasse:

– Escreve muito depressa. — E como se pode evitá-lo quando a História a invade e a Revolução acorrenta cada palavra sua em um dia, numa hora, neste momento?

Mas hoje não escrevo pela Revolução. Escrevo por você, Pierre, que não é sonho, mas carne, sangue e sentimentos. Escrevo porque não sei o que lhe deixar: sempre tive pouco, e até esse pouco agora foi embora. De resto, não é com o ouro que eu queria conquistar o respeito do mundo. Nunca desejei outra propriedade que não a do engenho e do pensamento. Você achará suficiente essa herança?

No cárcere conheci pessoas angustiadas pelo peso da propriedade. Homens que se mataram para evitar o processo, a condenação e, portanto, o confisco dos bens.

Eu quis o meu processo.

Sendo assim, a você só restaram as chaves dos baús que enviei a Tours e o recibo do Monte de Piedade, que Justine certamente conserva com suspeitosa prudência no bolso interno da saia.

Treze brumário. Três de novembro, *vieux style*.

Um domingo chuvoso.

Chove na aurora, chove de manhã, chove até o meio-dia.

A sirene de uma balsa ressoa próxima e se afasta perdendo-se na distância.

A morte, dizia, Buffon, não é mais que a última esfumatura da vida.

O ajudante do carrasco cortou o colarinho da minha camisa e suas grossas mãos de camponês estão repartindo meus cabelos. Sinto sobre a nuca seu toque desajeitado e o frio agudo das tesouras. Cachos caem no pavimento. Amontoam-se suavemente aos meus pés. A cor deles é cinza. Sem que eu me desse conta, minhas mechas escuras se tornaram pelinhos cinzentos, opacos. Há quanto tempo? — me pergunto. E me surpreendo com o desapontamento que me aperta o peito.

Os sapatos pesados de um padre abrem caminhos entre esses cachos cinzentos que antes foram os meus cabelos.

Um velho ministro de Deus, decidido a me ajudar. Mas como, se confio apenas em meus sonhos?

— Substituíram a derrisão pela violência, padre: prefiro assim.

Apalpo às cegas, passo e repasso os dedos entre os tufos curtos e espetados, que não tornarão a crescer.

— Dêem-me um espelho.

Uma criada se inclina para pôr no chão um urinol descascado do qual se desprende um fedor de água rançosa, de vômito e de medo:

— Isto lhe será mais útil, cidadã.

Mas depois sai e retorna com um espelhinho oval com cabo de osso. Levanto-o até encontrar meu rosto. Parece mais largo e marcado. Nu. O corte curto não o favorece.

— Eu sempre disse, o penteado à jacobina não é adequado para mim.

Escondo aquele massacre sob uma touca que a mulher de um carcereiro confeccionou às pressas especialmente para mim. Mas a touca ficou larga. Nem ela nem eu havíamos previsto que, por baixo, lhe faltaria o volume dos cabelos.

Olho-me de novo no espelho. Graças a Deus não estou muito pálida. Não, meu corpo não me trairá.

É 3 de novembro e já é tarde.

Desato o relógio da cintura e o entrego.

Deposito sobre o banco as duas carteiras. O guardião abre e conta o dinheiro: 53 francos e 10 soldos.

Em seguida, os meus papéis.

A carta para Pierre.

A miniatura com o retrato dele.

Os brincos.

Dois anéis, duplo presente de Jacques.

Desfaço-me de tudo o que ornava minha vida. A partir deste momento, todo objeto que pertencia ao meu tempo cotidiano pertence à República.

Até a tabaqueira comprada em Montauban, com aquela pintura de Ingres sobre a tampa retilínea, de madeira, que em tantos anos não perdeu seu fulgor azul.

Até o dedal e os utensílios de costura.

E o cinto bordado.

E as luvas.

Por último, o buquê de rosinhas brancas.

Não posso levar nada comigo.

Não, diz o guardião, não lhe servirá nem um lenço.

Porém me oferece um copo de aguardente.

Engulo-o de um trago.

Meu coração se alarga, se expande, bate dentro de uma coroa de calor repentino, que lhe volteia ao redor como uma chama.

Hyacinthe

...e esperamos e esperamos, mas os portões da Conciergerie não se abriam, e nós não sabíamos como nos proteger do frio que, ao invés de diminuir, aumentava com o passar das horas. Toda a manhã a caminhar para cima e para baixo, levantando, quando a chuva aumentava, uma sombrinha verde imediatamente ensopada de água. Justine me seguia torta, encolhida pela umidade e o gelo, mas não cedia. Para frente e para trás e os portões não se abriam e não se viam nem guardas nacionais nem soldados a cavalo anunciando a saída da carreta. Na extremidade do Pont au Change, um homem com o barrete frígio na cabeça grisalha remexia num cilindro de ferro as castanhas assadas e de vez em quando vigiava os nossos passos.

Por volta do meio-dia a chuva parou.

Meus pés estavam inchados, eu me sentia exausta, e a febre voltava no pulso descompassado. Fui me sentar no banco à beira do rio. O Sena em cheia transudava uma espuma amarelada. Sobre minha cabeça, as folhas secavam gotejando sem pressa. Pouco mais adiante, uma vendedora de tisanas tentava proteger-se do ar pungente enfiando os pés dentro de um montinho de palha úmida. Aproximei-me para comprar uma xícara de café. Ao me estender a xícara, a mulher acenou com o queixo em direção à Conciergerie:

– Qual é hoje o menu de Sanson?

Interrogava-me rindo, com uma espécie de maldade ingênua.

Naquele instante, um estrépito. Viramo-nos e vimos uma carroça atravessada, obstruindo a rua, com as rodas que giravam sobre si mesmas, derrapando na lama. Num piscar de olhos, surgiu do nada uma nuvem de carregadores. Metendo os pés na lama, começaram a deslocar a viatura. Eia, ô, eia, ô, gritava insistentemente em torno deles um bando de homens com os mesmos pés largos e chatos e o crânio enterrado nos ombros. De repente a rua pululava de biscateiros em busca de trabalho. Justine os perscrutava resmungando como de hábito, para si.

— Muitos braços para bater o vento.

Eia, ô, eia, ô...

Eu não sentia o sabor do café que me descia pela garganta, mais denso que a lama. Paris, pensava. Nunca tinha visto minha cidade tão feia, suja, miserável.

Quando retornamos, a guarda nacional a cavalo estacionava diante da Conciergerie.

Estou longe, mas a vejo nitidamente sobre a carreta parada atrás das barras da cancela.

Está só. Em pé. Quase irreconhecível sob aquela touca grosseira que lhe oculta a fronte. As mãos sem luva atadas atrás das costas. Sinto uma contração nas vísceras quando um gendarme da escolta, apoiando-se na barra, sobe no carro e, com ambas as mãos, a segura pelos ombros. Agarra seu corpo, sacode-o como se não fosse uma senhora, mas uma ambulante que bebeu copos demais de tinto.

Quer forçá-la a se sentar. Ela resiste.

A carreta parte, balança desconjuntada, e lá dentro sua figura oscila, ondula a cada salto, os joelhos se dobram, os braços amarrados não acham um ponto de apoio. Vai cair, grito angustiada a Justine. Mas não cai. Recupera uma posição estável e permanece erguida, reta, em um exercício de equilíbrio impossível.

A carreta avança. Rue Barthélemy. Pont au Change. Rue de la Monnaie. Rue Saint-Honoré.

Sobre o último degrau da igreja de Saint-Roche um violinista toca abraçado ao seu instrumento. A música se perde numa agitação de capotes rústicos, mantos curtos, mantos longos, barretes, chapéus redondos, chapéus remendados, um aglomerado humano que se empurra sem misericórdia para ver passar a "famosa De Gouges".

As janelas das casas se abrem, os balcões estão repletos, tomados de vozes que se chocam umas contra as outras.

O zumbido de um enxame que desce sobre minha cabeça.

É aquela? A mulher de teatro que queria levar os negros ao palco da Comédie? A girondina que queria defender Capeto? A viúva que se lavava duas vezes por dia num bidê de prata? É aquela? A louca que escrevia: também as mulheres nascem livres...

Consigo alcançar a carreta, embora a lama tenha se tornado um charco escorregadio.

Engrosso a fila do cortejo.

Já é possível avistar os terraços dos jardins das Tulherias apinhados de curiosos, não obstante o mau tempo. De uma carroça parada em frente a um portal uma mão enluvada de branco se estende para fechar a cortina.

Recomeçou a chover furiosamente. Protejo-me erguendo o capuz da capa. Ela não tem capa. Sua camisa se cola, encharcada, à cadeia das vértebras, ao busto magro que treme com violência. Cascatas escorrem da touca sobre o pescoço nu.

Sob o meu capuz, tremo junto com ela. É um inverno gélido. O inverno da Revolução.

Está me vendo? Olhe para mim! Caminhei tanto para alcançá-la. Usei o seu passo forte e abri caminho. Olhe para mim! Não sou a companheira do seu filho. Sou a pequena coruja insone a quem você ensinou a sair sem medo pelas ruas de Paris. Não sou a mãe dos seus netos. Sou Marie Anne Hyacinthe Mabille e lhe sou grata por ter permitido aos meus 19 anos discorrer com os seus 40 como se tivéssemos a mesma idade. Como posso agradecer-lhe? Olhe para mim! Sustente-se, por favor, sustente-se em meu olhar.

No céu baixo despontam e se equilibram duas formas contrapostas. À esquerda, o peso opulento e feminino da estátua da Liberdade. À direita, o perfil linear da guilhotina.

Praça da Revolução.

Sansão filho, um gigante vestido de preto, gesticula sobre o estrado como se estivesse maldizendo o tempo, a multidão, seus assistentes.

A carreta parou.

Ela desce.

O corpo alto e embaraçado, curvo sob as raiadas de água, vacila e se ergue com um cansaço evidente.

De repente a chuva diminui.

Mas mesmo assim é difícil subir rumo ao palco, as mãos atadas, a touca que pinga nos olhos. Um degrau. Dois degraus. Uma infinidade de degraus.

Olympe

Então vai ser você. Será sua mão que me guiará, Henri Sanson, gigante calvo.

Você e eu nesta ilha de madeira escura, e ao redor um mar furibundo.

Muitos, muitos se espremem debaixo deste palco: gente comum e gente ilustre, padres, médicos e pintores. Todos espiando o momento em que a morte imperfeita — assim a chamam os homens de ciência — dará lugar à morte absoluta.

Mas aqui em cima estamos sós. Você e eu.

Sua mão me guia, e eu aprecio o toque quente. Há uma estranha intimidade em seu modo de me conduzir e de eu me deixar levar.

Você gosta desta intimidade, Henri Sanson?

Talvez ache que está em vantagem em relação a mim.

Ah, sim, uma vantagem você tem, mas em compensação eu o conheço e compreendo melhor do que possa imaginar. Sei que tempos atrás você queria se alistar, forçando o destino que não permite a quem nasce na casa de um carrasco exercer outro ofício. Você queria a única e verdadeira liberdade: a liberdade de escolha. Mas no final foi obrigado a deixar o exército e a ajudar seu pai. Nada daquilo que você faz depende de sua vontade.

É você o derrotado, Sanson, não eu.

Dizem que seu pai mantém uma lista atualizada de todos os homens e mulheres a quem vocês prestam os seus serviços. Seu pai é um funcionário honesto, além de um homem elegante. Em jabô recamado mesmo quando cultiva tulipas em seu famoso jardim. Pode ter orgulho dele, que trabalha sem nunca esquecer o decoro. E com escrúpulo. Com diligência. Nada do que acontece neste palco deve escapar-lhe: cada palavra, cada grito, cada suspiro é anotado em seus papéis. O último gesto, a última frase. Tenho certeza de que hoje à noite, com a pena erguida sobre a lista do dia, também perguntará de mim: como se comportou a De Gouges...?

E o que você vai responder, Henri Sanson?

— A condenada sofria.

É verdade. Estou sofrendo. Permito-me sofrer. O sofrimento expulsa o medo — você, carrasco, não sabe? —, e por isso agora permito que meu corpo sofra, minhas mãos, minhas pernas, o pescoço, os olhos, cada mínima parte minha tem a permissão de sofrer.

— A condenada tremia.

E seu pai anotará: a condenada tremia.

É assim? Estou tremendo?

Difícil dizer, Henri Sanson, porque na realidade eu agora possuo dois corpos.

O primeiro é este, o corpo aparente, coberto apenas por uma camisa, enregelado pelo frio terrível de novembro, os braços insensíveis pela corda que os amarra por trás, apertando e ferindo os pulsos.

O outro não se vê, mas é um corpo íntegro, lavado pela chuva, que desponta sutil de um diamante de gelo, é um sopro que me percorre por dentro, veloz como as nuvens que atravessam compactas o céu negro de Paris. Um céu em luto sobre uma cidade exausta.

O velho sol desapareceu e, como meus olhos não o verão mais, significa que desapareceu para sempre.

— A condenada chorava.

Sim, são lágrimas que abrem caminho em meio a frios riachos de chuva, minhas faces as reconhecem pela morna docilidade, pelo modo como correm e deslizam consoladoras até o pescoço, por dentro da camisa, até o esterno. Choro. Por que não deveria?

Sou uma mulher, Henri Sanson. Uma mulher que quis ser alguém. É pela beleza deste sonho que eu choro. E porque teria preferido morrer num dia de sol, com os braços soltos e meu pequeno chapéu azul posto maciamente sobre a fronte.

La feuille du Sálut Public

Informe sobre a morte de Olympe de Gouges, 14 brumário, ano II da República:

Olympe de Gouges, nascida com uma imaginação exaltada, tomou o seu delírio por uma inspiração da natureza: quis ser Homem de Estado.

Ontem a lei puniu esta conspiradora por ter esquecido as virtudes que convêm ao seu sexo.

Posfácio (ou quase)

Eu tinha 18 anos e era ávida por histórias. Mas não por qualquer história.

Naquela época, no final dos anos 60, nós jovens vivíamos numa espécie de vazio. Bem poucos, então, eram os livros que se preocupavam em testemunhar, documentar ou até provar nossa existência na História. Porém, a certa altura (difícil dizer exatamente "quando"), começamos a nos cansar daquela situação, isto é, de não possuir um passado. Embora, em compensação, justamente a História — alguns preferiam falar de Natureza — nos tivesse fornecido um belo pedestal sobre o qual poderíamos imperar: a famosa "feminilidade". Mas aqui se abria uma contradição. Porque, História ou Natureza que fosse, o fato é que cada uma de nós, mesmo sendo de modo incontestável uma entidade singular, depois se via fazendo parte de um conjunto, uma espécie de esplêndido e ancestral organismo coletivo chamado precisamente "A Mulher". Poesias, canções, filmes, romances... Quem poderia afirmar que aquela "Mulher" vivia num vazio? Quantas, mas quantas obras dedicadas a Ela, inspiradas por Ela, que pensavam sobre Ela, que a revelavam a si mesma! O que mais havia a acrescentar a toda essa criação de Deus?

Eu me sentia um tanto confusa. Não sabia o que pensar. Mas certamente algo não quadrava: tinha a impressão de que o mito da "Mulher" não correspondia absolutamente à vida e à experiência das "mulheres". Depois de muito pensar, cheguei à conclusão de que aquele magnífico exemplar era na realidade um dom envenenado, capaz de anular com seu peso nossas existências várias e "plurais". Então, como não queria mais viver imersa numa feminilidade atemporal, sem rosto e sem voz própria, comecei a buscar, na História, as histórias. Tornei-me uma "pescadora de vidas perdidas". Assim escreve Don De Lillo naquela maravilha de romance que é *Underworld* [*Submundo*]: "as mulheres são pescadoras de vidas perdidas".

Na verdade, De Lillo faz referência ao hábito bastante feminino de sempre encarregar-se dos problemas alheios: samaritana em família, samaritana no amor, samaritana no trabalho. Numa palavra: samaritana do mundo. Um hábito quase sempre mais deplorável do que louvável, mas não é disso que quero falar. Quero falar do fato de que nós, jovens do final dos anos 60, de repente ou talvez não, de algum modo — não sei como — nos tornamos samaritanas de nós mesmas. E, por conseguinte, pescadoras de vidas perdidas.

Enfim, nos empenhamos inteiramente em resgatar aquelas mulheres que nos haviam precedido no tempo e nos haviam deixado uma herança invisível de palavras, de sonhos, de gestos significativos.

Justamente naquele período de pesquisas ansiosas e estimulantes, de autodidata, li um pequeno livro publicado pelos Editori Riuniti: *Storia dell'emancipazione femminile* [*História da emancipação feminina*], escrito por Luciana Capezzuoli e Grazia Cappabianca (dois nomes que me eram desconhecidos). Durante a leitura, deparei-me com esta frase: "Em 1791, Olimpia de Gouges, com a *Declaração dos direitos da mulher e da cidadã*, encaminhou as aspirações femininas para uma *verdadeira* igualdade".

Perguntei-me: mas então existe uma *falsa* igualdade? E quem era aquela mulher que soubera discernir o verdadeiro do falso?

Deste modo ocorreu meu primeiro encontro com a pioneira do pensamento feminino moderno. A única mulher que, na época da Revolução, colocou o problema da presença feminina no cenário político. A única que ousou imaginar-se "Homem de Estado" ("Mulher de Estado" era, naqueles tempos — e talvez, pensando bem, até hoje — um contra-senso, ou melhor, um oximoro).

Muitos anos se passaram desde aquela minha descoberta juvenil. Não tenho mais 18 anos, mas Olympe de Gouges não é mais uma "vida perdida". Às vezes acontece de o tempo não passar em vão. Hoje, graças à fome de História e de histórias da minha geração, Olympe de Gouges volta a ser lida, estudada e discutida com a atenção e o respeito que lhe são devidos.

Sobre ela se pode dizer que foi seguramente a mais inquieta entre as mulheres da Revolução Francesa: a mais inovadora. Não por acaso, no início do século XX, um médico militar cujo nome não merece ser recordado escreveu um opúsculo ("científico") para analisar precisamente o "caso" De Gouges. A Revolução, argumentava ele, faz as mulheres acreditarem que podem apropriar-se de qualidades típicas do homem, e esse erro as conduz a graves patologias. Olympe tinha coragem, reconhece nosso médico, mas "arruinada por um desejo excessivo de originalidade, por bizarras idéias feministas e por uma vaidade demente", que a induzia a incríveis extravagâncias, como "banhar-se todos os dias ou, pelo menos, um escalda-pés". Era doente, sem dúvida. E o nome de sua doença era: "paranóia reformatória". Queria reformar o mundo. Uma loucura, evidentemente.

No entanto, a despeito deste diagnóstico, Olympe de Gouges conseguiu ocupar na História o lugar que lhe compete. E assim hoje conhecemos, graças a algumas biografias (a mais completa é a de Olivier Blanc), as etapas de sua movimentada existência, podemos ler em edições modernas os seus textos políticos (porém, mais de 3 mil páginas permanecem inéditas nos arquivos franceses) ou o seu romance autobiográfico e os escritos teatrais, reeditados por Eléni Varikas e Gisela Thiele-Knobloch. Se quisermos, podemos até nos aproximar de seu pensamento por meio das análises e interpretações das historiadoras e filósofas feministas Joan Scott, Christiane Veauvy, Alisa Del Re, Maria Luisa Boccia, para citar apenas algumas.

Joan Scott, por exemplo, partiu do debate setecentista sobre a imaginação para mostrar como Olympe de Gouges fundou sua ação política justamente sobre este conceito, reelaborando-o numa chave original e pessoalíssima (não por acaso seus inimigos, ao longo dos séculos, insistiram na *imaginação exaltada* ou na fatal *imaginação dos sonhos* de Olympe). Maria Luisa Boccia, por seu turno, vê em Olympe de Gouges uma precursora do pensamento antiemancipacionista. Em breves palavras: ao passo que Mary Wollstonecraft, a outra grande "mãe" histórica do feminismo, contemporânea de Olympe de Gouges, defende uma sociedade "regulada e organizada em formas assexuadas", isto é, que não leve em conta a pertença de um cidadão a um sexo ou outro, Olympe de Gouges reivindica, ao contrário, uma sociedade em que homens e mulheres não sejam reconduzidos a um único sujeito neutro e desencarnado (e desencarnado precisamente porque neutro). As mulheres, diz ela basicamente em sua *Declaração dos direitos*, tomam parte na formação do Estado na condição de "sujeito diferente". E nisso Olympe de Gouges se revela realmente moderna, muito mais próxima de nossa sensibilidade do que Wollstonecraft.

Entretanto, para além de tudo, das polêmicas e das interpretações históricas, das calúnias interessadas, do ódio ou do amor suscitado, gostaria de dizer que pelo menos em uma coisa Olympe tinha certamente razão: as palavras sobrevivem ao sangue que suja inclusive as Revoluções. Não é o sangue, são as palavras que rompem a corrente do destino e introduzem a esperança na História.

1793 — Cronologia

21 de janeiro: execução de Luís XVI

24 de janeiro: rompimento das relações diplomáticas entre França e Inglaterra

1º de fevereiro: a Convenção (nova Assembléia Constituinte, eleita por sufrágio universal masculino após a suspensão do rei e a queda da monarquia, em setembro de 1792) declara guerra à Inglaterra e Holanda; emissão de 800 milhões de cédulas (moeda em papel, cujo valor era garantido pelos bens confiscados durante a Revolução)

24 de fevereiro: um decreto proclama o alistamento obrigatório para 300 mil homens.

25-26 de fevereiro: saque das lojas e tumultos em Paris contra o aumento dos preços

3 de março: início da insurreição realista na Bretanha

7 de março: declaração de guerra à Espanha

10 de março: é instituído o Tribunal Revolucionário, com Fouquier-Tinville como promotor público; em Paris, as impressoras dos jornais girondinos são saqueadas e destruídas

11 de março: começa a insurreição da Vandea com a recusa da conscrição obrigatória

25 de março: a Rússia se alia à Inglaterra contra a França

5 de abril: Marat é eleito à presidência dos jacobinos (o mais famoso clube da Revolução, de início aberto a todos); em seu discurso de posse, o novo presidente incita a sublevação contra os girondinos, que são chamados assim porque originalmente se haviam organizado como grupo político em torno de alguns deputados do departamento da Gironda (Vergniaud, entre outros), e num primeiro momento são aliados de Robespierre e fazem parte do "clube dos jacobinos", do qual se destacam depois dos massacres de setembro de 1792, inquietos com o poder que a Comuna de Paris vai assumindo. Todos vêm da província, são hostis à "ditadura parisiense" e por isso serão acusados de "federalismo". Depois de ter tentado inutilmente evitar a execução do rei, combatem (sem sucesso) a instituição do Tribunal Revolucionário.

6 de abril: criação do Comitê de Salvação Pública por parte da Convenção

8 de abril: 22 deputados girondinos são denunciados como contra-revolucionários pela seção Bon Conseil

11 de abril: a Convenção decreta o curso forçado das emissões de moeda

12 de abril: a Convenção (com predominância girondina) vota a prisão de Marat

15 de abril: em nome de 35 das 48 seções parisienses, o prefeito de Paris, Pache, solicita à Convenção a prisão dos 22 deputados girondinos

24 de abril: absolvido pelo Tribunal Revolucionário, Marat é reconduzido em triunfo à Convenção

30 de abril: as mulheres são excluídas do exército por um decreto específico

10 de maio: é fundado o clube das "Cidadãs Republicanas Revolucionárias"

24 de maio: detenção de Hébert, diretor do Père Duchesne, adversário dos girondinos

26 de maio: Marat e Robespierre incitam a sublevação

27 de maio: os *sans-culottes* libertam Hébert

29 de maio: a Comuna de Paris constitui um comitê secreto para preparar a revolta contra a Convenção (que se recusa a deter os 22 deputados girondinos); chega ao ápice a luta entre Gironda e Montanha (um grupo politicamente não-homogêneo, que se define pouco a pouco em oposição à Gironda e que domina o clube dos jacobinos depois que a Gironda saiu dele)

2 de junho: nova jornada insurrecional; prisioneira dos *sans-culottes* e da Guarda Nacional, a Convenção é obrigada a votar a prisão de 29 deputados girondinos e dos ministros Clavière e Lebrun: é a queda da Gironda

3 de junho: Marselha, Nîmes e Toulouse se rebelam contra o golpe parisiense de 2 de junho

7 de junho: revolta de Bordeaux contra os partidários da Montanha

9 de junho: tem início a grande revolta da Vandea; também se insurge o departamento de Calvados

13 de junho: os representantes de 60 departamentos insurrectos se reúnem em Caen

14 de junho: a Convenção adota a Constituição de 1793 (que nunca será aplicada): reconhece-se o direito à insurreição "quando o governo violar os direitos do povo"; às mulheres não é reconhecido nenhum direito político

13 de julho: assassinato de Marat por Charlotte Corday

16 de julho: funerais de Marat; Robespierre se opõe à sua inumação no Panthéon

17 de julho: Charlotte Corday é condenada à morte

20 de julho: prisão de Olympe de Gouges

22 de julho: o general Custine, comandante do batalhão do Reno, é detido

27 de julho: eleição de Robespierre ao Comitê de Salvação Pública; a Convenção instaura a pena de morte para os especuladores

1º de agosto: um decreto ordena que se cumpra na Vandea e nos departamentos insurrectos a política de "terra arrasada"

22 de agosto: Robespierre é eleito à presidência da Convenção

23 de agosto: vota-se o "alistamento em massa" para todos os homens entre 18 e 25 anos, não-casados ou viúvos sem filhos

28 de agosto: o Tribunal Revolucionário condena à morte o general Custine

30 de agosto: pede-se à Convenção que "o Terror" seja posto na ordem do dia

4 de setembro: manifestações pelo pão

8 de setembro: vitória francesa em Hondschoote contra tropas inglesas e holandesas

9 de setembro: a Convenção organiza o batalhão revolucionário e confia seu comando a Ronsin (homem da "facção" hebertista que será guilhotinado, ao lado de Hébert, em 24 de março de 1794)

17 de setembro: é votada a "lei dos suspeitos"; a definição que se dá de "pessoa suspeita" é tão vaga que alguns historiadores datam justamente a partir deste decreto o início do Terror

21 de setembro: a Convenção torna obrigatório o cocar tricolor para as mulheres

29 de setembro: a Convenção institui o "maximum" geral (o teto de preço) para os gêneros de primeira necessidade, mas também para os salários

5 de outubro: entra em vigor o calendário revolucionário, que assinala a ruptura política e religiosa com o passado

10 de outubro: o governo é declarado "revolucionário até a paz"

16 de outubro: execução de Maria Antonieta

30 de outubro: o Tribunal Revolucionário condena à morte os deputados girondinos; após a leitura do relatório Amar (membro do Comitê de Salvação geral), a Convenção proíbe as associações políticas femininas ("à capacidade política da mulher se opõem sua fraqueza física e moral, bem como seus deveres naturais"); todos os Clubes femininos são fechados

31 de outubro: execução dos girondinos

3 de novembro: Olympe de Gouges é guilhotinada

7 de novembro: execução de Philippe Egalité, duque de Orleans; junto com ele, é guilhotinada a madame de Kolly

8 de novembro: execução de madame Roland

20 de novembro: Danton volta a Paris e dá início a uma campanha pela paz, pela "indulgência" e pela reconciliação nacional

23 de novembro: todos os locais de culto da capital são fechados por ordem da Comuna

3 de dezembro: a política de Danton é atacada pelo clube dos jacobinos

19 de dezembro: o capitão Bonaparte conquista sua primeira notoriedade durante a tomada de Toulon

Agradecimentos

Para ser escrito, este livro precisou de uma quantidade notável de documentos de vários tipos. A pesquisa, a leitura e o estudo desses documentos me ocuparam por muitos anos. Desejo agradecer de coração a todos aqueles e aquelas que me ajudaram e apoiaram durante esta longa empreitada, em especial aos meus amigos e amigas "franceses" (de nascimento ou residentes). Em Paris, Silvia Contarini não só buscou, mas também fotocopiou, com uma paciência pela qual sempre lhe serei grata, centenas de páginas que andavam perdidas. Claude Dupré e Margherita Marras fizeram o mesmo em Marselha. Christiane Veauvy e Laura Pisano me forneceram, bem no início do trabalho, uma bibliografia e indicações preciosas. Mimma De Leo me presenteou com uma breve biografia (que até hoje é a única biografia italiana de Olympe de Gouges) escrita por ela em 1990, enquanto Massimo Felisatti me pôs à disposição (com um gesto de franca amizade) sua biblioteca pessoal. A livraria francesa de Roma, La Procure, ajudou-me localizando com gentileza e solicitude alguns textos importantes. Fundamental foi a preciosa biblioteca da Fondazione Basso e sobretudo Maurizio Locusta, que nunca se impacientou com a minha incapacidade de pesquisar no computador. Obrigada também a Ela Mascia, que me permitiu concluir este livro hospedando-me generosamente em sua esplêndida casa no centro de Roma, durante o mais longo deslocamento de minha vida. E obrigada a Donatella Barbieri, que está sempre ao meu lado, à minha editora, Carla Tanzi, por sua confiança nas minhas "histórias", e a Ilde Buratti, por seu trabalho de extrema e afetuosa precisão: de fato, como diz Stephen King, "escrever é humano, editar é divino".

Este livro foi composto na tipologia Electra LH,
em corpo 11/14,9, e impresso em papel off-white 90g/m²
pelo Sistema Cameron da Distribuidora Record
de Serviços de Imprensa S.A.